Chili sieht rot

Sturmflut. Oktober 2021 in Bremerhaven. Bei der *Nord-NordWest-Post* sind alle Reporter im Einsatz. Jemand muss über den Toten am Deich berichten. Anruf bei Coach Chili Keller, der Ab-und-zu-Mitarbeiterin. Bei dem Wetter zum Deich fahren? Wegen eines Toten? Nein! Auf keinen Fall. Doch wankelmütig wie so oft, stimmt sie zu. Und schlittert geradewegs in den Job als Polizeireporterin.

Der Tote war Meeresbodenforscher; man hat ihn ermordet. Er untersuchte die Schleppnetzfischerei der Krabbenkutter, die angeblich das Watt schädigt. Das missfiel manchem Kapitän. Andererseits hatten viele Leute diesen Wissenschaftler ›gefressen‹.

Chilis Recherchen führen sie tiefer in den Fall hinein, als es ihrem Mann Jan, Künstler und Hedonist, lieb ist. Er hält den Job für gefährlich. Sie streiten. Eines Tages hintergeht er sie. Für Chili bricht eine Welt zusammen. Und die Ermittlungen geraten in eine tote Phase.

Annefried Hahn ist Sozialpsychologin und Autorin. 34 Jahre lang arbeitete sie in ihrer Praxis für Traumatherapie mit Gewaltopfern. »Wie gehen Polizisten mit der Extrembelastung in einem Landeskriminalamt um?« Diese Frage verfolgte sie in ihrer Feldforschung und promovierte 2008 mit den Ergebnissen. *Chili sieht rot* ist ihr erster Kriminalroman.

ANNEFRIED HAHN

CHILI SIEHT ROT

Bibliografische Information der Deutschen Nationalbibliothek:
Die Deutsche Nationalbibliothek verzeichnet diese Publikation in
der Deutschen Nationalbibliografie; detaillierte bibliografische Daten
sind im Internet über dnb.dnb.de abrufbar.

Satz, Umschlaggestaltung und Verlag:
BoD – Books on Demand GmbH, In de Tarpen 42,
22848 Norderstedt
Druck: Libri Plureos GmbH, Friedensallee 273, 22763 Hamburg

ISBN: 978-3-7597-4266-7

1

Vage nahm sie das Tosen wahr. Wie aus weiter Ferne. Durch das Glas der Terrassentür sah sie, wie der Orkan durch Bäume und Sträucher fegte. Er riss an den Zweigen des Birnbaums und warf die letzten reifen Früchte ins Gras, die sie am Sonntag ernten wollte. Es rührte sie nicht. Jetzt rüttelte der Sturm am Haus, vom krachenden Donnerschlag begleitet. Der Schrecken riss Chili ins Hier und Jetzt. Verwirrt ordnete sie ihr Haar und schaute sich um.

Das Gewitter musste direkt über ihnen sein. Was für ein glücklicher Zufall, dass sich alle Bewohner im Haus aufhielten! Sturmflut am 21. Oktober 2021 in Bremerhaven. Eigentlich hätte Chili an diesem Donnerstag ins Coachingbüro gemusst. Ihr Mann Jan Wolf, international bekannter Künstler, besuchte donnerstags den Deichmaler Hinnerks am Dorumer Tief. Julia Wolf, Jans Schwester und Professorin für Meeresbodenforschung an der Hochschule, hielt donnerstags eine Vorlesung. Lea, die 15jährige Tochter des Hauses, lernte derzeit täglich mit ihrer Freundin für die nächsten schriftlichen Tests in der 10a. Und die dreijährige Mia blieb bis 17 Uhr in der Kita. Nur nicht heute. Corona-bedingt hatten alle alles abgesagt.

»Mama! Ich hab' Angst!« Mias Stimme drang leise

durch das Getöse. Soeben legte sich das Gartenhausdach der Möllers von nebenan sanft auf dem Rasen der Wolfs und Kellers nieder. Die Kleine wich entsetzt von der Terrassentür zurück. Herr Möller hatte sein Gartenhaus erst im letzten Monat fertiggestellt. Selbst erschrocken, nahm Chili ihre Tochter in den Arm und tröstete sie.

»Es ist bald vorbei! Komm, meine Süße, wir backen jetzt deine Lieblingskekse.«

***

Die Meldung kam Punkt 16 Uhr 43 rein. Die auflaufende Flut hatte einen Toten am Weserdeich abgelegt, südlich der Strandhalle. Zu der Zeit liefen in der Redaktion der *NordNordWest-Post* bereits die Telefone wegen der Sturmschäden heiß. Orkanböen hatten mehrere Bäume entwurzelt, vor allem im Bürgerpark. Zwei Dächer in Mitte wurden stark beschädigt. Und in Speckenbüttel zerstörte eine abgebrochene Baumkrone die Windschutzscheibe und das Dach eines BMW. Der Wind trieb das Wasser bis zur Deichkuppe hoch. Wie immer hatten einige Unverbesserliche ihre Autos trotz Sturmwarnung auf dem jetzt überfluteten Kai stehen gelassen. Sämtliche verfügbaren Reporter waren unterwegs.

Ausgerechnet heute fehlte Franz Tepper, der Polizeireporter fürs Stadtgebiet. Er hatte sich gestern krankgemeldet, lag mit Corona auf der Intensivstation in Reinkenheide. Was nun? Ressortchefin Irene Bauer war ratlos. Niemand mehr da. Irgendjemand musste aber los - und zwar schnell. Vielleicht wusste Jahns, der Personalchef, wer einspringen konnte? Schon hatte sie das Telefon in der Hand. Er gab ihr die Handynummer einer freien Mitarbeiterin aus dem Kulturressort. Letzter Ausweg. Bauer wählte die Nummer an. Elfmal läutete es, dann nahm endlich jemand ab.

»Chili Keller hier, hallo!«

»*NordNordWest-Post*, Bauer, Polizeiressort, moin Frau Keller. Wir haben einen kleinen Coup auf Sie vor. Es geht um Folgendes. Wir leiden unter einem temporären Engpass bei den Reportern. Der Kollege Tepper ist leider erkrankt. Und ausgerechnet heute bräuchten wir ihn unbedingt. Da haben wir gedacht, ob Sie nicht – vorübergehend – einspringen könnten. Es gibt einen Todesfall am Deich, die Kripo ist bereits vor Ort. Sie sind unsere letzte Chance, dass wir einen Bericht in die neuen Ausgaben bekommen. Herr Sommer, unser Fotograf, holt Sie ab.«

Chili sagte nichts, sie versuchte zu verstehen, kringelte eine ihrer rotblonden Haarsträhnen um den bemehlten Zeigefinger und meinte schließlich:

»Das ist verrückt. Bei aller Liebe Frau Bauer, bei dem Sturm geh' ich nicht raus!«

Damit legte sie auf und widmete sich der Vervollkommnung der Keksteighäufchen, die Mia inzwischen aufs Backblech gesetzt hatte. Da erklang wieder Beethovens Neunte, ihr Smartphone.

Chili seufzte genervt: »Ja?«

»Hier nochmal Bauer, bitte legen Sie nicht auf. Der Sturm ist schon runter auf Stärke acht. Das kam gerade über den Wetterdienst. Es flaut weiter ab. Ich würde Sie nicht bitten, wenn wir nicht wirklich in Not wären. Es ist niemand da, der diesen Job machen könnte, außer Ihnen.«

Chili dachte nach. Auf der einen Seite brauchte sie mehr Einkommen, weil psychologisches Coaching einfach nicht mehr lief. Niemand wollte mehr über Krisen nachdenken. Und wegen der Coronamaßnahmen brachte auch der Nebenjob als Kulturreporterin kaum noch etwas ein. Aber Leichen? In *diesem* Sturm an den Deich? Die spinnen ja!

»Was ist, wenn mir was passiert? Das ist doch gefährlich, auch bei Windstärke acht!«

Irene Bauer lächelte und atmete aus, fast geschafft: »Das stimmt. Doch wir haben viel Erfahrung mit ähnlichen Situationen. Herr Sommer holt Sie mit dem Wagen ab. Er kennt sich aus und wird Sie unterstützen. Außerdem sind Sie im Außendienst über uns versichert. Bitte, kann ich auf Sie zählen?«

Normalerweise war Chili nicht ängstlich. Sie überlegte. Schließlich gab sie sich einen Ruck und sagte: »Na gut, ausnahmsweise. Schicken Sie Ihren Herrn Sommer. Ich ziehe mich rasch um und informiere meine Familie. In zehn Minuten bin ich soweit.«

Gerade wollte sie den zweiten Gummistiefel über ihren linken bestrumpften Fuß ziehen, da klingelte es schon. Sie hüpfte an die Haustür und öffnete sie.

»Moin, ich bin's, der fotografische Taxidienst. Na, auch neu bei der *NordNordWest*?«

»Wer denn noch?« Chili blickte neugierig hoch in ein grinsendes Männergesicht. Die braunen Augen kniff der Fotograf verschmitzt zusammen: »Na, ich natürlich.«

Das fehlte ihr gerade noch. Man hatte sie angelogen. Empört knallte Chili die Tür hinter sich zu.

Im Wagen fragte sie: »Stimmt es etwa nicht, dass Sie sich mit Polizeieinsätzen und Stürmen auskennen?«

»Nee, hab' ich nie behauptet. Wer erzählt denn sowas? Bis vorgestern war ich bei *Aktuelles aus den Landkreisen*. Da kam auch mal ein Diebstahl oder Einbruch vor. Aber sowas wie hier, mit Toten, nee, hab' ich noch nicht gehabt. Stürme kenn ich, obwohl, heute, der ist krass.«

Chili schluckte ihren Ärger über Frau Bauers Manipulation hinunter und meinte trocken: »Dann unterstützen wir uns eben gegenseitig.«

Ganz an den Deich ranfahren konnte Sommer nicht. Deshalb stellte er den Wagen auf dem Parkplatz an der Hermann-Heinrich-Meier-Straße ab. Wie in einem Nebelschleier verhüllt, so sah die Gruppe Menschen auf dem Deich hinter der Strandhalle aus. Sommer hakte Chili unter, denn es stürmte und regnete immer noch heftig. Sie mussten sich mit Gewalt rückwärts gegen den nassen Wind aus Nordwest stemmen, um nicht vom Deich getrieben zu werden. Das Wasser spritzte bei jedem Schritt um die Beine. Die See brüllte und rollte bis kurz vor die Deichkuppe.

Atemlos erreichten sie die Gruppe. Sich breitbeinig gegen den Sturm stemmende Polizisten hinter der Absperrung. Und Journalisten vom Bremer Rundfunk und Fernsehen. Sie warteten mit hochgezogenen Schultern, startbereiten Kameras und wuscheligen Sturm-Mikrofonen vor dem Absperrband auf erste Informationen für ihre Berichte. Identität des Toten, Herztod, Selbstmord oder Mord? Solche Fragen diskutierten sie miteinander, indem sie gegen den Sturm anschrien. Eine Ambulanz fuhr gerade weg. Eine weitere wartete noch.

Ein Polizist in Uniform kam auf Chili zu. »Hier gibt es nichts zu sehen, bitte kehren Sie um.«

Chili zeigte ihm ihren Presseausweis: »Keller, *Nord-NordWest-Post*. Herr Sommer ist mein Kollege, Fotograf, wie Sie an der Kamera sehen. Können Sie uns etwas zu dem Toten sagen?«

»Vorläufig wissen wir noch gar nichts, außer dass es sich um einen Mann handelt,« versuchte er sie abzuwimmeln.

Ein bisschen mehr Information brauchte sie schon. »War es Mord?« Forschend schaute sie ihn an. »Und wer hat den Mann entdeckt?«

»Keine Namen, ein Spaziergänger«, stieß er ungeduldig hervor.

»Bei dem Wetter?« Ungläubig sah Chili sich um: »Wo ist er denn?«

»Warten Sie hier mal, ich rede eben mit meinem Vorgesetzten.« Weg war er.

Herr Sommer grinste sie an: »Sie sind ganz schön kess für eine Anfängerin, wir werden gut miteinander auskommen.«

Chili fror, der Wind zerrte an den langen Haaren. Sie schob sich die Kapuze ihres grasgrünen Regenmantels über den Kopf und stopfte die Haare darunter. Albert Sommer packte ihre linke Hand und zog sie mit. Sie stiegen über das Absperrband und liefen dem Polizisten einfach hinterher.

»Mehr als wegschicken können sie uns nicht«, schrie er ihr ins Ohr. »Ich heiße übrigens Albert. Und du?«

»Chili, Chili Keller«.

»Guten Abend! Sommer, Fotograf der *NordNord-West-Post*. Das ist Frau Keller, Polizeireporterin, sie kurzfristig für den erkrankten Kollegen Tepper eingesprungen, den sie ja wohl kennen.«

»Martin Lang, Polizeihauptkommissar. Viel kann ich Ihnen noch nicht sagen. Der Tote wurde kurz nach sechzehn Uhr von einem Spaziergänger gefunden. Er lag auf der Deichkuppe. Männlich, mittleres Alter. Ob er durch Unfall, Erkrankung oder durch Fremdeinwirkung umkam, werden wir erst nach der Obduktion wissen.« Damit ließ er sie stehen.

Während Albert den Ambulanzwagen und die Bahre, die gerade eingeladen wurde, fotografierte, lief Chili dem Kriminalhauptkommissar hinterher: «Herr Lang, einen Moment bitte. Wissen Sie schon, wer er ist?«

»Nein, wir wissen nicht, wer er ist. Es ist alles gesagt. Morgen im Laufe des Tages gibt es eine Pressemeldung.« Schnell entfernte er sich.

Der Wagen mit der Leiche fuhr jetzt ab. Auch die meisten Polizisten gingen zu ihren Autos. Spuren ließen sich bei dem Wetter ohnehin kaum finden. Trotzdem blieb ein Polizist im weißen Plastikschutzanzug da und suchte Stück für Stück den Bereich innerhalb der Absperrbänder ab. Chili erschien das aussichtslos. Denn schließlich wusste niemand, wo genau er umgekommen war. So viel war wohl klar.

***

Zuhause roch es nach Pizza oder Quiche. Bestimmt bereitete Julia das Abendessen zu. Julia, die Meeresforscherin und begnadete Köchin.

Die meisten Leute stellten sich unter einer Wissenschaftlerin eine unattraktive, an weiblichen Gepflogenheiten komplett uninteressierte Person vor. Im Grunde geschlechtslos. Julia war alles andere als das. Sie hätte auch Model werden können. Sie maß gertenschlanke eins zweiundachtzig. Ihr klassisches Gesicht mit den lebhaften braunen Augen, der ausdrucksvollen Nase und dem vollen Mund mit den Grübchen daneben ließ sich nur als schön bezeichnen. Ihre langen kastanienbraunen Haare trug sie meistens offen. Sie kleidete sich dezent elegant: Hosen, Pulli und Blazer aus hochwertigen Stoffen in zurückhaltenden Farben. Schwarz sei eine *Nicht-Farbe*, betonte Julia gerne. Sie beherrschte sowohl Smalltalk als auch komplexe Erörterungen. Unangenehm fand Chili ihren Hang, alle im Haus ständig über die richtige ökologische Einstellung zu belehren.

Weil Chili den Bericht über den Toten im Sturm noch schreiben musste, verzog sie sich unbemerkt in ihr kleines Zimmer im ersten Stock, nachdem sie ihre feuchte Kleidung mit dem roten Hausanzug getauscht und die Haare geföhnt hatte. Hier gab es Ruhe und ihren Laptop, auf dem sie rasch den kurzen Bericht in zwei Versionen schrieb, eine für die Printausgabe und eine für das Online-Portal. Und ab die Post.

Halb sieben. Die Familie saß bereits am Tisch, als Chili in die große Wohnküche kam. Julia verteilte gerade ihre Spezialität, eine Vollkorn-Gemüsequiche.

Jan fragte erregt: »Wo warst du?! Was ist das für eine wirre Geschichte von einem Toten, den du aufsuchen musstest? Verdammt, kannst du mir nicht Bescheid sagen, wenn du verschwindest?! Bei diesem Wetter! Dass ich mir Sorgen machen, daran denkst du wohl nicht.«

Mist, sie hatte nur kurz Julia gebeten, auf Mia zu achten, als Albert schon an der Tür stand. Doch Jans Ton missfiel ihr. Automatisch stellten sich ihr die Stacheln auf.

»Muss ich mich etwa bei dir abmelden, wenn ich das Haus verlasse? Wir haben 2021. Frauen dürfen entscheiden! Schon vergessen?« Chili geriet in Rage. Immer diese männliche Arroganz!

Jan schaltete einen Gang zurück: »Komm mal runter. Ich hab' mir einfach Sorgen gemacht. Da draußen tobt immer noch das Unwetter. Ich will doch nicht, dass dir was passiert!«

Chili seufzte, dieses leidige Mann-Frau-Thema sollte sie wirklich ad acta legen. Sie wusste doch, dass Jan sie respektierte. Langsam biss sie in das letzte Stück der lauwarmen Quiche. Hm, lecker. Dann erzählte sie vom Anruf der *NordNordWest* und warum sie sich entschieden hatte, den Auftrag anzunehmen. Lea fand es spannend. Mia wollte spielen und hockte sich zum Lego auf den Küchenfußboden, um am Haus für die Roboter weiterzubauen.

Jan reagierte angefasst: »Das hättest du nicht tun müssen. Ich verdiene mit meinen Bildern und Skulpturen genug für uns alle.«

»Doch, Jan. Das musste ich einfach tun. Ich will weder von dir noch von Julia abhängig sein. Außerdem kann die Coronapandemie auch den Absatz deiner Bilder und Skulpturen noch kaputt machen. Das ist alles viel zu unsicher. Sie reden schon von der vierten Welle. Und ich will auf gar keinen Fall, dass unsere Töchter prekär aufwachsen müssen, so wie ich. Das war die Hölle. Tochter einer alleinerziehenden Friseurin. Auf dem Gymnasium ein einziges Spießrutenlaufen! Besser wir tun alle das, was jeder kann. Ich kann schreiben. Also habe ich mich verpflichtet, das zu tun. Morgen mache ich den Vertrag. Und versuche nicht, mir das auszureden! Es wird nicht klappen.«

Damit stand sie auf, nahm Mia hoch und sagte: »Jetzt geht es ans Zähneputzen, dann husch, husch ins Bettchen. Und danach erzähle ich dir die Geschichte vom Sturmibär.«

***

Schon sieben Uhr. Freitag. Chili hatte den Wecker, der sie immer um 6 Uhr 30 weckte, nicht gehört. Es war spät geworden, nachdem Jan mit einem Glas Versöhnungssekt ins Bett gekommen war. Liebe und Zuneigung stimmten wieder. Jan übte nach achtzehn Jahren Ehe immer noch eine unwiderstehliche Anziehung auf sie aus. Obwohl er bereits ein kleines Wohlstandsbäuchlein zeigte und die ersten Silbersträhnen sein dunkelbraunes Haar durchzogen.

Wie seine Schwester Julia guckte er mit braunen Augen lebhaft in die Welt. In allem anderen unterschieden sie sich. Jan maß nur eins neunundsechzig. Damit war er ganze fünf Zentimeter kleiner als Chili, die ihn mit ihren 1,74 leicht überragte, vor allem, wenn sie ihre geliebten High Heels trug. Jan kleidete sich salopp in Jeans, die er jeweils in fünffacher Ausgabe kaufte, um nicht wechseln zu müssen, wenn eine in die Wäsche kam. Dazu graue oder braune Pullover im Winter, im Sommer T-Shirts und schwarze Turnschuhe.

Chili legte Wert auf kräftige Farben. Wiesengrün, Klatschmohnrot oder Kornblumenblau, manchmal auch kräftig gelb. So zeigten sich all ihre Hosen, Blusen, Pullis und Kleider in bunter Pracht.

Mit Jan zusammen empfand sie sich als den Inbegriff des schönen Paares.

Jenseits der unbestreitbaren Zuneigung zwischen ihnen, verharrten ihre Meinungen über Chilis neuen Job jedoch unversöhnlich im Gegensatz. Sie hatte versucht, ihm ihre Haltung mit dem Wechsel der Jahreszeiten zu erklären.

»Du musst dir das so vorstellen, in meinem Job ist Herbst, alles stirbt ab wie welkende Pflanzen. Nur noch eine Kundin. Ich fühle mich unzulänglich, wie eine Versagerin. Dagegen muss ich einfach etwas tun. Die bloße, vielleicht sogar unrealistische Aussicht auf Armut macht mich krank. Ich fühle mich wie die Frauen in der Stadt, die im Herbst ihre Balkons mit Schneeheide bepflanzen, damit niemand denken kann, sie wären schlampig und hätten die balkonwürdigen Jahreszeiten nicht im Griff. Ich nehme also den Job in meinem Herbst an, um ohne größere Verluste über den beruflichen Winter zu kommen. Damit niemand behaupten kann, ich hätte mein Leben nicht im Griff. Und damit ich das nicht von mir selbst denken muss.«

Doch trotz ihrer anschaulichen Erklärung zeigte Jan sich uneinsichtig. Er fand, dass es an der Zeit wäre, »diese Albernheiten« aufzugeben. Schließlich war sie eine erwachsene, gestandene Frau mit einem gutverdienenden Ehemann. Sie hatte zwei Kinder geboren und außerdem längst bewiesen, was sie leisten konnte.

Chili drehte sich seufzend auf die linke Seite und sah, dass Jan schon aufgestanden war. Sturm und Regen hatten sich gelegt, die Sonne schien und ließ die letzten Regentropfen vom Vortag auf den herbstlich verfärbten Blättern des Birnbaums glitzern. Nur noch ein paar einzelne Birnen hielten sich an den Zweigen fest. Die meisten lagen am Boden. Ursprünglich hatte sie vorgehabt, sie schon in der letzten Woche für den Winter zu verarbeiten. Dumm gelaufen.

Schnell stand sie auf und duschte ausgiebig. Dann Zähne putzen, obwohl das eigentlich laut Zahnarzt erst nach dem Frühstück passieren sollte. Das schaffte sie nie, also setzte sie die Regel für sich außer Kraft. Weil die Lederhose noch feucht war, suchte sie die rote Jeans aus dem Schrank, dazu ein grünes Seidenshirt mit langen Ärmeln.

»Moin«, rief sie fröhlich. Die ganze Familie saß beim Frühstück und moinste zurück. Chili beugte sich zu Jan hinunter und gab ihm einen sanften Kuss in den Nacken. Er schenkte ihr Kaffee ein, so wie sie ihn am liebsten mochte, mit wenig Milch. Sie nahm ein Brownie, im Glauben, es wäre eins von denen, die sie mit Mia aufs Blech gesetzt hatte. Er schmeckte komisch, krümelig sandig und kaum süß.

»Julia, sind das die Kekse von gestern, die ich mit Mia aufs Blech gesetzt hatte? Oder hast du wieder dran rumgemurkst?« Ihr Adrenalinspiegel stieg.

Julia rollte genervt die Augen: »Ja, natürlich habe ich den Teig ausgetauscht. Die Häufchen standen zu lange und waren zusammengesunken. Außerdem solltest du dem Kind kein Weißmehl zumuten. Mia ist im Wachstum. Knochen, Muskeln, Zähne, für alles braucht sie Lebensmittel, die ihr beim Großwerden helfen. Nicht solche, die Raubbau treiben. Weißmehl ist ein absolutes No-Go!«

Julias ewige Belehrungen in Sachen Ernährung brachten Chili auf die Palme.

»Ich habe dir schon oft genug gesagt, du sollst dich nicht in die Erziehung einmischen! Es ist m e i n e Sache, was ich m e i n e m Kind zu essen gebe! Ein für alle Mal v e r b i e t e ich dir, solche Keile zwischen mich und meine Kinder zu treiben! Verstanden?!«

»Chili, meine Liebe, ich fürchte, du gehst mal wieder zu weit,« sagte Jan in diesem unerträglich sanften Tonfall.

»Halte du dich raus!« Chili wurde laut.

»Mamaaa! Gemütlich!« Mia fing an zu weinen. Streit setzte ihr zu. *Gemütlich* hieß in ihrer Sprache ›vertragt euch, seid wieder lieb‹. Mit drei Jahren hatte sie noch kein dickes Fell. Deshalb bat sie bei Familienstreit immer, dass es ›gemütlich‹ zugehen sollte. Chili verstand, drückte sie an sich und strich ihr über den Rücken. Das half immer.

Sie sah auf die Uhr. Es wurde Zeit, sie mussten los: »Komm Mia, zieh dich an, ich bringe dich in die Kita, ja?«

Während sie Mia beim Anziehen der Schuhe half, verabschiedete sich Jan mit einem zärtlichen Klopfer auf ihre rechte Schulter ins Atelier. Lea war verdächtig still geblieben. Normalerweise mischte sie sich nämlich wortstark ein. Jetzt nahm sie ihre Schultasche und riss die Tür auf.

»Immer suchst du Streit! Aber es gibt nicere Leute als dich! Ich bleib heute Nacht bei Sissi«, warf sie Chili an den Kopf und schlug die Tür lautstark hinter sich zu.

Das fing ja wenig heiter an. Andererseits, Sissis Mutter war eine alte Freundin. Dort war sie gut aufgehoben und aus dem Weg, bis die Wogen wieder geglättet sein würden. Chili seufzte, nahm ihre Tasche auf, Mia an die Hand und verließ das Haus mit einem knappen »Tschüss« in Richtung Julia, die das Frühstücksgeschirr in die Spülmaschine räumte.

2

Chili erreichte das Coachingbüro in der Deichstraße um
8 Uhr 20. Um 9 Uhr würde ihre einzige Coachingstunde
der Woche beginnen. Sie warf einen Blick in die Notizen
der letzten Sitzung. Eine nette, zu nette Bereichsleiterin
in einer der großen Fischverarbeitungsfabriken. Die Af-
färe ihres Mannes hatte sie kalt erwischt. So sehr, dass ihr
im Meeting die Tränen kamen, als der Geschäftsführer
ihren Beitrag überging. Alle hatten es gesehen. Im darauf-
folgenden Gespräch unter vier Augen gab der Chef ihr
die Adresse eines Psychotherapeuten, ein Schlag unter
die Gürtellinie. Emotional aufgelöst war sie zu Chili gekommen. Ihre Freundin hatte ihr geraten, zuerst sie zu
konsultieren. Sie hatte Vertrauen zu Chili gefasst und war
geblieben. Es ging voran. Am Umgang mit männlicher
Arroganz wollten sie weiterarbeiten. Um 8 Uhr 34 meldete
sich das Smartphone. Eine Anfrage. Womit dieser Mann,
Herr Lang, seinen Bedarf an Coaching begründete, trieb
Chili kalte Schauer über den Rücken. Seine Frau schlug
ihn, sagte er. Seit Jahren schon. Mit Gegenständen, zum
Beispiel mit einer Vase. Er hatte bis vor acht Tagen im
Krankenhaus gelegen, mit einem Schädeltrauma aufgrund
von Schlägen auf den Kopf. Seine Kollegin hätte Chili
empfohlen und ihm ihre Mobil-Nummer gegeben. Er
wollte seine Frau anzeigen und sich scheiden lassen – trotz

des Sohnes. Er würde aber dringend Unterstützung brauchen, um das durchzuziehen. Ihm würde es alles andere als leichtfallen, diesen Schritt zu tun.

Chili dachte nach. Mit dem Thema hatte sie bisher keine Berührung gehabt. Weil es inzwischen fast 9 Uhr war, verabredete sie mit Herrn Lang ein Erstgespräch für Montag. Dann würden sie die Einzelheiten in Ruhe besprechen können.

Nach der Coachingsitzung rief sie Stefan, ihren Partner im Coachingbüro, an. Sie wusste, dass er vor vielen Jahren ein Praktikum in einer Männerberatung gemacht hatte. Vielleicht konnte er ihr mehr über Männer von schlagenden Frauen erzählen. Sie verabredeten sich um Mittag herum bei ihm zu Hause. Chili packte ihre Notizen und das Smartphone in ihre große rote Ledertasche, in der sie ständig alles mit sich trug, was sie eventuell unterwegs brauchte. Von Ausweis und Brieftasche über Kosmetik und Zahnbürste bis hin zu Regenschirm und Ersatzwäsche. Sie wollte immer und überall auf alles vorbereitet sein.

Um viertel nach elf sollte Chili Frau Bauer vom Polizeiressort in der *NordNordWest* treffen, um Einzelheiten ihrer Aushilfstätigkeit zu besprechen. Zeit genug, um bei einem Kaffee im Café in der *Alten Bürger* nachzudenken. Weil es in der Sonne hinreichend warm war, suchte sie sich draußen einen Platz. So konnte sie auf die Corona-Maske verzichten.

»Moin, wie immer?«, fragte Margitta, die Bedienung, sie.

»Moin Margitta, heute mal nicht, ich hab' Lust auf einen doppelten Espresso, schön stark, mit viel Zucker und Sahne. Und tu bitte zwei von euren selbstgemachten Pralinen dazu.«

Kurz darauf stellte Margitta den Espresso mit geschlagener Sahne und braunem Zucker sowie die Pralinen lächelnd vor Chili auf den Tisch, legte die Rechnung und die Zeitung daneben und verschwand wieder im Inneren des Cafés. Chili rührte mit dem Löffel dreimal um, damit sich etwas Sahne mit dem Espresso und dem Zucker vermischte. Dann löffelte sie die Sahne von oben weg genießerisch in den Mund. Hmmm, lecker. Danach weichte sie die beiden mitgelieferten Kekse im Kaffee ein und schlürfte die krümelige Angelegenheit aus der Tasse. Schließlich steckte sie die erste der beiden Pralinen in den Mund und nahm die Zeitung auf. Zuerst las sie die Polizeimeldungen. Sogar ein Foto illustrierte ihren kleinen Zweispalter. Es zeigte die Gruppe auf dem Deich, dunkel wie in einem Scherenschnitt, vor dem gespenstisch vom Mond erhellten Himmel, über den düstere Wolken jagten.

Gerade als sie ihren Text noch einmal lesen wollte, um zu sehen, ob er original übernommen worden war, meldete sich ihr Smartphone schon wieder.

Sie fischte es aus der Tasche: »Ja?«

»Hier Bauer, guten Tag Frau Keller. Sie müssten bitte sofort zur Kripo fahren. Punkt elf Uhr findet eine Pressekonferenz zum gestrigen Mordfall statt.«

»Ach herrjeh, sieben Minuten!« Chili dachte kurz nach: »Dann verschieben wir unser Gespräch lieber auf morgen, ich habe noch einen weiteren Termin heute Mittag.«

»Kein Problem, Frau Keller, Hauptsache, Ihr Beitrag über die Pressekonferenz ist rechtzeitig fertig! Dann also bis morgen zur gleichen Zeit!« Es klickte, Frau Bauer hatte aufgelegt.

Chili schob Zeitung und Handy in ihre Tasche, ging ins Café, zahlte und hastete zum Wagen. Zum Glück war es nicht weit zur Polizei am Theodor-Heuss-Platz. Mit dem Parkplatz hatte sie Glück. Nur beim Pförtner hielt es sie auf, ihren Personalausweis zu suchen. Sie hatte angenommen, der Presseausweis würde reichen. Hastig kramte sie in der Tasche danach. Schließlich fand sie, was sie suchte.

Die Konferenz hatte bereits begonnen, als sie eintrat. Schnell setzte sie sich auf einen freien Stuhl am Rand der 10 Stuhlreihen. Ein Mann in Zivil war gerade noch mit der Begrüßung befasst. Später erfuhr sie, dass dies der Pressesprecher war. Der andere war der Leiter der Kriminalpolizei, Direktor Kaulsanger

Kaulsanger übernahm: »Es ist erwiesen, dass es sich im Fall des Toten am Deich um ein Kapitalverbrechen handelt. Die noch in der Nacht durchgeführte Obduktion hat ergeben, dass er durch Fremdeinwirkung zu Tode kam. Im Laufe des weiteren Tages bildet die Kriminalpolizei Bremerhaven eine Mordkommission und beginnt unmittelbar mit der Ermittlung. Bis jetzt wissen wir nicht, wer er ist. Auch fehlt jeglicher Hinweis auf den Täter.«

»Wie wurde er getötet? Erschossen? Erstochen? Erwürgt?« Ein Mann mit Glatze hielt ein Mikrofon in Richtung der beiden Polizeivertreter.

Der Pressesprecher antwortete: »Dazu können wir derzeit keine Aussage machen.«

»Können Sie uns sagen, was Sie in den nächsten Tagen unternehmen, um den Mord aufzuklären?« Die

Frage stellte eine korpulente Frau mit grauem, kurz-
geschnittenem Haar.

»Wie gesagt, wir bilden jetzt eine Mordkommission, die,
da noch Anhaltspunkte fehlen, zunächst in alle Richtun-
gen ermittelt. Ich danke Ihnen für Ihre Aufmerksamkeit.«

Chili blieb sitzen, um schnell letzte Notizen ins IPad
zu bringen. Als sie aufsah, stand Albert neben ihr und
grinste sie an.

»Guter Artikel gestern.«

»Dein Foto ist auch Klasse! Passte gut. Tschüss, ich hab's
eilig.« Chili stand auf und lief los.

»Halt mal an, ich hab' noch was für dich! Der Zeuge.«
Albert drückte ihr einen Zettel in die Hand und ging weiter.

Verdutzt besah sie sich das Stück Papier. Da stand der
Name *Helmut Kassten* und eine Telefonnummer drauf.
Wow, wie hatte er das geschafft? Von der Polizei hatte er
das jedenfalls nicht bekommen. Die war, was den Spaziergänger im Sturm anging, komplett zugeknöpft. Sie holte
ihr Smartphone aus der Tasche, ging zu ihrem Auto auf
dem Parkplatz und rief die Nummer an. Eine hohe Frauenstimme meldete sich, indem sie knapp den Namen Kassten
nannte.

»Hier Keller von der *NordNordWest-Post*. Ich hätte gern
Herrn Helmut Kassten gesprochen.«

»Moment!« Während sie wartete, hörte Chili sie entfernt rufen: »Helmi, da ist wer am Telefon, kommst du?«

Kurz darauf, mit weicher Tenorstimme: »Ja? Hier Kassten, und wer sind Sie?«

Sie erklärte ihm, wer sie war und dass sie ihn gerne
persönlich sprechen wollte, wegen des Toten gestern, den

er doch gefunden hatte. Als erstes fragte er, ob er dann auch in die Zeitung kommen würde, mit Foto und so. Chili meinte, das könnten sie doch besser persönlich besprechen, am liebsten heute Nachmittag. Würde es ihm zwischen 15 und 16 Uhr passen? Es passte ihm; er gab ihr die Adresse durch.

»Klingeln Sie einfach, wenn Sie da sind. Ich bin die ganze Zeit zu Hause.«

Damit war ihr Zeitplan endgültig im Eimer. Sie rief Jan an und bat ihn, Mia aus der Kita abzuholen. Er sagte einfach ja und fragte nicht nach dem Grund.

3

Erleichtert machte Chili sich auf den Weg zu Stefan. Keine fünf Minuten später parkte sie vor seinem Grundstück in einer Seitenstraße am Speckenbütteler Park.

Stefan war im Garten und hatte bunten Mangold in der Hand, den er in den Korb zu dem Feldsalat, Radicchio und den Kräutern tat, bevor er sie begrüßte.

»Komm mit rein, ich mach uns erstmal was zu essen. Dabei können wir in Ruhe reden.«

Sein Grundstück maß ganze 2.500 Quadratmeter. Das Haus belegte nur 60 Quadratmeter davon. Für ihn reichte das. Er lebte allein und war meistens im Garten, den er nach dem Konzept der Permakultur angelegt hatte. Wenn man ihn nicht bremste, erzählte und zeigte er einem ohne Punkt und Komma jedes Detail seiner Gartenkunst. Chili interessierte sich nicht dafür und war froh, dass sie gleich ins Haus gingen. Dort war es erheblich angenehmer. Der Wind hatte aufgefrischt, obwohl man ihn nicht Sturm nennen konnte. Der Himmel zeigte sich inzwischen grau in grau. Am Nachmittag würde es wieder regnen.

Die Küche war der größte Raum im Haus. Chili setzte sich auf den bequemen Stuhl am großen alten Eichentisch und sah Stefan zu, dem großen Mann mit dem runden Gesicht und den kleinen blauen Augen unter bleichen Augenbrauen. Sein weißblondes Haar lichtete sich bereits in der Mitte. Wie immer, wenn er privat war, trug er ausgeleierte Cordjeans und einen weiten Pullover, auf dem die Wollknötchen sich vermehrten. Die Gummistiefel hatte er ausgezogen und lief nun auf Socken im Haus.

Er träufelte gekonnt Olivenöl über ein Blech mit Hokkaidospalten. Salz und Thymian hatte er schon darüber gestreut. Nachdem er den Kürbis in den Ofen geschoben hatte, nahm er sich den Mangold vor. Er wusch ihn kurz, ließ ihn abtropfen, während er zerdrückte Knoblauchzehen in eine Pfanne gab. Bevor sie braun wurden, schnitt er den Mangold in breite Streifen und gab ihn nebst etwas Meersalz zum Knoblauch dazu. Als der Mangold zusammenfiel, wendete er ihn noch zweimal und legte ihn dann auf eine Schale. Petersilie und etwas Zitronensaft darüber, fertig. Der Kürbis war inzwischen gebräunt, und Stefan brachte ihn auf den Tisch. Außerdem legte er ein Stück Feta und Baguette dazu.

Dann setzte er sich an den Tisch und füllte ihre Teller: »So, lang zu, Chili, und erzähl mir, wobei ich dir helfen kann.«

Sie hatte plötzlich großen Hunger und aß erstmal alles mit Genuss auf.

»Du kannst toll kochen, Stefan. Es schmeckt prima, danke für die Einladung!«

Chili legte ihr Besteck beiseite und wischte ihren Mund mit der Serviette ab.

»Weshalb ich dich sprechen wollte, hat mit dem großen Thema ›Wandel des Lebens‹ zu tun. Bei mir ändert sich fast alles, zumindest beruflich. Es kommt einfach zu viel zusammen. Manchmal ist mir zum Heulen, weil immer weniger Kunden zu mir kommen, seit dem ersten

Shutdown. Im Moment habe ich nur noch eine einzige Coachee. Das fühlt sich an, als ob mir der Boden unter den Füßen weggezogen würde. Manchmal will ich mich nur noch verkriechen.«

»Mensch Chili, das ist ja wirklich übel. Warum hast du denn nichts gesagt?! Das muss dich doch schon seit längerer Zeit ziemlich beuteln.«

Stefan legte seine Hand auf ihre und drückte sie.

Chili blinzelte eine Träne weg: »Ich wusste einfach nicht, was ich dir sagen sollte. Psychologisches Coaching wird nicht mehr nachgefragt. Jan meint ja, er verdient genug für uns alle. Aber darum geht es mir gar nicht. Ich habe so viel in meinen Beruf reingesteckt, Geld und Zeit für die Ausbildung. Hoffnung, ja, viel Hoffnung. Ich war zutiefst überzeugt davon, dass viele Menschen mein Coaching brauchen würden. Und jetzt will das keiner mehr.«

Sie schluchzte trocken auf. Dann räusperte sie sich und entzog Stefan ihre Hand:

»Und gestern gegen Abend kam dann dieser Anruf von der *NordNordWest-Post*. Du weißt ja, dass ich hin und wieder für die etwas Kulturelles schreibe. Aber, was jetzt kam, hat mich etwas geschockt. Ich soll vorübergehend den Polizeireporter vertreten, der mit Corona im Krankenhaus liegt. Sie waren unter Druck und schickten mich gestern an den Deich. Die Sturmflut hatte einen Toten angeschwemmt. Stell dir vor: Ermordet! Gott sei Dank brauchte ich ihn nicht anzusehen. Inzwischen habe ich trotz meinem Grusel beschlossen, den Vertrag zu unterschreiben. Ist ja erstmal befristet.«

Stefan schwieg. Er schaute sie lange nachdenklich an. Sein eigener Terminkalender war mit Coachingterminen prall gefüllt. Als Coach mit seinem Abschluss als Ingenieur war er gefragt und beriet vor allem Umwelt-Unternehmen, Windkraft und Solar, aber auch einen Lebensmittelkonzern, der auf Ökoproduktion umstellte. Es tat ihm leid, dass er sich so wenig um Chili gekümmert hatte.

»Dass dein Coachinggeschäft nicht mehr läuft, tut mir riesig leid. Und dann hopplahopp in eine Mordgeschichte, als wenn du einen Hebel umlegst. Das kann doch nicht gesund sein. Da muss man sich doch drauf einstellen. Und das dauert ein wenig, würde ich meinen.«

»Das merke ich auch, Stefan. Eigentlich bräuchte ich Zeit, um mich damit abzufinden. Oder zumindest zu schauen, ob mich der neue Job zufrieden macht. Denn so, wie es ist, bin ich ziemlich durcheinander und frustriert. Aber da ist die Chance. Und ich will einfach zugreifen, um den Frust und die Aussichtslosigkeit zu besiegen, verdammt!«

Stefan lächelte: »Du warst schon immer eine Kämpferin, Chili. Das mag ich so an dir, dass du nie aufgibst. Deshalb dachte ich auch, dass du ständig ein volles Haus hättest, denn diese innere Haltung der Stärke gegenüber den Problemen hast du deinen Klienten so gut vermitteln können wie kaum jemand. Das hat mir ein Freund erzählt, dessen Frau dich konsultiert hatte. Sag mir, wie ich dir helfen kann, Chili.«

»Ich glaube, dass du mir zuhörst ist schon sehr viel. Eigentlich bin ich wegen des verprügelten Mannes gekommen, der Montag sein Erstgespräch hat. Können wir noch darüber reden? Ich habe keine Erfahrung damit und weiß nicht, wie ich ihm begegnen soll.«

»Normalerweise hast du doch schon am Telefon ein fast

unfehlbares Gespür für Leute. Wie kam er dir denn vor? Welchen Eindruck hattest du von ihm?«

Chili versuchte, sich zu erinnern. »Ich war in Eile, hab' nicht richtig zugehört. Wahrscheinlich muss ich mein Bild von der Gewaltlosigkeit der Frauen revidieren. Bisher war ich überzeugt, dass Frauen sowas nicht tun, ihren Mann mit Gegenständen verprügeln. Das gibt es doch gar nicht – dachte ich jedenfalls.«

Stefan lachte: »Okay, dann bist du jetzt informiert. Ich erzähle dir gleich, was ich darüber weiß.«

Chili musste jetzt auch lachen: »Blinder Fleck, was? Danke fürs Wegwischen! Jetzt hätte ich gerne einen Kaffee aus deiner tollen Maschine, bevor wir weiterreden. Ist das unverschämt?«

»Aber nein, eine kleine Pause zum Themenwechsel täte mir auch gut.« Stefan stand auf, bereitete zwei Tassen Milchkaffee zu und trug sie mitsamt dem Zucker zum Tisch, setzte sich wieder und klärte Chili auf.

»Männer werden von ihren Frauen verprügelt, teilweise so schlimm, dass sie ins Krankenhaus kommen. Stell dir das einfach ähnlich vor wie umgekehrt. Wie Frauen, die von ihren Männern verprügelt werden. Es ist ein Tabuthema. Deshalb finde ich es bewundernswert, dass dieser Mann zu dir kommt und einen Schnitt machen will. Er muss ziemlich stark sein.«

Chili war skeptisch. »Ich weiß nicht, wenn er stark wäre, hätte er sich doch wehren können. Warum hat er es so weit kommen lassen?«

Stefan rührte im Kaffee: »Sich als Mann gegen eine Frau zu wehren – aus welchem Grund auch immer – ist tabu. Egal, was tatsächlich geschehen ist, er ist der Täter. In den

Augen der Polizei, der Familienhilfe, der Ärzte. Ich glaube, kein Mann will das riskieren. Deshalb halten alle still.«

Das hätte Chili sich in ihrer kühnsten Fantasie nicht ausdenken können, so unmöglich erschien es ihr, dass Männer stillhielten, während sie von ihrer Frau physisch attackiert und bedroht wurden.

»Das muss ja der reinste Horror für diese Männer sein. Sie sitzen praktisch in der Falle. Ach herrje.«

Stefan nickte: »Wie ich schon sagte, es ist ein Tabu, buchstäblich niemand schenkt ihnen Glauben. Dabei passiert es furchtbar oft. Nicht mal du wolltest es glauben, obwohl dir fast sämtliche Abgründe des Lebens vertraut sind. Dein neuer Vielleicht-Kunde wird vor allem dies brauchen: Jemand, der ihm glaubt und ihm vertraut.«

Chili stand auf und umarmte Stefan kurz: »Danke für alles! Ich bin froh, zu dir gekommen zu sein. Jetzt muss ich los zu dem Zeugen, der den Toten am Deich gefunden hat. Stell dir vor, er ging spazieren, in dem Sturm!«

Beide standen gleichzeitig auf. Chili zog im Flur ihre Jacke an und nahm die Tasche von der alten wunderschönen Kommode, die ihr so sehr gefiel.

Sie trennten sich an der Haustür, wo Stefan sie kurz in den Arm nahm und »toi, toi, toi« sagte. Als sie ins Auto stieg, winkte er kurz und ging ins Haus zurück.

4

Es regnete leicht, und der Wind hatte zugelegt. Außerdem war es reichlich kühl geworden. Da wollte man lieber im warmen Wohnzimmer sitzen, anstatt zu frieren, nur weil man wildfremde Leute besuchen musste. Das schoss Chili kurz durch den Kopf. Doch dann zog sie die Jacke fester um sich und lief die paar Meter zum Haus, in dem Herr Kassten wohnte.

Es wirkte heruntergekommen und war drei Stockwerke hoch. Die ehemals weiße Farbe konnte man nur noch ahnen, der Putz bröckelte, die Eingangstür hatte ihren Anstrich komplett verloren. Sie klingelte bei Kassten. Sofort ging der Summer an und sie drückte die Holztür auf. Im Treppenhaus roch es nach altem Fisch und Bratkartoffeln, bestimmt in Margarine gebraten, igitt.

»Zweiter Stock!« Die Männerstimme klang erfreut und energisch. Chili stieg die ausgetretenen Stufen nach oben. Dort standen eine rundliche, ergraute Frau im geblümten Haushaltskittel und ein nicht minder gerundeter Mann mit grauem Haarkranz, in ausgebeulter Jeans und selbstgestricktem beigen Pullunder mit Muster. Die Beiden sahen ihr erwartungsvoll entgegen. Sie trugen keine Corona-Maske. Deshalb bat Chili sie, eine aufzusetzen. Herr Kassten schaute seine Frau an, runzelte die Stirn, drehte sich um und lief in den Flur. Fast sofort kam er zurück, setzte sich eine Maske auf und gab seiner Frau eine andere.

Jetzt stellten sie sich vor. »Ich bin der, der den Toten gefunden hat; ich heiße Helmut Kassten, und das ist meine Frau Elli.« Er zeigte auf die Frau, die soeben durch die Tür, links vom Flur verschwand.

Herr Kassten ging voraus ins Wohnzimmer, das geradeaus lag. Chili folgte ihm. Auf dem Couchtisch mit Häkeldeckchen standen drei Tassen, eine Kaffeekanne, Zuckertöpfchen und Dosenmilchkapseln. Frau Kassten kam mit Keksen, »selbstgebacken«, dazu. Freundlich lächelnd nahm Chili einen der Kekse und biss ins sehr süße Krümelige hinein. Ohne mit der Wimper zu zucken, bedankte sie sich, leicht verlogen:

»Wunderbar! Aber Sie hätten sich meinetwegen nicht solche Mühe machen sollen, ich habe nur ein paar Fragen an Sie.«

Chili sah Herrn Kassten aufmunternd an.

»Wie kam es, dass Sie bei dem furchtbaren Wetter am Deich spazieren gingen?«

Frau Kassten antwortete: »Man kann ihn nicht davon abhalten. Ich sage immer wieder, du kommst nochmal um da draußen.«

Chili seufzte leise: »Ähm ja, das wollen wir nicht hoffen. Herr Kassten, bitte erzählen Sie doch selbst einmal davon.«

Er hatte den Wink verstanden, zwinkerte ihr zu und sagte: »Elli macht sich immer Sorgen. Aber das ist nun mal mein täglicher Spaziergang. Ich brauch' das, jeden Tag meine Strecke. Ein ordentlicher Marsch. Und so schlimm war das Wetter auch nicht. Man gewöhnt sich dran. Einen Schreck kriegte ich, als ich den Mann auf dem Deich liegen sah. Er war klitschenass, und ich dachte, der holt sich was weg, wenn er da noch länger liegen bleibt. Also bin ich hin und hab ihn an der Schulter geschüttelt, er lag so auf dem Bauch. Aber er reagierte nicht, fühlte sich auch komisch an, so weich irgendwie. Da hab' ich es mit der Angst gekriegt und bin rüber in die Strandhalle und hab' von da den Rettungsdienst gerufen. Eine Schande war das, die kamen erst zwanzig Minuten später! Wenn er noch gelebt hätte, wäre er vielleicht deswegen gestorben. Der eine Sanitäter, der den Mann untersucht hat, rief dann auch gleich die Polizei. Die kam in Nullkommanix. Ich wollte weg, aber sie sagten, ich müsste bleiben, wegen der Vernehmung. War ich vielleicht ein Gangster? Mein Leben lang war ich ehrlich, hat bloß nix eingebracht. Jedenfalls fragten sie mich nach Strich und Faden aus, lauter Sachen, die ich nicht wusste. Wer war der Mann? Was machte ich bei dem Wetter am Deich? Personalausweis hatte ich zum Glück dabei, hab' ich immer, zur Vorsicht, kann immer mal sein, dass die Polente ihn sehen will. Abgleich mit Strafdatei, übers Handy, als wär' ich ein Verbrecher. Solln sie doch sehen, wie sie in Zukunft noch eine Meldung kriegen. Von mir nich!«

Puh, Ohne Punkt und Komma, er redete sich regelrecht in Rage. Bloß schnell den Absprung kriegen.

»Vielen Dank, Herr Kassten, das war schön ausführlich. Dann fahr ich jetzt mal und schreib das.«

»Elli, hol doch mal eben das Bild vom Nachttisch. Ich hab' nämlich extra das Beste für den Artikel rausgesucht. Und hier hab' ich meinen Namen richtig aufgeschrieben. Nicht, dass da nachher was Falsches steht.«

Chili stand auf: »Herr Kassten, ich denke, dass wir dieses Interview anonym halten. Immerhin läuft der Mörder noch frei rum. Wir wollen ja nicht, dass Ihnen was passiert.«

Der Mann zog die Mundwinkel herunter und biss sich auf die Unterlippe. Dann sah er auf und meinte, dass es so wohl besser wäre, schon, weil Elli sich sonst wieder Sorgen machte und ihn im Haus halten wollte.

***

Als sie kurz darauf die Auffahrt zu ihrem Haus nahm, atmete Chili auf. Ihre Stimmung stieg, sie freute sich auf die Familie am Küchentisch. Auch wenn Lea nicht da sein würde, es war doch wunderbar, mit vertrauten Menschen unter einem Dach zu leben. Besonders bei dem Sturm, der wieder an den Bäumen riss. Die zweite angekündigte Sturmflut.

Bevor Chili sich in ihrem kleinen privaten Raum im ersten Stock an den Laptop setzte, um die Artikel zu schreiben, ging sie in die Küche und bereitete sich einen Ingwer-Orangentee mit Honig zu. Dann schrieb sie zuerst den Beitrag über die Pressekonferenz.

Komisch, dachte sie, warum machen sie sich den Aufwand mit der Pressekonferenz, wenn sie so gut wie nichts zu sagen haben? Sie bauschte den Text ein bisschen auf, nannte Namen und Dienstgrade. Die allgemeinen Aufgaben einer Mordkommission erklärte ihr das Internet, und sie gab es an die Leser der *NordNordWest-Post* weiter. Sie schrieb drei Sätze über die Schwierigkeit der Identifizierung des Opfers und spekulierte darüber, wie der Mann in diese Situation geraten sein mochte. Vom Unwetter überrascht und über Bord gegangen? Nein, er war ja ermordet worden. Ein Streit auf einem Schiff, der mit seinem Tod endete und anschließend über Bord geworfen? Schon eher möglich. Da man ihn nicht identifizieren konnte: Hatte er etwa keine Brieftasche dabei, keine Kreditkarten, kein Handy? Wohl nicht. Sie schloss mit der Hoffnung auf dienlichere Hinweise durch die Polizei in den nächsten Tagen.

Prima, fertig, sie setzte ihr Kürzel *-ili* darunter und schickte den Text an die Redaktion. Jetzt noch das Interview in Form einer kleinen Reportage. Sie schilderte das Ehepaar mit freundlichen Worten und lobte die Tapferkeit des Herrn K. über den grünen Klee, der trotz seines Alters und trotz der Sturmböen seinen täglichen Spaziergang am Deich durchgeführt und somit der Polizei einen unschätzbaren Dienst erwiesen hatte.

Diesen zweiten Text schickte sie um 17 Uhr 32 hinterher, trank den letzten Schluck kalten Tee und entschied, dass ab sofort das Wochenende begann.

5

Lea weigerte sich seit kurzem konsequent, *Tier* zu essen. Weil sie heute über Nacht aber bei Sissi blieb, sah Chili die einmalige Gelegenheit, fürs Abendessen Fisch zu bereiten. Auf dem Rückweg vom Interview hatte sie vorausschauend im Fischereihafen Seezungen und Nordseekrabben gekauft. Außerdem besorgte sie Karotten mit Grün, Baguette, Sonnenblumenkerne und Ziegenfrischkäse im Bioladen.

Zuerst pulte sie die Krabben. Mia half mit, weshalb es etwas länger dauerte. Es gab Tränen, wenn ihr der Schwanz einer Krabbe abriss, statt sich aus der Schale zu lösen. Trösten und die kaputte Krabbe retten waren eins. Die kleinen Händchen führen und zeigen, wie man den Schwanz der Krabbe packte, vorsichtig daran zog und kaum wahrnehmbar drehte, bis die Schale das Fleischende freigab.

Dann kam der schwierigere Teil: Die Krabbe musste man aus der restlichen Schale, dem Kopf, herausgeholt werden. Mia übte, wie sie ganz leicht das Fleisch ein wenig hin und her drehen und vorsichtig ziehen musste, bis die Krabbe in Gänze herauskam. Daran biss sie sich die Zähne aus. Denn das lernte man nicht in 30 Minuten. Sie nörgelte und beschloss, lieber am Haus aus Lego für ihre Roboter weiterzubauen. Was Chili ermöglichte, in Windeseile die restliche Pularbeit zu erledigen.

Anschließend garte sie die Seezungen und die Karotten jeweils getrennt in Butter und etwas Weißwein. Dazu röstete sie Pastinaken-Scheibchen, die sie mit Petersilie über die Karotten streute. Zuvor hatte sie bereits ein Pesto aus dem Karottenkraut, gerösteten Sonnenblumenkernen, Sonnenblumenöl, Parmesan und etwas Zitronensaft für die Vorspeise gemixt. Chili war eine begeisterte Köchin, und ihre Fantasie, wie ihre Kreationen schmecken und duften würden, kannte keine Grenzen. Kochbücher hielt sie für gestrig.

Jan, Julia und Mia hatten sich an den Tisch gesetzt und sich am Baguette, Pesto und Ziegenkäse bedient. Als die Hauptspeise aus Seezungen, Karotten und Krabben fertig war, setzte sich auch Chili dazu.

Nachdem Julia den letzten Bissen Seezunge verspeist hatte, legte sie die Gabel neben ihren Teller und fragte:

»Sag mal, Chili, ist schon bekannt, wodurch der Tote, zu dem du gestern hinfahren musstest, umgekommen ist? Ein Unfall, oder?«

Falsches Thema beim Essen, ganz falsches Thema. Jan sprang darauf an:

»Dass sie dahin musste, ist großer Blödsinn! Niemand muss das tun.«

»Nein, ich musste das nicht. Ich habe mich dafür entschieden. Und was die Todesursache betrifft, es ist nur klar, dass der Ärmste ermordet wurde.«

Mia guckte mit großen Augen auf ihre Mutter: »Was ist ermordet?«

Chili überlegte, wie sie das kindgerecht erklären konnte. Julia nahm es ihr ab.

»Mia, du hast doch neulich in Wremen dem Fischer auf

dem Kutter zugeguckt, wie er eine Scholle totgemacht hat, ja?« Mia nickte. »Das hat ein böser Mann mit dem toten Mann am Deich auch getan.«

Mia ordnete seit einiger Zeit alles in Verbote und Erlaubtes ein, weshalb sie fragte: »Darf der das?«

»Nein, das darf niemand. Deshalb war die Polizei auch da und sucht jetzt den Täter, damit er ins Gefängnis kommt und nie wieder jemand totmachen kann.«

Damit hielt Chili das Thema für beendet. Doch Jan wurmte ihre Eigenmächtigkeit immer noch.

»Was ich nicht begreife, ist, warum du dich unbedingt in solch eine abwegige Geschichte reinhängen musst. Coaching ist doch viel angenehmer. Du hilfst Menschen, zufrieden zu werden und ihr Leben netter zu gestalten. Warum, zum Teufel, stehst du diese Durststrecke jetzt nicht durch? Das ist doch gar nicht deine Art, plötzlich alles hinzuschmeißen! Und es in derart Unerfreuliches einzutauschen!«

Chili bemühte sich, ruhig zu bleiben.

»Es geht doch nicht darum, irgendeine Durststrecke durchzustehen. Erstens dauert diese Durststrecke jetzt bald zwei Jahre. Und zweitens ist Coaching längst nicht so angenehm wie du zu glauben scheinst. Meine Klientinnen wurden gemobbt. Weißt du, was das heißt? Ich sag's dir: Es bedeutet den Versuch, ihre Identität zu zerstören. Und ich hatte noch schlimmere Fälle als das. Eine Frau unterlag einem Tötungsversuch im Job, stell dir vor. Sie überlebte nur knapp. Eine andere musste mit ansehen, wie ihr Kollege erschossen wurde. Und ein weiterer ...«

»Hör auf, das ist ja schrecklich! Chili, warum hast du mir das nie erzählt? Ich hätte dich doch trösten können.«

Chili sah Jan fassungslos an.

»Aber ich h a b e dir erzählt, dass meine Kundinnen ein schweres Schicksal hatten. Schließlich bin ich für die Arbeit mit Psychotraumata ausgebildet.«

Julia guckte von einem zum andern.

»Vielleicht ist es an der Zeit, dass Ihr Euch mal aussprecht. Ich räum' hier jetzt ab und bringe Mia ins Bett. Im Kühlschrank gibt es noch Weißwein und Prosecco.«

Jan fuhr sich mit der rechten Hand über die Augen. Dann streckte er sie aus und legte seinen Arm um Chilis Schulter.

»Tut mir leid, Chi, vielleicht habe ich dir wirklich nicht zugehört.«

Er stand auf, holte zwei Weingläser aus dem oberen Küchenschrank und den Chardonnay aus dem Kühlschrank. Julia hatte inzwischen die Spülmaschine eingeräumt und die Küche verlassen. Jan zog seinen Stuhl näher zu Chili heran, setzte sich und schenkte etwas Wein in die Gläser.

Dann reichte er ihr eins und stieß es mit seinem leicht an. »Lass uns einfach reden. Diese Arbeitsprobleme und plötzlichen Änderungen müssen dich doch belasten. Sag es mir, wenn ich unrecht habe. Aber du wirkst in letzter Zeit so illusionslos und verschlossen. Wenn du mich immer noch als deinen Mann akzeptierst, warum sprichst du nicht mit mir über deine Sorgen?«

Chili nahm einen großen Schluck vom Wein und streckte ihre Beine aus.

»Ich weiß nicht, mir schwimmen gerade alle Felle weg. Das krieg ich nur gebacken, wenn ich kämpfe, verstehst du? Wenn ich kämpfe, für mich.«

»Das musst du doch nicht so allein tun, fast heimlich. Ich kann dir helfen, wir können dir helfen. Vor allem macht mir Sorgen, dass du von jetzt auf gleich Reportagen über Kriminalität schreiben willst. Das ist verdammt gefährlich. Du könntest ins Visier von Straftätern geraten. Ich mag gar nicht daran denken.«

Jan leerte sein Glas.

Chili stutzte: »Ins Visier von Ganoven? Wie das? Ich bekomme die Informationen von der Kripo und schreibe die Artikel auf dem Laptop. Fertig. Was soll daran gefährlich sein?«

Chili trank auch aus und holte die Prosecco-Flasche aus dem Kühlschrank. »Das ist ein Thema, das mehr Alkohol verträgt«, meinte sie.

Jan nahm ihr die Flasche ab, öffnete sie und goss ihr und sich selbst ein Glas Prosecco ein, prostete ihr zu und sagte:

»Werde nicht blind, nur weil du es unbedingt willst. Sag mir, warum du derart auf stur stellst. Ich will dich verstehen können. Gib mir bitte eine Chance dafür.«

Chili schluckte. Er sprach einen wunden Punkt an. Es war schon immer so gewesen, dass sie sich wie in die Enge getrieben fühlte, wenn sie ganz dringend etwas wollte. Wie damals mit sieben, als sie unbedingt – mit Fußaufstampfen – bei den Jungs mitspielen wollte. Ein bisschen war es jetzt auch so. Als würde ihr das jemand verweigern können. Als wollte Jan ihr verbieten, den Reporterjob anzunehmen. Nein, das konnte er nicht.

»Jan, es tut mir leid, immer fürchte ich, dass du mir etwas verbieten willst. Ich weiß, dass das nicht dein Stil ist. Lieber würde ich mich bei dir anlehnen, aber es will mir nicht gelingen. Dabei …«.

Chili sah Jan an, Jan sah Chili an. Und dann nahm er sie in seine Arme.

»Vergiss nie, dass ich dich liebe und für dich da bin«, flüsterte er ihr ins Haar.

Das Gespräch dauerte insgesamt zwei Gläser Weißwein und eine Flasche Prosecco. Jedenfalls endete es um 23 Uhr 34 damit, dass Jan zwar Chilis Erfahrungen mit belastenden Coachingsitzungen besser verstehen konnte. Dennoch wollte er ihren Berufswechsel nicht akzeptieren. Er selbst befasste sich mit Farbspielen an der Staffelei. Er schuf sinnlich anmutende Skulpturen, die einem, wenn man sie berührte, wohlige Schauer über den Rücken jagten. Chilis Entscheidung blieb ihm unverständlich. Nach wie vor war er nicht damit einverstanden. Chili begriff, dass er sie dennoch liebte. Sie liebte ihn auch und blieb bei ihrer Entscheidung, zumal es sich ja nur um eine Aushilfstätigkeit handelte, wie sie sich selbst einredete.

***

Sonntagnachmittag, viertel nach vier. Chili und Jan saßen im Atelier auf dem bunten Bodenpolster, schauten sich fasziniert in die Augen und schoben sich gegenseitig Pralinenstückchen in den Mund. Kurz nach Mittag hatte Jan Chili gebeten, ihm wieder einmal Modell zu sitzen.

Doch nach den ersten Skizzen auf der Leinwand hielt es Jan nicht mehr, und er gesellte sich zum Aktmodell. Und zwar einigermaßen leidenschaftlich. Chili empfand ganz ähnlich. So begann ein wunderbar erregender Nachmittag. Unterbrochen von ernsteren Gesprächen über Chilis berufliche Zukunft. Von erotischer Zuwendung immer wieder aufs Neue betört, verharrten sie dennoch in der Streitfrage unverändert polarisiert. Daran änderten selbst die Pralinenhäppchen nichts. Im Laufe des Nachmittags büßte ihr Konflikt seine Kraft ein und zerfiel im Kichern und Ist-doch-egal-Küssen und wachsender Leidenschaft.

6

Chili wartete im Coachingbüro gutgelaunt auf Herrn Lang. Sie waren für 10 Uhr 30 zum Erstgespräch verabredet. Was mochte das für ein Mann sein, der sich von seiner Frau verprügeln ließ? Sie meinte, er müsste wohl ziemlich klein und eher von der zarten Sorte sein. Ach nein, bitte kein Klischee! Trotz der Erklärung von Stefan konnte sie sich nicht vorstellen, warum ein Mann sich das von einer Frau gefallen ließ. Konnte oder wollte er sich nicht wehren? Er hätte sie doch längst verlassen können …?

Genau eine Minute vor der verabredeten Zeit läutete es an der Tür. Sie öffnete. Der Kriminalhauptkommissar vom Deich stand vor ihr und grüßte sie höflich.

»Ja, bitte?« Chili war verwirrt. Hatte sie etwas falsch gemacht? War etwas mit Jan, oder oh Gott, mit Mia?

»Lang mein Name, wir waren zum Gespräch verabredet. Sagen Sie, kennen wir uns? Manchmal ist Bremerhaven ein Dorf.«

Sie schluckte: »Kommen Sie doch erstmal rein.«

Sie zeigte ihm die Garderobe im Flur und wartete, bis er die Jacke aufgehängt hatte. Dann bat sie ihn ins Coachingzimmer, bedeutete ihm, sich in den Sessel unter dem Bild in Rot zu setzen und setzte sich selbst ihm gegenüber. Er sah sie freundlich lächelnd an. Ein großer Mann, dachte Chili. Bestimmt Eins fünfundachtzig, braunes

Haar, unscheinbare Brille mit schmalem Rand, Jeans und schwarzer Rollkragenpulli. Schuhe mit dicken Gummisohlen. Wirkte robust.

»Sie haben recht, Herr Lang, wir kennen uns. Ich bin die Reporterin, die Sie am Donnerstag am Deich beim Zoo angesprochen hat. Es ging um den Toten, den die Flut angetrieben hatte.«

Herr Lang sah Chili genauer an.

»Richtig, jetzt erinnere ich mich. Sie wollten mehr wissen, als für die Öffentlichkeit gut gewesen wäre. Aber, ich verstehe nicht …haben Sie denn zwei Berufe?«

Chili räusperte sich: »Tja, seit der Sturmflut. Da rief mich die NordNordWest-Post an, ob ich für den plötzlich erkrankten Herrn Tepper einspringen könnte, quasi von jetzt auf gleich. Das hab' ich dann gemacht.«

Sie erzählte ihm, dass sie schon seit einigen Jahren für die Kulturseiten hin und wieder Artikel schrieb, weshalb die Redaktion auf sie gekommen war. Es würde aber nur vorübergehend sein. Allerdings sah sie jetzt ein Problem.

»Herr Lang, das bedeutet, wir sind in einer schwierigen Situation. Denn wir würden uns eventuell auch außerhalb des Coachings treffen. Und das sollte eigentlich nicht sein. Coaching ist eine vertrauliche Situation, in der ich mich ganz auf Sie konzentriere. Es wäre professioneller, wenn ich Informationen über Sie nur von Ihnen direkt in diesem Raum erhalten. Ich weiß nicht, ob es mich oder auch Sie nicht falsch beeinflussen würde, wenn wir uns an Tatorten oder ähnlichem begegnen würden. Was ist, wenn es einen Konflikt zwischen Presse und Polizei gibt?«

Kommissar Lang rieb sich mit zwei Fingern der rechten

Hand die Nasenwurzel. Dann sah er auf und meinte trocken:

»Das fände ich sogar gut. Es würde Ihr Bild von mir erweitern. Ich bin schließlich mehr als ein Mann, der sich schlagen ließ. Wir müssten einen Vertraulichkeitspakt schließen. Sie geben nichts von dem, was ich Ihnen anvertraue, an Dritte weiter. Ich erzähle Ihnen über unsere Fälle nicht mehr als anderen Journalisten. Der Pakt müsste gelten, solange Sie mich coachen. Was meinen Sie?«

Chili betrachtete die rotlackierten Nägel ihrer linken Hand und dachte nach.

»Okay, ich koche uns jetzt einen Tee, und dann reden wir ausführlich über den Pakt, den Sie mir vorschlagen.«

Nachdem beide eine Tasse Kräutertee vor sich stehen hatten, reichte Chili Herrn Lang die Zuckerdose rüber und erklärte:

»Den Pakt, den Sie vorschlagen, müssen wir erweitern. Sie könnten sich verplappern und mir Dinge verraten, die ich nicht veröffentlichen darf. Das würde schwierig werden, denn ein Reporter muss schreiben können, was er erfährt.«

Herr Lang lachte: »Ja, ach so, ich hab' Ihnen noch nicht erzählt, dass ich bei diesem Mordfall nicht mitmache. Ich bin nicht in der Mordkommission dabei. Die Kollegen schonen mich noch. Das wäre also keine Gefahr. Abgesehen davon bin ich natürlich geübt, Dinge nicht zu sagen, die nicht gesagt werden sollen. Täte ich das, wäre ich ein ziemlich schlechter Polizist.«

»Würde ich Sie denn bei anderen Gelegenheiten draußen treffen? Es gibt ja noch mehr Delikte, Diebstahl, Einbruch und Prügeleien zum Beispiel.«

Lang sah sie prüfend an: »Sie sind ja noch neu bei der Presse. Diese Bagatelldelikte, wie wir sagen, obwohl es für die Betroffenen bestimmt keine Bagatelle bedeutet, erhalten Sie als Pressemitteilung direkt ins Postfach. Sie können auch die Pressestelle anrufen, wenn Sie Informationen brauchen. Außerdem finden Sie in der Webseite der Bremerhavener Polizei die Delikte aufgeführt. Eine Pressekonferenz wie am Freitag findet nur in Ausnahmefällen statt. Mord kommt zum Glück sehr selten bei uns vor. Ich sehe keinen Grund, wirklich nicht, warum ich bei Ihnen kein Coaching bekommen sollte.«

Chili trank einen Schluck vom Tee und dachte nach. Die Abstinenzregel passte nicht recht zu diesem Fall. Das brachte sie durcheinander. Irgendwie schwand dieser Tage ihre Gewissheit, wie Situationen zu sein hatten und wie man sie löste, immer öfter in Grauzonen. Grenzen wurden durchlässig. Sie empfand das als schwammig, nicht klar greifbar. Zugleich interessierte sie der Mann und wie sie ihm wohl helfen könnte.

»Gut, Herr Lang, reden wir erstmal über Ihr Anliegen, und wenn ich Ihnen helfen kann, schließen wir nach der Sitzung schriftlich den Pakt. Einverstanden?«

Er bedankte sich und erzählte ihr seine Leidensgeschichte. Wie der Streit zwischen ihm und seiner Frau immer mehr eskalierte. Wie er ihr nichts recht machen konnte. Auf Besänftigungsversuche reagierte sie wütend. Verließ er den Raum, um Abstand zwischen sich und ihre Wut zu bringen, lief sie ihm nach und schlug zu. Mit allem, was ihr gerade in die Hände kam. Schließlich war er zu einem Paartherapeuten in Bremen gefahren. Doch der meinte, sie müsste mitkommen, sonst hätte es keinen

Zweck. Natürlich wollte sie nicht. Eines Tages lag er im Krankenhaus, mit einem Schädeltrauma. Dort besuchten ihn die Kollegen und Kolleginnen seines Teams.

Er hatte es nicht bemerkt, doch sie wussten längst Bescheid, das hatten sie ihm gesagt. Und dann fingen sie an, ihn zu bearbeiten. Nach der Entlassung aus dem Krankenhaus sollte er auf keinen Fall zu ihr zurück. Sie boten ihm ein Zimmer im Haus eines Kollegen an. Außerdem sollte er sich schnellstens scheiden lassen. Nicht nur das, er sollte sie direkt anzeigen.

Letztlich hatte er eingesehen, dass sie recht gehabt hatten. Er war noch zur Opferberatung in Bremen gewesen, wo die Beraterin das Gleiche meinte.

Chili hatte aufmerksam zugehört. »Das ist ja wunderbar, dass Sie so viel Unterstützung gefunden haben. Was möchten Sie denn von mir?«

»Ich dachte, wenn Sie mir zuhören könnten. Und wenn ich nicht weiterweiß oder die Scheidung zurückziehen will, dass Sie mich dann auf Spur halten, damit das Problem vom Tisch kommt.«

Sie schaute auf die Uhr an der Wand. Eine ganze Stunde war schon vergangen.

»Das ist okay, das kann ich machen. Wir müssen jetzt leider zum Ende kommen. Deshalb schlage ich Ihnen drei Probesitzungen vor. Zu Beginn der ersten Sitzung unterschreiben wir unseren Pakt. Ich bereite das vor. Sollte ich etwas vergessen haben, kann das schnell am Laptop geändert werden.«

Chili nannte ihr Honorar und den Ablauf der Sitzungen sowie die Bedingungen für die Beendigung oder falls er kurzfristig eine Sitzung absagen müsste. Martin Lang war mit allem einverstanden. Dann verabschiedeten sie sich voneinander.

***

Gleich 12 Uhr. In dreißig Minuten sollte sie mit Frau Bauer in der Kantine der NordNordWest ihren Einsatz besprechen. Zuerst wollte sie aber festhalten, was ihr Herr Lang erzählt hatte und was sie verabredet hatten. Nachdem das erledigt war und sie auch die Tassen abgespült hatte, fuhr sie los. Ein kurzer Weg von der Deichstraße bis zur Alten Bürger.

Die Kantine, wo sie Frau Bauer treffen sollte, lag im vierten Stock. Lichtdurchflutet durch eine Reihe hoher Fenster und vier große Oberlichter. Die Stirnwand hatten sie komplett begrünt, die stetig beregnet wurde. Dadurch fiel das Atmen angenehm leicht. Nicht wie in all den überheizten Geschäften in der Oberen Bürger, wo einem gleich die Nase austrocknete.

Chili schaute sich um. Die meisten Tische waren besetzt. Monotones Murmeln und Scharren vom Stühlerücken, wenn jemand aufstand, begleitete die Rufe hinter der Theke. Eine Frau auf der linken Seite an einem Ecktisch neben einem der Fenster winkte sie zu sich. Von dem Platz aus sah man über den Kaiserhafen und die Weser bis nach Nordenham.

Das war wohl Frau Bauer, die jetzt aufstand, aber Abstand hielt.

»Moin Frau Keller, das sind Sie doch? Schön, dass sie da sind. Nehmen Sie ruhig die Maske ab. Hier ist eine exzellente Lüftung installiert, und alle Mitarbeiter haben sich impfen lassen. Sie sind doch auch geimpft?«

Und als Chili nickte: »Ich habe mir schon etwas bestellt. Gehen Sie doch auch eben an die Theke, und suchen Sie sich etwas aus. Das geht aufs Haus.«

Chili wählte den Salatteller mit Garnelen und eine kleine Flasche Sprudelwasser.

»Kommt gleich«, rief ihr die Bedienung zu. »Setzen Sie sich einfach wieder!«

Frau Bauer hatte ein DIN-A4-Blatt vor sich liegen, als sie zum Tisch zurückkam. »Solange wir aufs Essen warten, können wir den vorläufigen Vertrag eben unterschreiben. Dafür haben wir einfach Ihren Vertrag für freie Mitarbeit im Kulturressort erweitert. Ich denke, das kommt Ihnen entgegen.«

Sie schob das Papier über den Tisch zu Chili.

Chili sah Frau Bauer nachdenklich an, eine eher kleine Frau mit dunklem, kurzem Haar und großer Brille mit nachtblauem Rand. Dunkelblauer Blazer ohne Schnickschnack, darunter ein gelber Pulli mit V-Ausschnitt.

Sie fühlte sich überrumpelt. Denn sie war davon ausgegangen, dass sie darüber zuerst reden würden. Stattdessen setzte man ihr einen Vertrag, an dem sie nicht beteiligt worden war, ultimativ vor die Nase. Im Prinzip fand sie eine einfache Erweiterung ja okay. Trotzdem: Sie hätten sie einbeziehen müssen. Chili presste die Lippen zusammen, nahm den Vertrag und las ihn durch.

Als sie damit fertig war, sah sie auf und fragte: »Was bedeutet es, dass dies ein v o r l ä u f i g e r Vertrag ist?«

Frau Bauer rieb sich die Nase. »Ehrlich gesagt, wollten wir keine terminliche Befristung aufnehmen. Wir wissen schließlich nicht, wie lange Ihr Einsatz bei uns dauern wird. Weiteres kann man dann später sehen.«

»Das versteh ich nicht, Frau Bauer. Die Formel ›aushilfs-weise, bis Herr Tepper seinen Dienst wieder aufnimmt‹, ist Ihnen doch auch geläufig. Sie haben sich aber dagegen entschieden. Warum?«

Frau Bauer betrachtete Chili, als würde sie sie zum ersten Mal sehen. Mit gefurchter Stirn und zusammen-gekräuseltem Mund.

Mit rauer, leiser Stimme sagte sie: »Wir wissen nicht, ob und wann Herr Tepper wiederkommen wird. Seit gestern Abend wird er beatmet. Die Ärzte tun, was sie können, machen aber wenig Hoffnung auf eine schnelle Genesung. Wenn er sich erholt, folgt eine mehrwöchige Reha. Wie lange es dauern wird, bis er wieder arbeitsfähig ist, weiß man nicht.«

Chili saß da und kaute, ohne etwas im Mund dafür zu haben. Sie brauchte einen Moment, um diese Information zu verdauen. Schließlich sagte sie: »Das ist ja schrecklich! Der arme Mann.«

Frau Bauer nickte nur. Da fiel Chili ein, dass ihr Gegen-über ihr doch gerade erst mitgeteilt hatte, dass alle Mit-arbeiter geimpft worden wären. Als sie ihre Verwirrung über den Widerspruch äußerte, erfuhr sie, dass Herr Tep-per der Einzige war, der die Impfung verweigert hatte.

»Niemand hat ihn überzeugen können. Er fürchtete irgendwelche späten Nebenwirkungen. Leider hat er vier Mitarbeiter und eine Mitarbeiterin angesteckt. Sie haben zwar nur leichte Symptome, sind aber sauer auf ihn. Weil sie trotz Impfung in Quarantäne mussten. Die meisten Mitarbeiter des Verlags fühlen sich durch seine Weige-rung, sich impfen zu lassen, abgestoßen. Schon in den letzten Wochen hat ihn das isoliert. Niemand mochte ihm mehr nahekommen. Wir mussten ihm einen eigenen Arbeitsraum einrichten. Wenn Herr Tepper zurückkommt, wird er sich impfen lassen müssen. Da geht kein Weg dran vorbei. Denn nur die Genesung allein ist ja nicht sicher.«

Chili unterbrach die Ressortleiterin, die ihr angespannt die wirklichen Hintergründe ihres Einsatzes erklärte:

»Frau Bauer, das stell' ich mir ziemlich belastend für Sie und die Mitarbeiter vor. Wird er sich denn nach dieser furchtbaren Erfahrung mit Beatmung und Intensivstation impfen lassen?«

»Ja, Sie haben recht, sein Alleingang belastet das Arbeitsklima einfach zu sehr. Die Kollegen haben Angst, sich anzustecken. Deshalb gab es im Frühjahr eine Betriebsversammlung, in der alle bis auf Herrn Tepper einer Impfung zustimmten. Dass nun weitere vier Mitarbeiter positiv getestet wurden, macht es eher schlimmer als besser. Lehnt er wiederum die Impfung ab, gibt es aus unserer Sicht nur den Weg der Kündigung.

Dass die Mitarbeiter sich bei ihm angesteckt haben, lässt sich nicht nachweisen, leider. Deshalb ist die Frage, ob das rechtlich möglich ist noch ungeklärt. Aus diesem Grund war es unklar, wie wir Ihren Vertrag gestalten sollen. Tatsache ist, dass wir Ihnen gerne die Stelle von Herrn Tepper anbieten würden – falls er nicht zurückkommen sollte. Wenn Sie weiterhin so zuverlässig gute Arbeit leisten wie bisher, stünde dem nichts im Wege.«

Dieser Herr Tepper stand offensichtlich auf verlorenem Posten, was seine Zukunft bei der *NordNordWest* anging. Klar, er war unbeliebt, wohl extrem unbeliebt. Jedenfalls konnte Chili keine Regung von Mitgefühl bei Frau Bauer entdecken. Und in der Belegschaft sah es wohl kaum besser aus. Ein dummer Mann - einerseits. Doch andererseits machte er die Schrecken einer lebensbedrohlichen Erkrankung durch. Und so schrecklich isoliert.

»Hat er denn wenigstens Familie, Frau Bauer?«

Chili wollte es nicht in den Kopf, dass er ganz allein, von allen verlassen sein sollte. Coronaleugner hin oder her. Das wünschte man doch niemand.

»Ja, er ist noch verheiratet. Seine Frau arbeitet ebenfalls bei uns, als Korrektorin. Sie ist geimpft und versteht ihren Mann nicht mehr. Die beiden haben sich durch diese Geschichte so sehr voneinander entfremdet, dass sie sich von ihm scheiden lassen will. Was wiederum er nicht begreifen will.«

Das wurde nun selbst Chili zu viel, der als Coach kaum ein menschliches Drama fremd war. Sie besann sich auf sich selbst, denn auf der anderen Seite verschaffte ihr die längere Genesungszeit des Herrn Tepper die Zeit, die sie brauchte, um Klarheit zu gewinnen. Was wollte sie auf Dauer tun? Eine vage Durststrecke als Coach, wie Jan ihr riet? Oder diesen neuen, ungewissen Anfang?

Sie atmete auf und konzentrierte sich aufs Hier und Jetzt. Während sie den Vertrag unterschrieb, brachte die nette Frau von der Theke ihre Bestellungen. Zwei Salatteller mit Garnelen und zwei Sprudelwasser. Frau Bauer und Chili schauten auf die Teller und dann sich an und lachten. Dann prosteten sie sich mit dem Wasser zu und sagten gleichzeitig:

»Dann auf v o r e r s t vorläufige Zusammenarbeit!«

Sie lachten aus vollem Halse und begannen, den Salat zu essen. Die Garnelen waren klein, hellrosa und etwas wässrig. Nicht zu vergleichen mit den Nordseekrabben. Vermutlich aber wesentlich preiswerter.

»Moin Irene, moin Chili.« Albert Sommer stand vor dem Tisch und strahlte sie an.

»Was sagt ihr dazu, dass es ein Wissenschaftler ist?«

Irene Bauer sah ihn stirnrunzelnd an: »Ich kenne einige Wissenschaftler. Aber was ist ›es‹? Und welcher Wissenschaftler? Spielst du wieder Rätselrunde?«

»Na, ich meine doch das Mordopfer, den Mann vom Deich, neulich, als wir Sturmflut hatten.«

Chili runzelte die Stirn und zeigte mit der Gabel auf ihn: »Woher weißt du das? Wie kommst du bloß immer an die Infos?«

Albert grinste: »Steht doch im Presseblog der Polizei. Außerdem kam vor einer Stunde die Pressemitteilung von der Kripo. Müsstet ihr auch haben.«

Irene Bauer machte ein betretenes Gesicht. Sie hatte seit mindestens zwei Stunden keine E-Mails gecheckt,

»Frau Keller, gleich gebe ich Ihnen eine eigene E-Mail-Adresse. Und dann sollten wir uns auch duzen. Das tun wir alle in der *NordNordWest*. Einverstanden?«

Als Chili nickte, fügte sie hinzu:

»Irene. Ich freue mich, Chili. Auf gute Zusammenarbeit! Lass uns in Ruhe aufessen und dann in mein Büro gehen, um den Rest zu erledigen.«

Albert verschwand genauso unbemerkt, wie er gekommen war. Während sie weiter aß, überlegte Chili: Sie hatten also herausgefunden, wer der tote Mann war. Mithilfe des Zahnabdrucks vielleicht? Jedenfalls ging das schnell. Aber wer ermordet denn einen Wissenschaftler? Und warum? Sie musste herausfinden, welches Fach er vertreten hatte. Bestimmt war die Mordkommission schon weiter in ihrer Ermittlung.

Nach dem Essen ging sie mit Irene in deren Büro im ersten Stock. Die Sachbearbeiterin Tilly druckte die beiden Mitteilungen der Polizei für sie aus. Folgendes stand im kurzen aktuellen Pressetext, der bei Irene angekommen war:

»Ergänzung zum Mordfall vom 21.Oktober 2021: Es steht einwandfrei fest, dass der Ermordete durch Erwürgen zu Tode kam. Die Mordkommission ermittelte zwischenzeitlich auch die Identität des Mannes. Es handelt sich um den Meeresbodenforscher Prof. Dr. Löwe. Ein Forschungsboot, mit dem das Opfer möglicherweise im Rahmen von Untersuchungen im Nationalpark Niedersächsisches Wattenmeer unterwegs war, wird in diesem Zusammenhang vermisst. Die Ermittlungen werden unverzüglich und unter Hochdruck weitergeführt.«

Zusätzlich gab es eine Meldung im Presseportal der Polizei. Darin rief sie die Bevölkerung zur Hilfe auf. Inhaltlich ähnlich dürftig wie die Mitteilung an die Presse. Sie datierte ebenfalls vom 25. Oktober 2021, also von heute.

»Im Rahmen der Ermittlungen zum Mord an Meeresbodenforscher Prof. Dr. Löwe bitten wir die Bevölkerung um sachdienliche Hinweise.

Wer hat Prof. Dr. Löwe zwischen dem 14. Und 16. Oktober diesen Jahres gesehen oder getroffen?

Wer kennt persönliche Kontakte des Professors?

Bitte melden Sie sich unter der Telefonnummer: 0471 …«

Was bedeutete dieser Aufruf? In Romanen waren die ersten Maßnahmen fast immer: 1. Befragung der Nachbarn am Wohnort. 2. Befragung der Kollegen. Der Polizei musste doch bekannt sein, wo er wohnte und wo er gearbeitet hatte. Am besten sollte sie mal Julia fragen, ob sie ihn kannte, überlegte Chili. Immerhin nannten sie einen Zeitraum. Offenbar datierten sie die Todeszeit vom 14. bis 16. Oktober.

Wenn die Ermittlung derart schleppend und dröge weitergehen sollte, dann gute Nacht Marie. Dann konnte sie täglich ins Presseportal und im Postfach des Handys nachsehen und drei Sätze schreiben. Und zwar alle drei bis vier Tage. Am Ende der Woche würde sie keine lohnenden Einnahmen erarbeitet haben. Es musste einen besseren Weg zu substanziellen Informationen geben. Aber welchen?

»Chili, worüber denken Sie nach? Stimmt was mit den Meldungen nicht?«

Irenes Stimme kam wie von weit her. Chili blinzelte und schüttelte dann den Kopf:

»Nein, ähm ja, die Mitteilungen sind mager, einfach viel zu mager. Wie soll man aus sowas einen interessanten Artikel machen? Spekulation verbietet sich ja wohl.«

»Natürlich! Herr Tepper hatte den einen oder anderen Informanten. Die kenne ich allerdings nicht. Du musst dir das erarbeiten. Ruf einfach nach jeder neuen Entwicklung bei der Polizei an, als ersten Schritt. Die Telefonnummer steht im Presseportal der Polizei-Webseite. Außerdem solltest du unbedingt mal mit Albert reden. Er weiß immer, wie er an Infos kommt. Schönen Gruß von mir, er soll dir seine Tricks verraten.«

»Okay, dann geh ich gleich mal zu ihm. Wo finde ich ihn denn? Hat er einen festen Platz?«

Irene sah im Personalplan im PC nach: »Er müsste um diese Zeit im Techniklabor sein. Das ist im zweiten Stock, eine Treppe höher, Raum 204/5.«

Chili verabschiedete sich und lief nach oben. An der Tür von 204/5 las sie auf dem dort angebrachten Schild:
›Bitte klopfen und warten, bis jemand öffnet.‹

Also klopfte sie und wartete. Nichts rührte sich. Sie klopfte ein zweites Mal, und zwar lauter.

»Komme gleich!« Die Antwort gehörte einer Männerstimme, einer schönen weichen Tenorstimme. Kurz darauf öffnete sich die Tür und ein großer Blonder mit blauen, lächelnden Augen forderte sie mit einladender Geste auf, ihm zu folgen. Sie kamen in einen kleinen Büroraum. Zwei Monitore auf zwei zusammengestellten Schreibtischen. Ein Telefon in der Mitte, Festnetz. Zwei Spinde an der linken Wand, an der rechten ein Waschbecken und ein Tischchen mit Kaffeemaschine sowie zwei große benutzte Tassen.

»Zu wem möchten Sie denn, Frau …?« Er sah sie fragend an.

»Ich möchte mit Albert Sommer sprechen. Ist er da? Ich bin Chili Keller, Ersatz für Herrn Tepper.«

»Angenehm, Daniel, wir duzen uns hier. Siezen oder duzen wir uns? Chili – witziger Name.«

Er grinste sie frech an. Seine blauen Augen wirkten unwiderstehlich anziehend. Chili grinste zurück: »Klar, Daniel. Wo ist denn nun Albert?«

»Ich mach mal das Klopfzeichen, dann kommt er gleich.«

Daniel ging zur Tür an der rechten Wand, neben dem Waschbecken. Jetzt erst sah Chili, dass darüber ein rotes Licht leuchtete, wie früher an den Dunkelkammern. Daniel klopfte viermal kurz, zweimal lang und dreimal kurz mit den Knöcheln dagegen. Prompt öffnete sich die Tür, und Albert spazierte ins Büro.

»Hi, Chili, brauchst du einen Fotografen? Geht es endlich weiter mit der Mordgeschichte?«

»Hallo, Albert. Nein, jedenfalls nicht, bevor du mir nicht ein paar Tricks verrätst, wie ich an Infos komme, die die Polizei nicht rausrückt. Es ist erbärmlich wenig, was man von der Polente hört.«

Chili rollte mit den Augen und sah erst Daniel und dann Albert gespielt empört an. Albert rückte für sie einen Stuhl an den Schreibtisch, auf dem eine Tasse stand, und setzte sich daneben.

»Recherche ist alles. Wenn du den Namen des Opfers hast, finde im nächsten Schritt heraus, wo er gearbeitet hat. Kollegen erzählen dir eher was als Angehörige. Du weißt in diesem Fall den Namen und dass der Mann Wissenschaftler war. In einer überschaubaren Stadt wie Bremerhaven ist es ein Leichtes, die Einrichtung zu finden, in der er tätig war. Dann meldest du dich telefonisch an. Die *NordNordWest* ist beliebt und als seriös bekannt. Also wird man dir einen Ansprechpartner nennen, der das Opfer am besten kannte. Mit dem vereinbarst du ein persönliches Gespräch. Wenn du Glück hast, verrät er dir auch Privates. Falls nicht, kitzele wenigsten die Privatadresse aus ihm raus. Du kannst dann Nachbarn interviewen, vielleicht sogar seine Familie, die dieser Tote allerdings nicht hatte.«

»Sag bloß, du hast das selbst schon alles recherchiert.«
Chili staunte.

»Klar hab' ich das. Brauchst du ein Foto von dem Institut, wo er gearbeitet hat?«

Mit diesen Worten legte Albert ihr einen Zettel mit der Adresse neben die Tasse. Chili schaute ihn mit großen Augen, fast bewundernd an:

»Wow, mit dir im Team, das könnte Zukunft haben. Lass uns zusammenarbeiten. Du recherchierst und knippst. Und ich interviewe und schreibe.«

Albert blieb der Mund offenstehen; er war überrumpelt, was selten vorkam. Dann schloss er seinen Mund, kratzte sich am Hinterkopf und sah durchs Fenster auf die Dächer der Alten Bürger. Es tröpfelte und war leicht diesig geworden. Eine Schiffssirene durchdrang die Stille, gedämpft wie durch Watte. Geräusche vom Flur, von schnellen Schritten und leiser Unterhaltung, gesellten sich dazu. Chili fürchtete schon, Albert wäre beleidigt, weil er nicht antwortete.

Doch da räusperte er sich: »Eigentlich solltest du selbst als Reporterin recherchieren. Andererseits bist du nur zur Aushilfe hier. Deshalb denke ich, dass die Arbeitsteilung okay ist. Außer, der Tepper kommt nicht wieder, und du bleibst dauerhaft hier.«

Chili atmete auf: »Womit fangen wir an? Mit dem Institut?«

»Yep, das Foto hab' ich, die Adresse hast du. Frag nach Sonja Haarper, sie war seine Sachbearbeiterin. Wenn du bis siebzehn Uhr den Artikel schickst, kriegen wir das locker in die morgige Ausgabe. Online geht sowieso immer. Ich ruf' mal eben Irene an, damit sie einen Platzhalter einbauen lässt.«

Albert hatte schon den Hörer am Ohr und erklärte Irene, was sie vorhatten. Dann hörte er eine Weile zu und legte anschließend auf.

»Folgendes schlägt Irene vor: heute das Institut, morgen, falls nichts dazwischenkommt, die Nachbarn und übermorgen seine Freunde. Falls er welche hatte, finde ich die bis dahin. Danach müsste nach Adam Riese mal wieder was von der Kripo kommen.« Er sah Chili erwartungsvoll an.

»Okay, ich rufe gleich mal an, ob ich noch heute Nachmittag ein Interview im Institut kriege und fahre dann gleich los,« Chili überlegte kurz. »Wenn es klappt, geht mein Text rechtzeitig vor Redaktionsschluss zu euch raus. Schick mir bitte eine Kopie, sobald Bild und Text eingebaut sind, ja?«

7

Während Chili zum Auto auf dem Parkplatz der Zeitung eilte, holte sie ihr Handy aus der Tasche und wählte die Nummer der Firma, in der das Opfer gearbeitet hatte.

»ÖWISS GmbH, Schröder. Was kann ich für Sie tun?«

»Keller von der *NordNordWest-Post*. Ich hätte gerne mit Frau Haarper oder jemand anders gesprochen, der oder die mir etwas über Professor Dr. Löwe erzählen kann.«

»Einen kleinen Moment bitte, ich frag mal nach.« Während der Wartemusik setzte Chili sich schon mal in den Wagen.

»Hallo, ich verbinde mit Herrn Professor Dr. Ehlers. Er ist unser Direktor und möchte selbst mit Ihnen reden.«

Es klickte in der Leitung. »Hier Ehlers, guten Tag.«

Chili erklärte, worüber sie mit ihm oder Frau Haarper sprechen wollte. Und ob es recht wäre, wenn sie gleich vorbeikommen würde. Das passte ihm, sofern sie in spätestens 15 Minuten da sein könnte.

Sie setzte die Scheibenwischer in Gang. Denn inzwischen regnete es Bindfäden. Zehn Minuten später hielt sie auf dem Parkplatz einer Fischverarbeitungsfabrik *Am Lunedeich*. Zwanzig Meter weiter sah sie den Schriftzug des Forschungs-Instituts. Die Eingangstür des großen kastenförmigen Gebäudes öffnete sich in dem Moment, als sie dagegen drücken wollte. Sie betrat die große Eingangshalle mit spiegelnden weiß-beige melierten Bodenfliesen. Geradeaus ein Fahrstuhl, rechts daneben ein Gang. Direkt neben dem Eingang ein Glaskasten, in dem ein Mann saß und in Papieren blätterte. Der Pförtner.

Chili erklärte: »Guten Tag, Keller mein Name. Ich bin mit Professor Dr. Ehlers verabredet. Wo, bitte, finde ich ihn?«

Der Mann nahm, ohne aufzusehen oder gar etwas zu sagen, den Telefonhörer auf und sprach hinein, legte ihn zurück und wies sie an, in die dritte Etage zu fahren. »Dort holt Sie jemand ab.«

Er blätterte weiter in seinen Papieren, ohne Chili weiter zu beachten. Auf ihr »vielen Dank« reagierte er nicht.

Am Fahrstuhl oben erwartete sie eine Frau mittleren Alters. Sie trug ein dunkelblaues Kostüm, das am Bauch spannte und darunter unschöne Querfalten warf.

›Wieder eine Frau, die ihr Gewicht nicht akzeptiert‹, dachte Chili. Sie stellte sich nicht vor, grüßte nur knapp und bat Chili, auf einem der Sessel im Flur Platz zu nehmen. Dann sagte sie:

»Der Herr Direktor telefoniert noch.«

Chili sah auf die Uhr an der Wand und stellte fest, dass sie auf die Minute pünktlich war.

Fünfzehn langweilige Minuten später rief eine erfreut klingende Baritonstimme: »Ah, da sind Sie ja schon, Frau Keller! Bitte kommen Sie doch herein.«

Ein Mann in ihrem Alter - um die 40, jugenhafter Typ, etwas gedrungen, mittelgroß, dunkelbraune Haare, dunkelblauer Anzug, Brille mit dunkelblauer Metallfassung - stand in der offenen Tür gegenüber der Sitzgruppe und machte eine einladende Armbewegung. Sie betrat den überraschend schlicht eingerichteten Raum. Ikea-Stil, hell und unkompliziert. Understatement. Chili hatte angenommen, das wäre in Chefetagen längst passé.

Professor Dr. Ehlers stellte sich vor und rückte ihr einen Stuhl am Besuchertisch zurecht. Dann setzte er sich auf den Stuhl gegenüber und sah sie fragend an.

»Zunächst einmal mein herzliches Beileid. Das muss ein herber Verlust für Sie sein.«

Chili wartete kurz, ob er etwas dazu sagen wollte. Doch er sah sie nur mit seinen blauen Augen an, immer noch fragend, wie ihr schien.

»Ihre Mitarbeiterin hat Ihnen sicher erzählt, dass ich etwas über den verstorbenen Herrn Professor Dr. Löwe schreiben möchte. Sie teilte mir mit, dass Sie näher mit ihm zu tun gehabt hätten und in daher gut kannten. Es geht mir vor allem um …«

»Sagen Sie, kennen wir uns nicht? Waren Sie nicht die bezaubernde Gastgeberin auf der Vernissage dieses begabten Künstlers Jan Wolf? Im Dezember 2019 war das, glaube ich. Ich habe mir ein Bild von ihm gekauft, wirklich, sehr schön.«

Er strahlte sie an. Ablenkung vom Thema gelungen. Jetzt musste sie wieder erklären, wer sie war und warum sie sich mit dem Mord beschäftigte.

»Ja, dort können Sie mich gesehen haben. Jan Wolf ist mein Mann. Bei seinen Vernissagen unterstütze ich ihn immer. Derzeit helfe ich als Polizeireporterin bei der *Nord-NordWest-Post* aus. Als Ersatz für einen erkrankten Kollegen. Deshalb bin ich hier, um mehr über Professor Dr. Löwe zu erfahren. Können Sie mir sagen, welches Fachgebiet er vertreten hat, woran er geforscht hat?«

Professor Ehlers strich sich über sein üppiges Haar und sah Chili forschend an. Schließlich fragte er: »Und dann schreiben Sie alles, was sie von mir erfahren, in die Zeitung?«

»Kommt drauf an, was Sie mir erzählen und was wir anschließend über die Veröffentlichung vereinbaren. Sie können sicher sein, dass ich Ihr Institut nicht in Misskredit bringen will. Für unsere Leser ist es interessant, etwas über die Forschung von Professor Löwe zu erfahren. Solch einen Einblick bekommt man ja eher selten.«

Chili lächelte ihn treuherzig-harmlos an, und hoffte, dass ihn das in Sicherheit wiegen würde.

Der Professor räusperte sich. »Um Ihnen das zu erklären, muss ich etwas weiter ausholen. Wir sind ein kommerzielles Institut. Unsere Aufgabe ist es, eine Brücke zwischen Umweltschutz, Umweltschutzverbänden und der Umweltpolitik und der Wirtschaft zu schlagen. Denn es sind mehr Unternehmen bereit, etwas für die Umwelt zu tun, als man gemeinhin denken könnte. Wir untersuchen zum Beispiel die Verträglichkeit von Windrädern im Hinblick auf Vogelflüge und auf Schweinswale und andere Meereslebewesen. Die Ergebnisse übermitteln wir den Auftraggebern mit konkreten Hinweisen zu möglichen Verbesserungen, falls nötig.

Was den Kollegen Löwe anging, so hatte er den Auftrag einer Umweltorganisation übernommen, deren Namen ich nicht veröffentlichen darf. Stellen Sie sie sich ähnlich wie Greenpeace oder BUND vor, als eine Organisation mit Einfluss. Löwe untersuchte mit einem kleinen Team die Verträglichkeit der Krabbenfischerei für das Ökosystem im Wattenmeer. Die Untersuchung betraf zum einen den Umgang mit dem Beifang, der beträchtlich ist. Zum anderen untersuchte er die Auswirkungen der traditionellen Schleppnetzfischerei auf den Wattboden.«

Chili wusste nicht, dass die leckeren Nordseekrabben mit Schleppnetzen gefangen wurden. Julia kreuzigte jeden Fischdampfer, der diese Fangtechnik noch anwendete, mit scharfen Worten. Interessant, dass sie trotzdem Krabben gerne aß.

»Sagen Sie, Herr Professor, gibt es …«

»Sprechen Sie mich doch einfach mit *Herr Ehlers* an,« schlug ihr Gegenüber großzügig vor. »Möchten Sie vielleicht einen Espresso. Ich könnte jetzt einen gebrauchen.«

Ablenkungen mutieren allmählich zum Markenzeichen des Herrn Ehlers, dachte Chili, leicht verärgert. Und dann noch der Espresso. Sie wollte so schnell wie möglich ihre Fragen anbringen. Andererseits würde es wohl noch dauern, bis sie damit durch sein würden. Und ein Espresso …

»Gern, danke, Herr Ehlers.«

Der Professor ging zur Tür, öffnete sie und rief: »Inge, seien Sie so gut und bringen Sie uns zwei Espressi und Wasser!«

Er setzte sich wieder und fragte: »Wo waren wir gleich stehengeblieben?«

»Als sie mich unterbrachen, wollte ich sie gerade fragen, ob es schon Ergebnisse gibt. Ist diese Fangtechnik denn schädlich fürs Watt?«

Die Frau, die Ehlers Inge gerufen hatte, kam mit einem kleinen Tablett und stellte es auf den Tisch. Chili nahm sich eine Espressotasse und füllte einen gehäuften Teelöffel Zucker hinein, rührte um und nippte daran. Noch zu heiß. Sie stellte die Tasse wieder ab und sah, als sie aufschaute, wie Ehlers sie beobachtete.

Er räusperte sich verlegen und kam auf ihre Frage zurück: »Endgültige Ergebnisse liegen noch nicht vor. Es zeichnet sich aber ab, dass die Schleppnetze dem Ökosystem Wattboden zusetzen. Doch das lässt sich leicht ändern.«

»Tatsächlich? Wie würde eine solche Änderung aussehen?«

Ehlers strich sich über den nicht vorhandenen Bart: »Konkret können wir dazu noch nichts veröffentlichen. Nur so viel: Es gibt einfache technische Möglichkeiten. Für den Umstieg auf eine derartige technische Fangmethode stehen EU-Gelder für die Krabbenfischer zur Verfügung.«

»Was sagen denn die Fischer dazu? Fühlen sie sich nicht bedroht?«

Chili konnte sich nicht vorstellen, dass ein solches Projekt sang- und klanglos über die Bühne gehen konnte. Immerhin müssten die Fischer ihre alte Tradition aufgeben. Soweit sie wusste, fischten viele bereits in der dritten oder vierten Generation.

Herr Ehlers lachte: »Ach wo, einige unterstützen uns sogar und teilen uns mit, wo sie wann fischen. Sie wissen, dass wir sie im Gegenzug unterstützen, falls sich herausstellt, dass sie ihre Fangtechnik tatsächlich verändern müssen. Das sieht dieses Projekt ausdrücklich vor. Die Umweltorganisation arbeitet mit der EU zusammen, woher, wie schon gesagt, ein Großteil der Gelder stammt. Natürlich muss man immer mit Gegenwind bei Umweltuntersuchungen rechnen. Vor allem aus dem rechten Spektrum. Und leider rufen tatsächlich einige wenige Fischer zum Boykott auf. Wir haben ihnen Gespräche angeboten. Aber leider lehnten sie ab, mit der Begründung, sie würden sich nicht über den Tisch ziehen lassen. Man kann sie vernachlässigen. Ich bin sicher, dass sich das Gros der Fischer auf eine Umstellung der Fangmethode einlassen wird. Auch wenn einige es jetzt noch nicht einsehen wollen.«

Chili trank von ihrem Espresso, der gerade die richtige Temperatur hatte. Sie dachte darüber nach, ob Männer in Machtpositionen immer derart überzeugt von sich sind wie der gute Herr Geschäftsführer, der ihr gegenübersaß. *Auch ein interessantes Thema*, fand sie, *wahrscheinlich gibt es Ausnahmen.* Sie sah auf die Uhr, trotz des spannenden Themas war es Zeit, zu ihrem vorrangigen Anliegen zurückzukehren.

»Oje, jetzt bin ich durch das interessante Gespräch über das Forschungsprojekt ganz von meinen eigentlichen Fragen abgekommen. Was für ein Mensch war Professor Dr. Löwe eigentlich? War er beliebt bei den anderen Mitarbeitern? Hatte er Familie? Oder lebte er allein? Ging er in der Arbeit auf? Hielt er die Arbeitszeiten pingelig ein? War er ein geselliger Mensch? Oder eher ein Eigenbrötler?«

Herr Ehlers brach in lautes Lachen aus: »Sie können Fragen stellen!«

Er fuhr sich mit beiden Händen durch sein Haar. Als er sich gefangen hatte, meinte er: »Okay, ich gebe Ihnen noch 15 Minuten; danach habe ich anderes zu tun. Welche Frage zuerst?«

»Wie beliebt war er bei den Mitarbeitern?«

»Das geht schnell: gar nicht. Er war ein Eigenbrötler, oft reagierte er unfreundlich auf nett gemeinte Bemerkungen. Und er verfügte über gar keinen Humor. Aber er war ein exzellenter Wissenschaftler. Das allein zählte für uns. Nächste Frage.«

»Die Frage, ob er gesellig war, erübrigt sich dann. War er Single? Oder hatte er Familie«

»Nein, keine Familie«, stellte Herr Ehlers klar. »Er war durchaus gesellig. Nur nicht im Betrieb. Soweit ich weiß, nahm er jede Einladung zu einer Party oder zum Grillen an. Draußen galt er als eine Art, hm, Dandy ist zu viel gesagt, aber in die Richtung. Schicker Sportwagen, teure Uhren. Ob er eine Freundin hatte, entzieht sich meiner Kenntnis. Uns gegenüber gab er sich zugeknöpft, was sein Privatleben anging. Das mit den Partys weiß ich nur, weil ich ihn hin und wieder auf einem Event traf und dort einiges über ihn hörte.«

»Vielen Dank, das ergibt schon ein Bild. Jetzt bitte ich Sie nur noch um die private Adresse von Dr. Löwe.«

Chili sah ihn erwartungsvoll an.

»Tut mir leid, Frau Keller, aber das machen wir grundsätzlich nicht. Die privaten Adressen unserer Mitarbeiter geben wir niemals weiter. Auch nicht, wenn sie bedauerlicherweise verstorben sind.«

Herr Ehlers wirkte ganz und gar nicht so, als täte es ihm leid. Im Gegenteil. Wie er die Augenbrauen hochzog, sich zu voller Größe aufrichtete und sie gespannt beobachtete, erwartete er wohl eine bestimmte Reaktion. Doch den Gefallen tat Chili ihm nicht.

Sie steckte Stift und Block mit einem süßen Lächeln in ihre Tasche und erhob sich:

»Das war es für heute, Herr Ehlers. Ich danke Ihnen für Ihre Bereitschaft, meine Fragen zu beantworten.«

Seine Augenbrauen senkten sich, während er den Mund öffnete. Gleichzeitig stand er auf. Erst dann verabschiedete er sich mit belegter Stimme.

»Und bitte richten Sie Ihrem Gatten meine herzlichen Grüße aus. Er möge mich bitte zu jeder seiner wunderbaren Vernissagen einladen. Seine Werke sind gehobene Kunst. Das bezeuge ich als Kenner moderner Kunst.«

Über seine geschwollene Sprache musste Chili unwillkürlich grinsen. »Klar, das mach' ich gerne.«

Sie schloss die Tür hinter sich. Sofort schaltete ihr Kopf auf Automatik. Woher sollte sie die private Adresse des Opfers bekommen? Der Ertrag für den heutigen Artikel war groß. Hoffentlich hatte Jan Mia rechtzeitig von der Kita abgeholt. Was war mit Einkauf? Ach ja, Julia hatte das übernommen. Sie musste mal mit Lea reden. Sie war noch immer ein Kind und hatte zu fragen, wenn sie bei einer Freundin übernachten wollte. Das nur zu verkünden, ging gar nicht, eigentlich auch dann nicht, wenn es ihr, Chili, in den Kram passte.

Als sie beim Pförtner vorbeikam, rief er: »Auf Wiedersehen, Frau Keller!«

Irritiert blieb sie stehen und drehte sich um. Was war plötzlich in den gefahren? Vorhin bekam er den Mund nicht auf, und jetzt …»Tschüss«, grantelte sie in seine Richtung und winkte halbherzig. Während sie ins Auto stieg, wählte sie Alberts Nummer.

»Na, Chili, alles klar mit dem ersten Artikel?«

»Sicher! Aber für morgen, die Adresse vom Opfer habe ich nicht gekriegt. Der Chef vom Institut rückt sie nicht raus. Hast du eine Idee?«

»Sag bloß, du hast den Chef erwischt! Donnerwetter, alle Achtung. Aber klar, er kann dir nur sagen, was in den Statuten erlaubt ist. Sekretärinnen, Hausmeister und Pförtner sind viel ergiebiger. Ich erkläre dir bei Gelegenheit, wie man sich Informanten aufbaut. Die Adresse habe ich, von meinem Kontakt in dem werten Haus. Verrate nur nicht, woher du sie hast. Sonst komme ich in Teufelsküche. Ich schicke sie dir per SMS. Schreib deinen Artikel und schick ihn her. Ich habe ein Foto vom toten Herrn Doktor. Stammt vom letzten Jahr bei der Arbeit auf einem Forschungsschiff. Er sieht aus, wie vom Winde verweht, leicht verwegen. Gar nicht wie ein Opfer.«

Das lief ja prima. Chili bedankte sich und fuhr los, nach Hause. Um fünf nach halb drei saß sie am Laptop, um viertel vor fünf schickte sie ihren Bericht an die Redaktion. Feierabend für diesen Tag. Sie fühlte sich erschöpft und zugleich beflügelt. So viel Neues hatte sie lange nicht mehr an einem einzigen Tag erlebt.

Sie stieg die Treppe hinunter und lief ins Wohnzimmer. Keiner da. Auch in der Küche hielt sich niemand auf. Vielleicht im Atelier? Langsam ging sie durch den Garten zu Jans Arbeitsplatz.

***

Irene hatte soeben Chilis Artikel über das Interview mit dem Chef des Forschungsinstituts gelesen und war beeindruckt. Das war ein anderer Schnack als das, was der Tepper so lieferte. Wie könnten wir diese Frau halten, überlegte sie, griff zum Telefon, drückte die 4 für den Personalchef.

»Jürgen, das musst du lesen. Diese Chili Keller kann schreiben, ich meine, richtig schreiben. Und nicht nur das, sie kommt auf Anhieb an die wichtigen Leute ran. Wir sollten überlegen, wie wir sie halten können. Hast du eine halbe Stunde Zeit dafür?«

Jürgen Jahns, der 54jährige Personalchef der Zeitung war auf dem Sprung für einen Kaffee und ein spätes Stück Kuchen nach oben in die Kantine. Dort trafen sie sich fünf Minuten später. Wie immer sah er wie aus dem Ei gepellt aus. Dunkelbraune Hose mit Bügelfalte zum hellbeigen Sakko, hellbraunes Hemd, den Kragen offen, keine Krawatte. Er begrüßte sie fröhlich wie immer. Die Lachfältchen um seine braunen Augen betonten sein freundliches Wesen.

Irene teilte ihm ihre Überlegung mit. »Natürlich gibt das Polizeiressort nicht genug für eine ganze Stelle her. Auch Tepper hat ja zusätzlich für die Sport- und Landkreisseiten gearbeitet. Nun habe ich mir gedacht, dass Frau Keller zusätzlich zum Polizeiressort und ihren Reportagen im Kulturbereich die *Seite für die Frau* übernehmen könnte. Die ist schon zu lange vakant.

Außerdem sollten wir sie modernisieren. Wenn schon Kochrezepte, dann im Rahmen von Slowfood, der Wildkräuterküche und Ähnlichem. Vor allem aber brauchen wir endlich ein modernes, frisches Frauenbild. Reportagen über souveräne, berufstätige Frauen, Wissenschaftlerinnen, Politikerinnen, Aufsichtsrätinnen, Polizistinnen. Ich bin sicher, sie könnte das liefern. Sie hat keine Hemmungen, für Interviews ganz nach oben zu gehen.«

Jahns brummte: »Hm, an wieviel Stunden hattest du denn gedacht? Die Seite für die Frau kommt doch nur am Wochenende.«

»Um ihr ein attraktives Angebot zu machen, sollten es insgesamt mindestens zwanzig Stunden sein. Später, wenn sie mehr schreibt als bisher vorgesehen, zum Beispiel zweimal pro Woche die neue Frauenseite, können wir immer noch auf dreißig Stunden erhöhen. Einen Arbeitsplatz im Haus sollte sie auch bekommen. Ich will sie im Auge behalten können. Auf jeden Fall schlummert in ihr ein Potenzial, das ich für uns heben möchte.«

Sie hatten ihre Kuchen, *Sylter Welle* genannt, aufgegessen und den Kaffee ausgetrunken.

»Prima Überlegungen, Irene, ich kalkuliere das durch, rede mit Chef und gebe dir morgen Bescheid.«

***

»Hallo, ich bin wieder daha!«, rief Chili fröhlich, als sie die Tür zum Atelier öffnete.

Jan sah kurz von der Staffelei auf, schaute auf seine Uhr und meinte: »Ziemlich früh. Wie kommt's, gab es nicht viel zu tun? Bist du den Job wieder los? War eh nix für dich, meine Meinung.«

Eben noch erfreut, ihn wiederzusehen, schaltete Chili auf distanziert: »Hat deine Platte immer noch diesen Sprung? Dann lass dir gesagt sein, dass ich vorhin den Vertrag unterschrieben habe. Und ich habe bis eben gearbeitet, sprich: eine neue Reportage geschrieben. Kannst du in der morgigen Ausgabe lesen.«

Sie wandte sich Mia zu, die versonnen auf einem großen Blatt Papier mit Fingerfarben malte.

»Was malst du denn Schönes?«

Mia zeigte auf einen unförmigen schwarzen Fleck mit einer grauen Spitze unten: »Das ist der böse Mann, der Menschen wie Fische totmacht. Und das«, sie zeigte auf einen großen Kreis in roter, gelber und blauer Farbe, »ist die Kita. Rot ist Maja, gelb Tobi und blau Anni.«

»Sind das deine Freunde, Mia?«

»Ja, Freunde. Von mir. Maja und Anni nicht, das sind Freundinnen. Auch von mir. Schentern muss man sie. Weil sie Mädchen sind und keine Jungs, Mama. Die andern müssen mich auch schentern.«

Chili lachte: »Mia, Herzchen, das heißt *gendern,* mit *dsch, dschendern* spricht man das. Mache es mir mal nach: *d_schendern.*«

Mia ahmte ihre Mutter nach: »*d__schentern*«.

»Das hast du auf Anhieb fast perfekt gemacht. Nur in der Mitte, da sagt man nicht *t,* sondern *d,* ganz weich, wie dein flauschiger Winterpullover, *d.*«

Sie übten noch zweimal gemeinsam dieses schwierige Wort, dann hatte Mia es raus. Jan hörte auf zu malen und reinigte seine Pinsel.

»Die Welt wird weiblich. Vielleicht wird sie dann auch besser. Obwohl, das glaube ich eigentlich nicht. Frauen können auch den Macho rauskehren, meinst du nicht, Chili?«

Sie nickte. »Gerade heute kam ein Mann ins Coaching, den seine Frau krankenhausreif geschlagen hat.«

Jan guckte sie erstaunt an: »Du machst doch Witze? Nein, ich versteh schon, das ist ernst. Ziemlich bitterer Ernst, wenn ich so darüber nachdenke. Der arme Mann. Hat er sich denn nicht gewehrt?«

»Nein, das darf er nicht tun. Die allgemeine Auffassung lautet: Der Täter ist immer der Mann. Selbst vor Gericht hätte er kaum eine Chance, wenn er ihr eine kleben würde.«

Jan legte den letzten sauberen Pinsel an seinen Platz. »Was für eine verrückte Familie. Eine Dreijährige lernt zu gendern, während die Mutter verprügelte Männer coacht und sich um Morde kümmert. Der Vater versucht derweil, mit schönen Bildern die Welt wieder in Ordnung zu bringen.« Er wiegte ergeben seinen Kopf.

Da fiel Chili etwas ein. »Apropos, mein Lieber, ich soll dich herzlich grüßen. Von Professor Dr. Ehlers von einem Institut, das ökologisches Wirtschaften untersucht. Er ist von deiner gehobenen Kunst begeistert. Auf der Vernissage im Dezember 2019 hat er ein Bild gekauft. Und unbedingt will er an allen weiteren Vernissagen teilnehmen und noch mehr gehobene Bilder kaufen. Er bittet dringend um Einladung.«

»Wer ist das denn? Ich erinnere mich nicht. Damals haben viele Leute Bilder gekauft. Woher kennst du ihn?«

»Ich hab mit ihm Espresso getrunken und ihn dabei interviewt. Der Tote war einer seiner Mitarbeiter.«

»War sein Espresso gut? Okay, schreib ihn auf die Liste für die nächste Einladung. Weiß der Himmel, wann die ist. Corona nimmt schon wieder Fahrt auf. Angeblich kommt eine weitere Welle auf uns zu. Ich denke, wir verlegen ab sofort alle Vernissagen in den Sommer. Da sind wir vor eventuellen Shutdowns sicher.«

Chili war seit jeher für die Einladungen zu Jans Vernissagen zuständig. »Es stehen schon fast 200 Leute darauf. So viele passen nicht in die Galerie. Oder wir machen es im Garten. Dann könntest du das Atelier dazunehmen. Die Leute verteilen sich in alle drei Bereiche. Das Buffet könnte auch draußen aufgebaut werden.

Und wenn es regnet, besorgen wir solche großen weißen Zelte, wie die Stadt sie beim Hafenfest aufbaut. Du, ich glaube, der Sommer ist eine supergute Zeit für

Vernissagen. Wir könnten überall Einladungen auslegen, im Klimahaus, in Cafés, Restaurants, im Zoo am Meer, ach, und an vielen anderen Orten. Dann kämen auch Touristen, deren Wohnzimmerwand noch zu nackt ist. Male schön fleißig, damit wir im nächsten Sommer aus dem Vollen schöpfen können.«

Jan lachte sich krümelig. »Wozu brauche ich eine Marketingagentur, wenn ich dich habe, liebste Chili! Deine Fantasie ist Gold wert, weißt du das? Du könntest einen Riesenerfolg mit einer solchen Agentur haben.«

Er wischte sich die Lachtränen weg. »Stattdessen zieht es dich zu Mord und Totschlag. Verstehe das, wer will. Sei so gut und nimm bitte Mia mit rüber zu dir. In einer Stunde komme ich nach und kümmere mich um das Essen.«

Sie hatte sich also geirrt, Julia war heute nicht mit Kochen dran. Prima, Jans Küche sagte ihr erheblich mehr zu. *Julias Öko ist nicht das Nonplusultra*, dachte sie, während gesunde Vollkorngerichte, fleischlos und mit viel regionalem Gemüse und zu wenig Salz an ihrem inneren Auge vorbeizogen. Nur die Quiche, die war okay.

***

Es duftete köstlich, als Chili in die Küche kam, Sizilianische Spaghetti. Knoblauch, eingelegte Sardellen, Kapern, schwarze Oliven in Scheiben, ein Hauch von frischem Chili und kleine grün-rosa Oliven. Das alles in viel bestem Olivenöl. Ihr lief das Wasser im Mund zusammen.

»Da bist du ja, Chili. Machst du bitte eben die Marinade für den Salat? Dann können wir essen.«

Den Tisch hatte Jan bereits gedeckt. Jetzt vermischte er

die Spaghetti mit dem Inhalt der Pfanne, ließ alles in eine große Schlüssel gleiten, stellte sie auf den Tisch, lief in den Flur und rief: »Lea! Mia! Julia! Essen!«

Mia tat sich schwer mit den Spaghetti. Sie fielen von der Gabel und kleckerten ihren Pulli voll. Einige landeten unter dem Tisch. Helfen lassen wollte sie sich nicht. »Allein!!«, brüllte sie und nahm ihre Hand zu Hilfe. So ließ sich einiges vom Teller doch noch in ihren Mund befördern.

Lea probierte und protestierte: »Das schmeckt nach Fisch! Igitt, das esse ich auf keinen Fall.«

Jan wies gutmütig mit der linken Hand zum Kühlschrank hin. Sie inspizierte den Inhalt und fand unverdächtige pflanzliche Zutaten für ein Sandwich.

Nachdem alle zufrieden aßen, fragte Julia Chili: »Wie ist es mit dem Mann auf dem Deich weitergegangen? Weiß man schon, wer er war?«

Chili nannte ihr den Namen und wo er gearbeitet hatte. »Kanntest du ihn vielleicht? Er hat doch fast das Gleiche gemacht wie du.«

Julia rümpfte die Nase. »Da gibt es bestimmte Grenzen. Dieser Mann hat für private Auftraggeber gearbeitet. Mit anderen Worten: fürs Kapital. Damit haben wir an der Hochschule nichts am Hut. Wir forschen frei, will sagen, ergebnisoffen, falls du verstehst, was das heißt. Wir nehmen Aufträge, in denen das Ergebnis bereits festgeschrieben ist, auf keinen Fall an.«

Schon wieder dieses fundamentale Urteilen. Chili seufzte. »Soweit mir Professor Dr. Ehlers sagte, kam der Auftrag von einer Umweltorganisation. Und bezahlen tut es die EU. Damit das Wattenmeer heil bleibt.«

Julia verdrehte die Augen. »Du glaubst doch wohl nicht, dass das Watt noch heil ist. So naiv kannst du nicht sein. Das Wattenmeer leidet unter allem Möglichen: unter der Erwärmung des Meereswassers, unter der Verschmutzung durch Plastik und sonstigem sogenannten Wohlstandsmüll, unter den Schleppnetzen der Krabbenfischer und unter der Entsorgung von Treibstoff, den die Touristen heimlich aus ihren Motorbooten ablassen. Vögel und Meerestiere leiden unter den Windparks. Deren Lärm tötet Schweinswale, die Rotorblätter Vögel. Nein, meine Liebe, heil ist da gar nichts mehr.«

»Ach herrjeh, bist du sicher, Julia? In dem Fall wäre es doch sinnvoll, wenn alle Forscher konstruktiv zusammenarbeiten würden. So käme man schneller zu Ergebnissen und könnte rasch Gegenmaßnahmen einleiten.«

»Das ist die romantische Vorstellung, die nur eine Coach haben kann. Chili, wir stehen in Konkurrenz zueinander. Die EU-Gelder sind begrenzt. Jeder will einen Brocken abbekommen. Davon, dass wir für die Hochschule Drittmittel an Land ziehen, hängt mein Job ab. Was du eben erzählt hast, hat mir gar nicht gefallen. Dass eine Umweltorganisation – welche eigentlich? - ein kommerzielles Unternehmen beauftragt. Himmel, für ein Projekt, für das sie die Gelder besorgt. Das hätten sie mit uns an der Hochschule besser haben können.«

Chili reagierte genervt auf Julias Vortrag: »Reg dich ab. Du tust ja nachgerade so, als hätte dieses Institut es auf dich abgesehen. Kannst du dir nicht vorstellen, dass die Inhaber tatsächlich und ehrlich zwischen Wirtschaft und Umweltschutz vermitteln wollen? Brücken bauen, die die Natur schützen, wie Herr Ehlers das nennt.«

»Mädels, nun streitet euch doch nicht um Sachen, auf die ihr keinen Einfluss habt.« Jan, der Friedensstifter. »Ihr könnt beide nichts an den Entscheidungen von Geschäftsführern ändern. Also ist es egal. Wichtig ist nur, was Chili wissen wollte: Kennst du diesen Mann, Julia? Und mich interessiert selbst auch, wie du ihn fandest, falls du ihm jemals begegnet bist.«

Julia sah Jan erstaunt an.

«Hm, du hast recht, ist gar nicht das Thema. Ich hab ihn mal getroffen. Tag der offenen Tür bei uns, muss vor Corona gewesen sein, im Frühjahr. Ich glaube 2019, vielleicht auch achtzehn. Er hat mich angebaggert. Widerlicher Kerl. Er nannte mich *Kleine*, geht's noch? Immer mit einem Glas in der Hand, den Mittelfinger, mit so einem klotzigen, geschmacklosen Ring dran, hatte er so ums Glas gelegt, dass der Blick darauf fallen musste. Das erinnere ich noch. Fachsimpeln mit mir als Frau? Da wüsste er was Besseres. Mit einem dämlichen pubertären Augenzwinkern. Wenn der, den ich meine, der Tote ist, hat die Frauenwelt Glück. Ein Problemboy weniger.«

Lea kicherte. »Tante Julia, das ist cool, wie du über die Type redest. Der war ja voll cringe. In meiner Klasse ist auch so einer. Natürlich besitzt er keinen protzigen Ring. Aber er hat immer die schicksten, neuesten Klamotten an. Und dann flüstert er einem cringy Zeug ins Ohr. Ich lauf immer weg, wenn ich den anschleichen sehe. Der ist voll sus.«

Julias Augen wurden zu Schlitzen: »Hat er dich angefasst, Lea? Sei bitte ehrlich jetzt. Das ist kein Spaßthema.«

»Nein, hat er nicht. Der weiß ja, dass ich Kampfsport

lerne. Der ist so ein Schwächling! Keine Muskeln, ein schlapper Sportschwänzer. Der kommt nicht gegen mich an, wenn es drauf ankommt. Aber das traut er sich nicht, echt ein cringy Angsthase.«

Chili lächelte ihre Große an: »Das machst du prima mit ihm. Als Kampfsportlerin weißt du aber auch, dass man einen Gegner niemals unterschätzen darf, nicht?«

»Klar, Mama, aber eine Kampfsportlerin will ich erst noch werden. Meister Hans sagt, dass ich noch ganz am Anfang stehe. Ich geh' jetzt nach oben, muss noch Mathe üben, tschüs und schlaft gut!«

Julia brachte Mia ins Bett, Jan räumte die Küche auf, und Chili schaffte es gerade noch, ihre Zähne zu putzen, bevor sie erschöpft in wilden Träumen versank. Dass Jan kurz darauf ebenfalls ins Bett kam, merkte sie nicht.

8

Bäckereiduft, vermischt mit dem köstlichen Aroma frisch gebrühten Kaffees, verführte Chili, ihr rechtes Augenlid anzuheben. Zuerst sah sie Jans kariertes Lieblingshemd, wie es sich über seinem Brustkorb spannte. Als sie auch das zweite Auge öffnete und dieser Brust nach oben folgte, blickte sie direkt in zwei ernst blickende Augen.

»Chili, mein Schatz, geht es dir nicht gut?«

Sie setzte sich auf. »Wieso, was ist denn? Ist was passiert?« Sie war verwirrt. Warum brachte er Frühstück ans Bett? War etwa schon Sonntag?

»Nein, es ist nichts passiert, außer dass es zehn Uhr durch ist. Julia hat Mia in die Kita gebracht. Wir machen uns Sorgen, weil du heute früh jemand befragen wolltest und immer noch im Bett liegst. Vielleicht brauchst du eine Pause, einfach mal Ruhe? Krank siehst du jedenfalls nicht aus.«

»Ach du Schande! Das ist mir ja noch nie passiert. Was nun?«

Jan stopfte ihr das Kissen in den Rücken und stellte das Tablett mit Kaffee, Brötchen, Croissant, Käse und Butter auf ihren Schoß.

»Jetzt frühstückst du erstmal. Wenn du mir sagst, wann du mit wem verabredet warst und wo ich die Telefonnummer finde, rufe ich an und entschuldige dich. Soll ich gleich einen neuen Termin machen?«

Chili versuchte, sich zu erinnern, mit wem sie noch gleich reden wollte. Ach so, mit den Nachbarn des Opfers. Gestern hatte Albert ihr versprochen, die Adresse zu schicken. Sie hatte vergessen, nachzusehen, ob sie angekommen war.

»Ich kann mich nicht erinnern, ob …. Schau doch mal in meiner E-Mail in meinem Laptop nach, ob Albert was geschickt hat. Anruf ist nicht nötig. Ich bin nicht fest verabredet.«

Sie nahm einen Schluck Kaffee und riss das Croissant in mundgerechte Stücke, die sie mit Butter belegte und genussvoll verspeiste. Allmählich wachte sie auf. Will heißen, ihr Kopf begann, normal zu funktionieren.

Als Jan zurückkam und meldete, es wäre keine E-Mail von Albert angekommen, drückte Chili ihm das Tablett in die Hände und meinte, dass sie unten weiterfrühstücken wollte. Im Bad sah ihr eine Fremde mit zerzausten stumpfroten Haaren aus dem Spiegel entgegen. Ihre Falten an den Augen und den Mundwinkeln traten scharf hervor. Und die Schatten unter den Augen …

Sie redete sich laut ins Gewissen: »Also wirklich! So geht das nicht, Chili. Wann warst du zuletzt bei Uschi zur Haarpflege? Ich sag dir eins: Heute machst du gar nichts außer Aufpäppeln! 1. Duschen und pflegen. 2. In Ruhe weiterfrühstücken. 3. Dich dabei von Jan verwöhnen lassen. 4. Friseurtermin in Uschis Salon. Halt, da musst du zuerst anrufen. 5. Von Uschi verwöhnen lassen und Tratsch und Klatsch. Danach sehen wir weiter.«

Es klappte. Uschi hatte zwischen zwölf und vierzehn Uhr dreißig Zeit für sie. Zwei Kundinnen hatten abgesagt.

Sie freute sich auf Chili und meinte, sie würde sich anschließend wie neu fühlen.

Inzwischen hatte Jan neuen Kaffee gekocht und ihren Lieblingsbrie auf den Tisch gestellt: »Du brauchst jetzt was Handfestes!«

Mit einem zufriedenen Seufzer setzte sie sich und griff nach einem Brötchen, schnitt es durch, strich Butter und Brie auf die Hälften und lehnte sich zurück. Jan schenkte ihr Kaffee ein.

»Was hat dich denn eigentlich so geschafft, dass du nicht mal den Wecker hörst? Ist das dein neuer, ähm, vorübergehender Job? Der Mordfall? Oder weil keine Klienten mehr kommen? Ich kann mir denken, dass das alles ziemlich schwierig ist. Ich meine, mental. Du hast ja nicht gesagt, dass du nicht mehr coachen willst. Es ist einfach so, dass dein Job, den du so gern magst, dich verlässt.«

»Jan, ein Job verlässt einen doch nicht! Dafür sind Menschen verantwortlich. Diejenigen, die gerade nicht auf ihre Probleme gucken mögen. Diejenigen, die Kontaktsperren und Shutdowns verhängen. Vor allem aber wohl die Trostlosigkeit der Pandemie insgesamt. Es strengt die Leute an. Alles müssen sie neu regeln. Wenn die Kita schließen muss. Wenn die Schulen Wechselunterricht anordnen oder Homeschooling. Und die Eltern arbeiten womöglich zeitgleich im Homeoffice, in Wohnungen, die dafür nicht eingerichtet wurden.

Es geht doch nicht nur mir so, dass die Selbständigkeit floppt. Niemand redet darüber. Aber viele sind inzwischen pleite.«

»In der Herde lässt es sich tapfer aushalten. Mir geht es nur um dich, Chili, nicht um irgendwelche Selbständige, die Pleite machen. Das ist bedauerlich. Aber verdammt, ich lebe mit dir zusammen. Dich liebe ich. Du liegst mir am Herzen. Sag mir, wie ich dir helfen kann.«

Chili musste schlucken. Verlegen wischte sie sich über die Augen.

»Du hast schon recht«, sagte sie leise, »mir geht es wie den Menschen, die kein Coaching buchen, obwohl sie es gerade jetzt bräuchten. Ich mag auch nicht an meine Probleme rühren. Ich halte besser durch, wenn ich einfach mache, wenn ich blitzschnell entscheide. Verstehst du?«

Jan rückte näher und umarmte sie.

»Liebste Chili, das verstehe ich doch. Ich halte immer zu dir, auch wenn ich deine abrupte Entscheidung unüberlegt finde. Im Grunde bin ich stolz auf dich, dass du dir diesen unerfreulichen und harten Job zutraust. Ich könnte das nicht. Ich brauche meine Farben, um die Tristesse dieser Coronazeit zu überstehen. Hast du gehört, dass die Inzidenzen schon wieder steigen? Die üblichen Miesmacher sagen einen schlimmen Winter vorher. Aber wir stehen das durch, oder?«

Chili machte sich frei von Jan, griff nach einem Croissant und biss hinein. Dann sah sie ihn an und sagte: »Danke.«

Sie stand auf und redete mit vollem Mund weiter: »Noch etwas anderes müssen wir besprechen, Jan. In der Kita ist ein Junge positiv getestet worden. Sollten wir Mia nicht lieber hierbehalten? Er war zwar in einer anderen Gruppe. Aber leicht kann es auch in ihrer Gruppe passieren. Ich möchte mir keine Vorwürfe machen müssen, wenn sie sich anstecken sollte. Immer mehr Kinder haben schwere Verläufe oder Long-Covid. Was meinst du dazu?«

»Ja, wir behalten sie hier. Ich nehme sie mit ins Atelier. Das mag sie. Wir können ein paar ihrer Spielsachen rüberbringen. Am liebsten will sie immer malen oder Knete formen. Sie wird noch eine richtige Künstlerin, unsere Kleine.«

»Also abgemacht, du bist ein Schatz!« Chili drückte ihm einen Kuss aufs Ohr. »Ich geh dann jetzt.«

Sie war schon aus der Tür, als Jan ihr hinterherrief: »Grüß Uschi von mir!«

**

Warme Luft, versetzt mit dem Duft kosmetischer Ingredienzien, schlug Chili entgegen, als sie Uschis Salon betrat. Die Fahrt nach Leherheide verlief problemlos. Kein Stau, freie Fahrt. Zehn Minuten zu früh. Uschi umarmte sie kurz und bat sie, sich einen Moment in die Klönecke zu setzen.

»Nur zehn Minuten, dann kümmre ich mich um dich.«

Chili nahm sich eine der bunten Tassen und füllte sie aus der Kanne mit Kräuterblütentee. Entspannt schnupperte sie daran und trank einen winzigen Schluck. Das schmeckte schön würzig; sie trank noch einmal. Die Kundin unterhielt sich mit Uschi. Das heißt, eigentlich monologisierte sie.

»Hast du schon gehört? Ein Mord! Hier in Bremerhaven! Wo bitte, ist man noch sicher? Und er soll nackt gewesen sein. Der Tote, meine ich. Bei dem Wetter, es war doch Sturmflut. Da geht man doch nicht nackt aus dem Haus!«

Chili hielt sich die Hand vor den Mund, um nicht laut

loszuprusten. Uschi sah zu ihr rüber und zwinkerte ihr zu, während sie den Fön weglegte.

»Noch ein wenig Spray fürs Styling, und Sie sind wie neu.« Sie sprühte die Kundin rundum ein, zupfte hier und da an ein paar Härchen, zeigte ihr mit dem Rundspiegel den frischen Kopf von hinten und nahm ihr mit Schwung den Umhang ab.

Als die Frau gegangen war, schloss sie die Tür zu und setzte sich mit einer Tasse Tee neben Chili. »Sag mir, was kann ich für dich tun? Du hast vorhin am Telefon so deprimiert geklungen. Ist etwas passiert?«

»Nein. Doch. Ich meine, es ist viel passiert, aber nichts Schlimmes. Bloß, dass ich nur noch eine Klientin habe. Vielleicht noch einen weiteren, der kommen will. Seit Wochen hat sich aber niemand mehr gemeldet. Und dann der Mordfall.«

»Fängst du auch damit an?« Uschi schüttelte verständnislos den Kopf: »Was hat dieser Mordfall dir denn getan? Fühlst du dich deswegen auch unsicher wie die Frau Schröder?«

Chili kicherte: »Nee, Uschi, ich hab mit dem Fall zu tun. Ich erzähle es dir gleich. Würdest du mir bitte eine Kopfmassage machen?«

»Gottseidank, ich dachte schon, du bist jetzt auch verdreht. Komm rüber ans Waschbecken. Ich wasche zuerst dein wundervolles Haar. Und dann massiere ich dir eine Pflege rein, die wir fünfzehn Minuten unter einem warmen Handtuch wirken lassen. Danach sehen wir weiter. Schneiden müsste wohl sein, sie splissen etwas, deine Haare.«

Chili gab sich wohlig der liebevollen Behandlung von

Uschis Händen hin. Anschließend legte sich sanft ein warmes Tuch um ihren Kopf. Sie schlief ein.

Warmes Wasser, begleitet von Uschis geschickten Händen, die ihr Haar lockerten, weckte sie wieder auf.

»Ich hab dich ein bisschen länger schlafen lassen. Du bist ja richtiggehend erschöpft. Während ich schneide, erzählst du mir, was los ist, ja?«

Chili erzählte. Als sie fertig war, empörte sich Uschi: »Und alles nur wegen der dusseligen Politik. Die kriegen ja gar nichts mehr auf die Reihe! Menschenskinder, Chili! Und ich dachte, wir Friseure hätten es am schwersten. Dass Coaches hinten runterfallen könnten, das hätte ich nie im Leben gedacht. Und dann wendest du einfach, wie ein Auto in der Sackgasse, und rauschst in die andere Richtung ab. Meine Güte, du traust dich was. Ist dir nicht gruselig?«

»Ach was, ich schreib ja nur. Und manchmal befrage ich Leute. Das ist interessant. Solche würde ich als Coach ja gar nicht kennen lernen. Ich erfahre viel mehr, was in der Stadt los ist.«

»Sag mal, war der wirklich nackt, der Tote auf dem Deich?« Uschis Augen glitzerten verschwörerisch.

»Ach wo. Gerüchte. Er war angezogen. Nur Ausweis und so weiter, die Brieftasche, das fehlte. Deshalb wusste man zuerst nicht, wer das war. Hab ich alles im Artikel geschrieben. Im Lokalteil.«

»Naja, hätte ja sein können. Weil die *NordNordWest* seriös dastehen will, schreibt sie vielleicht bestimmte Sachen nicht. Hab' ich recht?«

»Nee, hast du nicht. Wäre er nackt gewesen, hätte ich das geschrieben.«

Uschi betrachtete skeptisch Chilis Haare und schaltete auf praktisch: »Was hältst du von ein paar helleren Strähnchen? Optisch würde dein Haar, zusammen mit einer leichten Stufung einen frischeren Eindruck machen. Und während es wirkt, nehme ich mir deine Nägel vor. Die können es gebrauchen.«

Chili nickte. Und während Uschi einige Strähnen einpinselte und in Alufolie einschlug, forschte sie weiter.

»Wie lange läuft dein Vertrag eigentlich?«

»Na, bis dieser Herr Tepper wieder gesund ist.«

»Bisschen vage, nicht? Oder ist das schon absehbar? Du hängst ziemlich in der Luft, würde ich sagen.«

»Keine Sorge, er bleibt noch eine Weile. Er ist nämlich schwerkrank. Für mich bedeutet es, Zeit zu haben, um mich zu entscheiden, was ich will.«

Uschi lächelte ihr spöttisch im Spiegel zu.

»Na super, dann entscheide mal. Wenn er zurückkommt, und du hast dich entschieden zu bleiben, haste dich verzockt, meine Liebe. Du brauchst einen Plan, der deine miese Situation von Grund auf ändert. Am besten gehst du hin und verlangst eine Sicherheit, dass du auch dann bleiben kannst, wenn dieser Tepper wiederkommt. Was weiß ich, dass du die guten Fälle kriegst und er die langweiligen oder so. Du bist doch bestimmt besser als er. Hast du mal gelesen, was er geschrieben hat? Nein? Sollteste machen. So, jetzt setze ich dich unter Infrarot und mach' dir die Nägel. Das Rot wie immer?«

Chili nickte nachdenklich. Eigentlich hatte Uschi recht. Sie sollte sich besser absichern. Es war blöd, dass sie nur daran gedacht hatte, noch Zeit für eine Entscheidung zu haben. Dabei lag die Entscheidung bei der Zeitung und nicht bei ihr, so wie es derzeit aussah. Das sollte sie wirklich dringend ändern.

Während die Nägel trockneten, nahm Uschi die Folien ab und wusch ihr Haar gründlich aus. Nach dem Föhnen fühlte Chili sich wie neu.

»Du tust mir richtig gut! Lass uns mal wieder zusammen essen gehen. Und danke für den Tipp mit der Sicherheit. Da kümmere ich mich drum. Manchmal hab ich echt Tomaten auf den Augen und guck nicht genau hin. Tschüs, ich ruf dich an!«

Im Wagen überlegte sie, was sie als Nächstes tun sollte. Sie war mit dem Kochen fürs Abendessen dran. In Wremen gab es einen wunderbaren kleinen Fischladen. Der hatte meistens ganz frische, noch nicht konservierte Nordseekrabben. Wenn sie erstmal mit Benzoesäure und Zitronensäure behandelt waren, schmeckten sie nicht mehr. Chili parkte auf dem Platz vor dem Lädchen und ging hinein. Sie war die einzige Kundin und fragte nach frischen Krabben vom Kutter.

»Krabben sind aus«, sagte die Verkäuferin. »Aber wenn Sie zum Hafen runterfahren, die ersten Kutter müssten schon da sein. Gleich ist ja Hochwasser. Fragen sie die Fischer, die geben immer gerne welche unter der Hand ab.«

Als Chili in dem kleinen Hafen ankam, meldete sich ihr Handy, Beethovens Neunte, das musste sie auch endlich mal ändern, irgendwas Flottes. Sie nahm ab, Irene war dran.

»Wir haben heute noch gar nichts von dir gehört. In zwei Stunden ist Redaktionsschluss. Kommt da noch was?«

»Moin, Irene. Nein, vom Mordfall gibt es nichts Neues. Ansonsten nur ein Handtaschenraub gestern. Ich finde, den Text aus dem Presseportal der Kripo könnt ihr einfach so übernehmen. Deshalb pflege ich mich heute, mir ging es morgens nicht gut. Jetzt hole ich noch Krabben vom Kutter, und dann geht es nach Hause. Morgen melde ich mich wieder bei euch.«

Sie wollte das Handy schon weglegen, da rief Irene: »Moment mal, ich habe eine Idee. Du hast doch diese tolle Reportage über die Arbeit des Toten geschrieben. Was hältst du davon, die Sache mit seiner Forschungstätigkeit zu vertiefen und die Arbeit eines Krabbenfischers zu beschreiben. Wirst du seekrank?«

»Nö, bisher nicht.«

»Na prima, dann könntest du sogar mal mit rausfahren. Mit Albert, für spektakuläre Fotos und einen Text über Tradition, mühevolle Fangarbeit und Romantik schreibst du. Versuch doch gleich mal einen Kutterfischer dafür zu finden, wo du schon da bist. Was meinst du?«

Chili musste nicht lange überlegen. »Das wollte ich schon immer mal. Klar, ich rede gleich mit einem. Mal sehen, ob er es macht. Kann ich ihn auf Kosten der Zeitung bestechen, ähm, ich meine natürlich überzeugen?«

Irene verkniff sich ein Grinsen, obwohl niemand im Raum war. Routine, eingefleischte Reaktion.

»Ja, du musst ihn überzeugen – nicht über einhundert Euro. Wenn es klappt, setz' dich mit Albert in Verbindung und gib mir Bescheid. Dann organisiere ich für den Tag eine Vertretung; vielleicht mache ich das selbst. Und noch eins: Bitte ruf mich an, wenn du mal wieder eine Auszeit brauchst. Das ist ja prinzipiell in Ordnung. Ich muss es aber wissen.«

Gerade legte ein Kutter an. *Beeke* hieß er. Chili sah, als

sie näherkam, dass er viele Kisten voller Krabben mitbrachte. Ein Mann in Gummistiefeln, Strickmütze und dicker Jacke hievte sie eine nach der anderen hoch und gab sie dem Vertreter der Erzeugergemeinschaft, der sie im bereitstehenden Kleinlaster verstaute. Chili bedeutete dem Fischer, dass sie Krabben wollte. Er legte den Finger auf seinen Mund und zeigte ihr seine zehn Finger für zehn Minuten Wartezeit. Aha, das hieß also ›unter der Hand‹, die Erzeugergemeinschaft sollte nicht merken, dass er Krabben für Privatkunden zurückhielt.

Als der Kleinlaster abfuhr, wandte der Fischer sich an Chili: »Wieviel?«

»Ein Kilo.«

»Lohnt sich nicht, ich geb' Ihnen zwei.«

Schon füllte er mit einem Halblitermaß vier Portionen in eine Tüte.

»Macht neunzehn Euro.«

Chili gab ihm zwanzig: »Stimmt so. Ich hab' noch eine Bitte, ich bin Reporterin bei der *NordNordWest-Post*. Wir wollen eine Reportage über die Tradition des Krabbenfangs machen, mit Fotos und allem Drum und Dran. Dafür suche ich einen Kutter, mit dem ich und mein Kollege, ein Fotograf, rausfahren können. Das wäre doch auch für Sie eine gute Reklame. Würden Sie uns mitnehmen?«

Der Fischer sah sie sich von oben bis unten an.

»So wie Sie angezogen sind, geht das nicht. Bestimmt werden Sie seekrank und versauen mir das Deck. Ich müsste mich ständig um Sie kümmern. Immerhin sind wir spät im Jahr. Es ist eiskalt und windig da draußen. Für Städter ist das nix.«

Damit wandte er sich ab.

»Einen Moment noch, bitte! Erstens werde ich nicht seekrank. Zweitens kann ich mir durchaus warme Klamotten und Gummistiefel mit dicken Socken darin anziehen. Drittens: Was kostet es?«

Gespannt verfolgte sie, wie er sich umdrehte.

»Kein Geld. Erstens: Können Sie in einen Eimer pinkeln? Ein Klo gibt es hier nämlich nicht. Zweitens: Bringen Sie sich was zu essen mit, die Tour dauert zwölf Stunden. Drittens: Bringen Sie heißen Tee für zwölf Stunden mit. Viertens: Eine Flasche Köm und ein Kasten Bier für mich und Lui. Pünktlich nächste Woche Freitag, also am 5. November, früh um drei fahren wir los. Kommen Sie zehn Minuten vorher, wir warten nicht.«

Er drehte sich um und ging ins Führerhaus.

Chili packte ihre Krabbentüte fester und rief: »Danke!« Dann fuhr sie nach Hause, mit einem Umweg über Leherheide. Zwei Kilo Krabben zu pulen, das war nun wirklich ein bisschen viel verlangt. Und Uschi freute sich bestimmt über dieses unverhoffte Geschenk.

9

Mittwochmorgen, 27. Oktober 2021, neun Uhr. Chili war im Coachingbüro angekommen und wählte die Telefonnummer der Presseabteilung der Polizei. Sie erfuhr, dass es eine neue Entwicklung gab. Der Tote hatte eine kleine Plastiktüte mit Schlick, Muschelsplittern, Vogelschiet und Sandkörnern in der Hosentasche gehabt. Inzwischen war der Fund im Labor untersucht worden. Man hatte den ungefähren Umkreis der Herkunft identifiziert.

Es handelte sich um ein bestimmtes Gebiet im *National-park Niedersächsisches Wattenmeer*. Genauer gab der Pressesprecher den Ort nicht an. Nur, dass diese Gegend zu den Fanggebieten der Krabbenfischer gehörte. Ein Gebiet, in dem wissenschaftliche Institute und die Hochschule das Wattenmeer erforschten, um Antworten auf Fragen des Umweltschutzes und des Klimas zu finden. Denkbar, dass das Mordopfer da in Sachen Forschung unterwegs gewesen war, um Proben vom Wattboden zu entnehmen.

Was sollte man daraus nun schlussfolgern? Gar nichts, entschied Chili. Alles viel zu vage. *Ein bestimmtes Gebiet im Nationalpark Niedersächsisches Wattenmeer*, das umschloss das Watt von der niederländischen Grenze bis Cuxhaven. Mit anderen Worten, man durfte die Stecknadel im Heuhaufen suchen – oder auf weitere Erläuterungen der Polizeibehörde warten, wann immer sie über die Veröffentlichung entscheiden würde. Chili hakte nach. Ohne Erfolg; der Pressesprecher gab sich zugeknöpft.

Auch gut, dachte Chili, dann schreibe ich eben, was ich denke. Ich gucke mal auf die Karte des Wattenmeers und suche mir ein paar interessant klingende Gebiete raus. Dagegen kann ja wohl niemand was haben.

Die beiden Coachingsitzungen verliefen erfreulich. Die Klientin berichtete von ersten Erfolgen im Job; und auch mit Herrn Lang ließ es sich gut an.

***

Den Artikel schrieb Chili, nachdem sie wieder zu Hause in ihrem Zimmer saß. Sie schickte ihn nach aufmerksamer Korrektur postwendend an die Redaktion. Dann holte sie sich einen Becher Kaffee, den jemand netterweise gerade gekocht hatte, machte es sich im Sessel bequem und rief Albert an.

»Moin Albert, sag mir, ob du an Seekrankheit leidest, wenn es ordentlich schaukelt.«

Albert blieb gefühlte fünf Minuten stumm. Dann fragte er: »Sag mal, willst du mich veräppeln? Oder was soll das?«

»Aber nein, wir haben einen neuen Auftrag. Auf See. Du sollst fotografieren. Wir fahren nächste Woche Freitag, morgens um drei Uhr mit einem Kutter auf Krabbenfang. Wird eine große Reportage mit tollen Fotos, für die du zuständig bist – falls du nicht seekrank wirst. Das duldet der Fischer nämlich nicht.«

»Drei Uhr? Das soll am Morgen sein? Für mich ist das mitten in der Nacht. Und da schlafe ich. Wer ist denn auf diese Schnapsidee gekommen? Gibt es eine Nachrichten-flaute, dass wir auf solchen Unsinn zurückgreifen müssen? Da hab' ich echt keine Lust drauf.«

Chili grinste: »Die Idee hatte Irene. Und ich hab den Kutter für uns gekapert. Das wird ein Abenteuer, Albert! Man muss in einen Eimer pinkeln. Aber ansonsten wird es ziemlich frisch da draußen. Der Fischer meinte, wir sollten uns sehr warm und regenfest anziehen. Außerdem sollen wir Folgendes mitbringen: Essen und warmen Tee für zwölf Stunden, eine Flasche Köm und eine Kiste Bier. Essen und Tee besorge ich. Den Köm und das Bier kannst du holen, ist die Bezahlung für die beiden Fischer.«

Albert brummte kurz angebunden: »Nun denn, wenn es sein muss, tschüs bis nächste Woche um drei. Den Kassen-bon geb' ich an Irene weiter.«

Damit legte er auf.

Ooops, das war nicht gut angekommen. Ach, egal! Chili wandte sich ihren Coachingnotizen zu, die sie immer gleich nach den Sitzungen anfertigte, naja, zumindest am gleichen Tag, so wie heute. Anschließend wollte sie die neuesten Delikte der Stadt für die Polizeinachrichten auf-bereiten.

***

Alles Kleinkram. Handtaschendiebstahl gestern im Klima-haus. Das Opfer war eine 75jährige Touristin. Ein Ein-bruch gegen Morgen in einem Einfamilienhaus in Spaden. Gestohlen wurde ein veralteter PC und eine, auf antik ge-machte Wanduhr. Beides wertlos. Die Täter konnten in beiden Fällen flüchten.

Die neueste und zugleich interessanteste Nachricht: Körperverletzung in der Oberen Bürger. Ein 23jähriger Mann hatte am Morgen Passanten mit einem Messer angegriffen. Durch beherztes Eingreifen zweier Männer konnte der Täter festgehalten werden, bis die von Umstehenden alarmierte Polizei anrückte und ihn festnahm. Die fünf Personen, zwei Frauen, ein Teenager und zwei Kleinkinder, wiesen leichte Verletzungen auf. Der Rettungsdienst hatte die Opfer, die unter Schock standen, ins Krankenhaus gebracht, wo sie über Nacht zur Beobachtung bleiben würden.

Das könnte sich für ein Interview lohnen. Chili rief die Pressestelle der Polizei an, um zu erfahren, wer die Helden waren, die den Täter festgehalten hatten. Das stellte sich als Sackgasse heraus. Die Polizei gab grundsätzlich keine Namen und Adressen von Privatpersonen heraus. Mist, was nun? Sie kaute am Bleistiftende herum und dachte nach. Schließlich entschloss sie sich, Albert zu fragen, ob er Rat wusste.

»Na, ist die Kutterfahrt abgesagt?«

Er hatte sich also nicht damit abgefunden. Chili machte ihm klar, dass sich nichts geändert hatte. Die Namen der beiden couragierten Männer im Messerstecherfall gab er ihr kommentarlos weiter. Wie er immer an alle Informationen kam, blieb ihr ein Rätsel. Ihre Frage, wie er das machte, lief ins Leere. Albert hatte sie bereits weggeklickt.

Jetzt brauchte sie noch die Adressen oder Telefonnummern. Der eine war Bremerhavener; er stand im Telefonbuch.

»Guten Tag Herr Röttink, Chili Keller von der *Nord-NordWest-Post*. Ich schreibe für die morgige Ausgabe einen Artikel über den Angriff in der Oberen Bürger. Mit Ihrer mutigen Reaktion, den Täter festzuhalten, haben Sie der Bevölkerung einen unschätzbaren Dienst erwiesen. Ich möchte Sie mit Namen im Artikel nennen, damit die Bremerhavener erfahren, wem sie es verdanken, dass sie sich wieder sicher fühlen können.« (Wo hatte sie nur diese Sprache her?)

Herr Röttink räusperte sich: »Das ist eine Überraschung. Eigentlich stehe ich nicht gern im Mittelpunkt. Aber wenn es sein muss, dann sollten Sie auch meinen Bruder nennen. Ohne ihn hätte ich das nicht geschafft. Er hat nämlich den schwarzen Gürtel. Zufällig ist er diese Woche bei uns zu Besuch.«

Das war ja toll, zwei Brüder. Chili ließ sich die Geschichte ausführlich von ihm und dem Bruder erzählen. Dann bat sie um die Vornamen der beiden und schrieb anschließend den Artikel. Nur noch abschicken und fertig für heute! Stopp, noch nicht ganz fertig. Sie griff zum Telefon und rief Albert an und bat ihn, die Brüder für den Artikel zu fotografieren. Erledigt!

10

Kurz nach halb sieben lief Chili beschwingt die Treppe nach unten zum Abendessen. Sie fühlte sich wohl, hatte ausgiebig und heiß geduscht. Ihr Haar sah immer noch wunderbar rot-blond-leuchtend aus. Und die dunklen Ringe unter ihren Augen waren verschwunden. Aus der Küche klang lautes Lachen und Stimmengewirr. Offenbar saßen die anderen Familienmitglieder schon zu Tisch. Sie öffnete die Tür und sog den Duft von Knoblauch und Kräutern ein.

»Moin, moin!«, rief sie. Dann stutzte sie. Stefan saß auf ihrem Platz und trank gerade einen Schluck Rotwein. Was tat er hier? Und warum hatte sie niemand gerufen?

Mit leicht frostigem Unterton stellte sie fest: »Na, das ist ja eine Überraschung. Darf ich vielleicht auch daran teilnehmen? Oder ist das hier eine geheime Zusammenkunft?«

Nicht mal ein Gedeck hatten sie für sie auf den Tisch gestellt. Sie verließ den Raum, um sich einen Stuhl aus dem Wohnzimmer zu holen. Als sie damit zurückkam, hatte Jan einen zusätzlichen Teller und Besteck für sie aufgelegt. An der Stelle hatten sie Platz für ihren Stuhl geschaffen. Sie setzte sich.

Lea fand als erste die Sprache wieder: »Mama, wo warst du denn?! Wir dachten, dass du immer noch in der

Redaktion bist. Da war doch diese Messerstecherei. Musstest du nicht darüber was schreiben? Wir wollten gerade da anrufen.«

»Aber ich war doch oben, in meinem Zimmer. Zum Schreiben muss ich nicht in die Redaktion fahren. Das geht alles per Laptop und E-Mail. Einfache Interviews führe ich am Telefon durch. Und du, Stefan, was machst du hier? Gibt es ein Problem?«

Stefan sah sie nachdenklich an: »Du scheinst dich ja schon richtig gut in den Pressejob eingearbeitet zu haben. Eigentlich bin ich gekommen, um dich um Hilfe im Coaching zu bitten. Es kommen immer mehr Anfragen von Interessenten bei mir an, die ich nicht alle annehmen kann. Deshalb dachte ich, dass ich sie an dich weitervermitteln könnte. Was sagst du dazu?«

»Ähm«, Chili räusperte sich, »das ist eine nette Idee von dir, Stefan. Ja, wirklich. Aber …für welche Probleme wollen diese Menschen denn Unterstützung?«

»Meistens brauchen sie eine tragfähige Strategie für Verhandlungen über ökonomische oder technische Fragen.«

Chili runzelte die Stirn. »Und macht ihnen das psychische Probleme? Oder brauchen sie Unterstützung für die Kommunikation? Sind sie schwach darin, andere zu überzeugen?«

Stefan sah aus dem Fenster. »Nein, du müsstest dich schon in die jeweiligen Arbeitsbereiche einarbeiten. Es geht ihnen um praktikables technisches oder ökonomisches Vorgehen.«

Chili lachte bitter auf: »Du bist also gekommen, um Jan zu unterstützen. Nicht etwa, damit ich dir helfe, stimmt's?«

Ungutes Schweigen breitete sich wie eine Dunstglocke

über dem Tisch aus. Alle guckten irgendwo hin, bloß nicht zu Chili. Als versuchten sie, sich unsichtbar zu machen, wie Kinder, die glauben, dass niemand sie sieht, wenn sie die Augen verschließen.

»Ach so ist das. Deshalb habt ihr mich nicht geholt. Ihr wisst doch alle ganz genau, dass ich um diese Zeit oben bin.«

Und zu Jan direkt: »Du hast es wohl immer noch nicht akzeptiert, dass ich als Reporterin arbeite. Hast du Stefan zu diesem Blödsinn überredet? Meinst du etwa, ich könnte mich mir-nichts-dir-nichts mal eben in zwei komplette Studienfächer einarbeiten? Um Leute, die das jahrelang studiert haben, zu beraten? Und du, Stefan«, sie wurde lauter, »von dir hätte ich wirklich nicht erwartet, dass du dich darauf einlässt. Du bist doch selbst Coach und weißt, was das bedeutet! Verdammt noch mal!«

Niemand antwortete ihr. Chili sah einen nach dem anderen an. Nichts. Außer Lea, die ihr zuzwinkerte, sahen sie entweder an die Decke oder auf ihre Teller. Nicht mal Julia bezog Stellung. Nur Mia spielte selbstvergessen auf dem Boden mit ihrem Lego.

Chili schob zornig ihren Stuhl zurück, stand auf und verließ die Küche. Im Flur hing ihre Tasche mit Portemonnaie, Ausweisen, Autoschlüssel und einem Ersatzhandy am Haken. Sie nahm sie und den Mantel, der daneben hing und lief zum Auto. Nur raus hier! In der nächsten Straße fuhr sie rechts ran und überlegte, was sie eigentlich tun wollte. Sie hatte vor diesem unerfreulichen Erlebnis in der Küche gute Laune gehabt, und die wollte sie zurück. Den Triumpf, sie kleinzukriegen, gönnte sie den beiden nicht, kam gar nicht infrage! Entschlossen wählte sie Uschis Nummer.

»Hallo Uschi, Chili hier. Hast du Lust, mit mir zum Italiener am Martin-Donandt-Platz essen zu gehen? Ich lade dich ein. Ja? Prima, ich fahr schon mal vor und sichere uns einen Platz. Bis gleich!«

***

Während Chili den Wagen startete, verharrten ihre Mitbewohner in stummer Erstarrung.

Schließlich ergriff Julia das Wort. »Ist das wahr? Wolltet ihr sie mit einem miesen Trick von ihrem Vorhaben abbringen? Ihr eigener Mann und ihr Freund?! Raus mit der Sprache! Was habt ihr euch dabei gedacht?«

Leas Augen weiteten sich erstaunt, dann lachte sie. »Tante Juli, du bist klasse. Wir Frauen müssen zusammenhalten, wenn wir uns durchsetzen wollen. Jedenfalls finde ich Mamas neuen Job spannend. Ist bestimmt nicht so dröge wie Coaching. Ich bin dafür, dass sie das durchzieht.«

Stefan setzte sich aufrecht hin, räusperte sich und sagte mit belegter Stimme zu Jan: »Du hast mich gar nicht angemeldet. Und von unserer Idee wusste sie auch noch nichts. Scheiße, sie ist eine Freundin. Was soll ich ihr jetzt bloß sagen?«

Jan sah ihn düster an. »Die Sache mit den Ersatzcoachings kam doch von dir. Wie sollte ich denn ahnen, dass sie das vielleicht gar nicht kann, Techniker coachen. Ich hatte keine Ahnung, dass es im Coaching solche Unterschiede gibt.«

Julia stand auf, guckte Lea an und wies mit dem Kopf zur Tür. Dann hob sie Mia auf, und alle drei verließen die Küche.

***

»Chiao Paolo, hast du einen schönen Platz für Uschi und mich?«

Paolo, Inhaber und Koch von Chilis Lieblings-Trattoria führte sie an einen Tisch für vier Personen in der hinteren Ecke am Fenster.

»Hier kannst du den Mundschutz abnehmen. Wir haben eine neue Lüftungsmaschine und öffnen ab und zu Fenster, wenn nötig. So haben die Coronaviren keine Chance. Ich bring dir gleich die Karte. Auch Rosé von zu Hause?«

Chili nickte. Im Sommer brachte Paolos Bruder den Wein vom Familiengut in Apulien mit. Sie mochte diesen frischen Wein, der nach Pfirsich und Blüten duftete. Paolo stellte dazu einen großen Krug Wasser auf den Tisch.

Da kam auch schon Uschi an und setzte sich etwas atemlos an den Tisch. Sie griff nach dem Weinglas, das Chili gerade für sie gefüllt hatte und prostete ihr zu.

»Tolle Überraschung«, japste sie. »genau das Richtige jetzt. Hast du einen besseren Vertrag rausgeschlagen? Oder was verschafft mir die Ehre?«

Chili trank einen Schluck Wein.

»Nee, ich bin abgehauen. Jan und Stefan haben sich gegen mich verschworen. Sie wollten mich mit einem absurden Abkommen über den Tisch ziehen. Ich bin sauer. Ich hätte nicht gedacht, dass Jan so weit gehen würde. Schon gar nicht hätte ich Stefan zugetraut, dass er mir solch ein hinterhältiges Angebot macht, von dem er wissen musste, dass das Quatsch ist. Sie wollten mich mit Klienten, die Stefan nicht annehmen kann, bestechen, den Reporterjob aufzugeben. Mittelalter, ich fasse es nicht! Machos unter sich, die mich offenbar für blöd halten. Das ist ein schlimmer Vertrauensbruch von beiden. Ich bin ziemlich verletzt und wütend.«

Paolo stand neben dem Tisch und wartete auf die Bestellung. Er hatte Chilis letzte Sätze mitbekommen.

»Ich bringe dir erstmal einen doppelten Grappa vom Haus. Der wird helfen. In schlechter Stimmung soll man nicht essen, das macht den Magen krank. Und danach Spaghetti Vongole, Meeresduft für die Seele. Auch Salat?«

Beide Frauen stimmten zu. Netterweise brachte er auch für Uschi einen Grappa. Es war sein bester, weich und rund, mit sanfter Schärfe im Hintergrund.

Wie immer, wenn jemand in Nöten war, entwarf Uschi ein praktisches Vorgehen, um da herauszukommen. Das tat sie jetzt auch für Chili.

»Auf gar keinen Fall fängst du mit versöhnlichen Maßnahmen an. Lass die Herren kommen, auch wenn es einige Tage dauert. Und dann stellst du sie vor vollendete Tatsachen, nämlich vor diese: Sie wollen dich bei der Zeitung haben. Also verlange schnellstens einen gutbezahlten unbefristeten Vertrag. Ich weiß wirklich nicht, warum eine Frau nicht über Mordermittlungen berichten soll. Ist ja keine schwere Arbeit wie im Bauhandwerk. Selbst da arbeiten inzwischen Frauen. Coaching fand ich schon immer etwas zwielichtig. Nicht wirklich praktisch, oder?

Die Leute wollen endlich aus der Pandemie raus. Kein Mensch will sein Leiden wirklich ergründen, sondern wissen, wie man im Job bleibt und die Miete bezahlt. Das höre ich von meinen Kundinnen. Die haben die Nase voll von der Coronapolitik. Rin inne Kartoffeln, raus ausse Kartoffeln. Das Gute an deinem neuen Job: Kriminalität schert sich um keine Maßnahmen. Und Zeitungen gehen immer.«

Die Spaghetti kamen. Und tatsächlich wirkte ihr Duft wie Balsam. Chilis Wut hatte sich gelegt. Sie sah Uschi an und sagte: »Danke!«

Nachdenklich wickelte sie einige Spaghetti auf ihre Gabel und schob sie in den Mund. Die beiden Frauen aßen stumm und genossen. Als auch der Salat von den Tellern verschwunden war, hatte Chili ihren Entschluss gefasst.

»Genauso mache ich es. Gleich morgen fahre ich in die Redaktion und verlange den neuen, vollwertigen Vertrag. Gegenüber den Männern cool zu bleiben, wird nicht einfach. Ist aber nötig, damit sie kapieren, dass ich selbst über meine Arbeit entscheide. Und die Kinder …Mia hat nichts mitbekommen; sie hat im Wohnzimmer gespielt. Und für Lea kann eine selbstbewusste Mutter nur gut sein. Sie ist jetzt im Alter, wo sie sich auch gegenüber den Jungs durchsetzen muss. Du bist ein guter Coach, Uschi, danke.«

Uschi grinste: »Das sind wir Friseure doch immer.«

***

Am nächsten Morgen schlief Chili bis acht Uhr. Dann duschte sie ausgiebig, schminkte sich und zog die orange Lederjeans und einen wiesengrünen Baumwollpulli an. Sie lachte über ihre Eitelkeit und beschloss, noch eins draufzusetzen und die dunkelgrünen Stiefeletten anzuziehen.

In der Küche frühstückte nur Lea noch. Jan war schon mit Mia ins Atelier gegangen. Und Julia hatte eine frühe Vorlesung. Sie setzte sich zu Lea an den Tisch.

»Mama, gut, dass du gestern weggegangen bist. Die waren echt sauer auf dich, weil du einfach weggefahren bist. Ich nicht. Ich fand es toll, dass du kein Schönwetter gemacht hast. Wir Frauen müssen mehr zusammenhalten, damit die Männer uns nicht die Butter vom Brot nehmen. Das hat jedenfalls Tante Juli gestern gesagt. Damit du es weißt, ich halte auch zu dir. Reporterin ist doch viel spannender als Coach.«

Sie nahm ihre Schultasche, winkte und machte sich auf den Weg zur Schule.

11

Auf in den Kampf. Chili fühlte sich mulmig. Aber es musste sein, dieses Gespräch mit Irene Bauer über einen festen Vertrag, auch wenn ihr die Beine schon jetzt zitterten. Tief in den Bauch atmen und die Treppe rauflaufen. Entschlossen klopfte sie an die Tür zu Irenes Büro.

»Herein!«

Chili öffnete die Tür und trat ein.

»Moin, Irene.«

Auf dem Besprechungstisch warteten Kaffee und Plätzchen. Einen Kleiderbügel in der Hand, nahm Irene ihr die Jacke ab und hängte sie an die Garderobe.

Bei so viel Freundlichkeit schmolz Chilis Kampfeshaltung wie Sahneeis in der Sonne. War sie wirklich berechtigt, ihre Forderung zu stellen? Vielleicht sollte sie doch lieber abwarten, bis Herr Tepper wieder …

»Liebe Chili, was führt dich zu mir? Was kann ich für dich tun?«

»Ich wünsche mir eine Festanstellung. Ich muss an meine Zukunft denken. Darüber und wie die Chancen dafür zeitnah stehen, will ich mit dir reden«, fiel sie mit der Tür ins Haus.

Irene nahm die Kaffeekanne, lächelte Chili freundlich an und schenkte ihr Kaffee ein: »Wie war das noch, Milch, Zucker, was nimmst du?«

»Nur wenig Milch.«

Irene reichte ihr die Tasse und verkündete: »Darüber habe ich mit unserem Personalchef, Herrn Jahns, auch schon gesprochen. Wir freuen uns über deinen Einsatz im Ressort. Ehrlich gesagt, haben wir nicht damit gerechnet, dass du wirklich mit dem Kutter rausfährst. Das können immerhin zwölf ungemütliche Stunden werden. Sogar Albert, der sonst nie kneift, gab erst nach längerer Debatte nach.«

Chili atmete auf. Ihr Selbstbewusstsein, das sich auf dem Weg hierher mehr und mehr verabschiedet hatte, war zurück. Ja, das fing gut an.

»Andererseits,« führte Irene weiter aus, »gilt es zu bedenken, was mit Herrn Tepper wird, wenn wir dich an seiner Stelle vertraglich binden. Doch im Ergebnis könnten wir den Arbeitsauftrag des Polizeireporters um eine Polizeikolumne und regelmäßige Reportagen erweitern. Deine Beobachtungsgabe, aber auch dein Geschick, Kontakte zu gewinnen, waren ausschlaggebend. Dein Interview mit dem Geschäftsführer des Forschungsinstituts hat uns beeindruckt.

Und Herr Tepper wird, wenn er zurückkommt, andere Aufgaben übernehmen. Weil die Polizeinachrichten dieser Stadt bisher keine volle Stelle rechtfertigten, hat er ohnehin in anderen Ressorts ausgeholfen. Unter uns, Reportagen, wie du sie schreibst, waren nicht seine Stärke. Deshalb haben wir ihm das nicht abverlangt.

Mit dir könnten wir das Ressort ganz neu aufziehen. Einen Podcast über kalte, also unaufgeklärte Morde, von denen etliche teils nach Jahrzehnten immer noch nicht abgeschlossen sind, wäre das Tüpfelchen auf dem i. Was meinst du dazu? Klingt das interessant für dich?«

Ein Schluck Kaffee half Chili über den innerlich aufsteigenden Jubel hinweg. Den sollte sie lieber nicht zu früh zeigen. Noch war nichts verhandelt. Zum Beispiel kam es nicht infrage, mehr als zwanzig Stunden die Woche zu arbeiten.

»Doch, das lässt sich machen, kein Problem. Das müsste zu schaffen sein.« Sie merkte selbst, dass ihre Antwort nicht gerade von Engagement zeugte. Deshalb fügte sie hinzu: »Ich freue mich, dass ihr euch bereits Gedanken gemacht habt.«

Irene bemerkte Chilis Zurückhaltung und forschte nach: »Was hast du dir denn überlegt? Fordern wir zu viel von dir?«

»Aber nein, zu viel ist das nicht. Allerdings wird das Ressort kaum so viel hergeben. Die Kriminalität hält sich in Bremerhaven in Grenzen. Grundsätzlich möchte ich mindestens zwanzig Stunden die Woche arbeiten.«

Irene ging sofort darauf ein, ließ aber ein Hintertürchen für mehr Stunden offen:

»Na klar, dass versteht sich. Wir haben uns natürlich auch überlegt, was du über die Aufgaben als Polizeireporterin hinaus tun kannst. Da wäre zunächst das Kulturressort. Was du dazu schon beiträgst, sollten wir in den neuen Vertrag integrieren. Und vielleicht die Seite für die Frau. Die muss dringend modernisiert werden. Me Too, zunehmend Frauen in Führungspositionen und Politik – es entsteht ein neues Frauenbild. Ich bin überzeugt, dass du die Richtige dafür bist.«

Chili lächelte Irene an:

»Ja, wenn das so ist, das hört sich spannend an. Obwohl, das ist dann doch wieder ein ziemliches Pensum für zwanzig Stunden.«

»Mehr Stunden gehen immer. Und die Seite für die Frau erscheint ohnehin nur am Wochenende. Wann sonst haben Frauen heutzutage Zeit zu lesen? Also abgemacht? Machen wir einen Vertrag mit den beschriebenen Aufgaben über vorerst zwanzig Stunden? Wir zahlen nach Tarif.«

»Wie hoch wäre denn das Monatsge…«

Beethovens Neunte. Chilis Handy. Albert war dran. Das vermisste Forschungsboot war gefunden worden. Die Wasserschutzpolizei brachte es gerade in den Hafen. Er war bereits unterwegs dorthin und meinte, sie sollte ebenfalls kommen. Hastig verabredete sie mit Irene, dass sie am nächsten Tag den Vertrag unterschreiben würde und flitzte los.

***

Absperrung, Polizeiwagen, Journalisten, Polizisten und mittendrin Albert mit seiner Kamera. Er knipste wie wild und bemerkte Chili erst, als sie ihm auf die Schulter klopfte.

»Hi, Albert, hast du schon etwas über das Boot rausgefunden?«

Albert ließ die Kamera sinken. »Mach mal halblang! Das ist dein Job, ich fotografiere nur. Mit dem, was ich bis jetzt habe, kannst du eine ganze Seite machen. Die da«, er deutete auf eine große Frau mit schlichter Brille und in Zivilkleidung, Jeans, Parker, schwarze Sneaker mit dicken Gummisohlen, »ist die Chefin, Leiterin der Mordkommission. An die musst du ran.«

»Danke, Albert!«

Er hörte sie schon nicht mehr. Er drängte er sich durch die Journalistengruppe, stieg über die Absperrung und schlich Richtung Wasser, während er ständig weiterknipste.

Chili überstieg ebenfalls das Absperrband und steuerte auf die Kommissionschefin zu. Dort stellte sie sich mit ihrem schönsten Lächeln in ihr Blickfeld. Falls sie das irritierte, ließ sie es nicht merken, sondern fragte unwirsch:

»Was wollen Sie?«

»Chili Keller von der *NordNordWest-Post*, ich möchte Ihnen ein paar Fragen stellen. Ist es Ihnen jetzt recht? Oder lieber später?« Sie schaute der Frau direkt in die Augen.

»Kommen Sie in dreißig Minuten zu mir. Bis dahin bleiben Sie bitte hinter der Absperrung.« Damit wandte sie sich einem in weißes Plastik verpackten Tatortspezialisten zu.

Jetzt sah Chili, wie ein weiterer weißgekleideter Mann auf dem Boot etwas aufnahm und in eine kleine Tüte tat. Ein anderer gab einem Polizisten auf dem Kai eine offensichtlich schwere Kiste rüber. Der Polizist sackte kurz in die Knie, als er sie entgegennahm, fasste beherzt nach und hievte sie in den bereitstehenden Polizeiwagen.

Chili war entlassen, vorläufig. Damit konnte sie leben. Also wandte sie sich ab und marschierte zurück. Vor dem Absperrband und gesellte sich zu den anderen Journalisten, um zu hören, was sie bisher erfahren hatten.

»Neu dabei?« Die Stimme, die das fragte, drang von hinten an Chilis Ohr. Sie drehte sich um und stand einer jüngeren Frau gegenüber, die sie neugierig musterte. Sie strich eine dunkelbraune Lockensträhne aus ihrem Gesicht, die jedoch sofort zurückstrebte.

»Ja, für die *NordNordWest*. Und Sie? Kennen Sie sich hier aus? Weiß man schon, ob es das Boot des Mordopfers ist? Chili Keller heiße ich.«

»Mona Krause vom *Neuwerker Halligboten*. Ich bin gerade erst angekommen. Normalerweise geben sie eine Erklärung ab, sobald sie mit der ersten Sichtung und Tat- oder Fundortuntersuchung abschließen. Übrigens duzen wir uns unter Kollegen. Nenn' mich Mona, und ich nenn' dich Chili. Witziger Name übrigens. Aber das hörst du bestimmt andauernd.«

Chili stimmte zu. Das ließ sich unkompliziert an.

»Bevor ich herkam, habe ich mit der Chefin der Mord- kommission geredet. Sie will mir in, Moment, jetzt zwan- zig Minuten auf meine Fragen antworten. Dann soll ich wieder zu ihr kommen.«

Mona zog ihre kräftigen Augenbrauen hoch. »So neu bist du aber auch wieder nicht, oder? Wie bist du denn an die rangekommen?«

Chili stutzte. »Wie ich an sie ...? Ähm, ich bin da rein- gegangen, hinter das Sperrband und habe sie gefragt. Machst du das anders?«

Mona prustete los. »Also, entweder bist du wirklich so neu und unwissend, wie du sagst. Oder aber einigermaßen frech. Was du gemacht hast, ist absolutes Tabu. Niemand steigt über das Polizeiband. Wie hat sie denn reagiert? Hat sie dich nicht sofort rausgeschmissen?«

»Nö, hat sie nicht. Im Gegenteil, sie war höflich. Ich dachte, man macht das so. Albert ist auch drin. Das ist der Fotograf, mit dem ich hier bin.«

Mona staunte. »Das gibt's doch nicht. Und ich bleibe immer schön brav vor der verbotenen Zone stehen. Guck dich um, wer noch alles hier draußen ist. Fernsehen, Rundfunk, die beiden Zeitungen aus Bremen und Stade. Wir haben uns immer alle daran gehalten. Und dann kommst du, noch grün hinter den Ohren, und ignorierst unsere unausgesprochenen Gesetze. Und das auch noch mit Erfolg. Man könnte glatt neidisch werden.«

Das wurde Chili zu viel. »Warum machst du das denn nicht auch einfach? Ist doch nichts dabei. Mehr als zurückweisen kann sie dich doch nicht. Wenn man was rausfinden will, muss man schon so laut an die Tür klopfen, dass man gehört wird.«

Das saß. Mona guckte auf ihre Uhr. »Es ist so weit, dein Termin bei der Chef de Police. Ich komme mit. Das will ich sehen, wie deine Strategie funktioniert.«

Sie stieg über die Absperrung, Chili folgte. Doch es lief anders als erwartet.

»Bitte gedulden Sie sich noch ein paar Minuten. Sobald die letzten Proben genommen sind, erhalten Sie einen Bericht von uns. Bitte gehen Sie jetzt hinter die Absperrung zurück.« Mit dem linken Arm wies die Leiterin der Mordkommission sie zur Absperrung zurück.

»Siehste, läuft nicht so, wie du denkst«, urteilte Mona zufrieden.

»Versuch macht klug.« Chili dachte nicht daran, sich zu ärgern. Ihre Taktik des *Laut-anklopfens*, wie sie ihr Vorgehen nannte, endete in fünfundachtzig Prozent erfolgreich. Nur fünfzehn Prozent versickerten als Flop. Insgesamt eine hervorragende Bilanz.

Die Gespräche ringsum verstummten. Die Kommissionsleiterin trat an die Absperrung.

»Guten Tag! Mein Name ist Rita Schmitt, Leiterin der

Mordkommission. Wie Sie sich denken können, haben wir noch keine Ergebnisse zu der Frage, ob das Forschungsboot im Zusammenhang mit dem Tötungsdelikt an Professor Dr. Löwe steht. Um das zu klären, werden in den nächsten Tagen das Boot, die Indizien und Dokumente, die wir entnommen haben, untersucht.

Fest steht bisher lediglich, dass Professor Löwe auf der Nordsee in Sachen Forschung zum Zeitpunkt seines Todes, also zwischen dem 14. Und 16. Oktober, unterwegs war. Sollte er tatsächlich mit diesem führungslosen Boot«, sie zeigte in Richtung Kai, »auf Forschungsfahrt gewesen sein, sind wir optimistisch, dass wir mithilfe der Spuren und Unterlagen, die wir entnommen haben, Hinweise auf den Täter erhalten werden. Das war es für heute.« Damit wandte sie sich ab.

Doch Chili hielt sie auf: »Frau Schmitt, eine Frage habe ich noch. Gibt es Hinweise auf Konflikte des Opfers mit bestimmten Personen?«

Sie antwortete knapp: »Gibt es. Genaueres zu gegebener Zeit.« Gelassen ging sie zu dem Polizeiauto mit laufendem Motor und entschwand.

Aha, es gab also Hinweise auf Konflikte. Bei dem Charakter des Wissenschaftlers wäre alles andere auch ein Wunder gewesen. Mist, die Frau war verschlossen wie eine Auster.

Albert winkte Chili zu sich. »Deiner verdrossenen Miene sehe ich an, dass du nicht gekriegt hast, was du wolltest. Was willst du wissen?« Belustigt schaute er sie an.

Chili wiederholte ihre Frage nach Hinweisen auf Konflikte des Opfers.

Albert antwortete: »Sieht so aus, als hätte ein anderes

Boot das Forschungsboot gerammt. Sie haben jedenfalls Kratzer außen an Backbord gefunden. Und wohl auch Farbreste, die da nicht hingehören. Jedenfalls haben sie was abgeschabt und in Tüten verpackt. Leider konnte ich nicht genau sehen, um was es sich handelt. Zumindest scheint es wichtig genug zu sein, dass sie es untersuchen wollen. Aber wie gesagt, das sind alles Beobachtungen und Spekulationen. Das Forschungsboot muss ja nicht unbedingt in die Tat verwickelt sein. Es kann sich auch irgendwo losgerissen haben. Und der Sturm hat es dann gegen andere Boote gedrückt. Wer weiß?

Spekulier doch einfach mal ein bisschen in deinem Report. Mehr als rausstreichen können sie es dir doch nicht. Ich motze den Text dann mit tollen Fotos auf. Hab' jede Menge zur Auswahl.«

***

Freitagmorgen, 29. Oktober, halb acht. Die siebenköpfige Mordkommission versammelte sich um den großen Besprechungstisch im Raum der Kommissionsleiterin, Erste Kriminalhautpkommissarin, kurz: KHK Rita Schmitt. Kaffeegeruch, vor jedem Platz ein Kaffeebecher, von denen jeder anders aussah als die anderen. Individuell.

Rita Schmitt, eine große, schlanke Frau um die 40 saß in der Mitte der Längsseite am Tisch und sah ihr Team mit ihren blau-grauen Augen hinter der schlicht grau umrandeten Brille ernst an.

Tatortspezialist Kriminalhauptkommissar Holger Dittrichsen nickte ihr anerkennend zu. Sie hatte sich die aschblonden Haare kurz schneiden lassen und wirkte dadurch nicht nur frischer, sondern auch wünschenswert resolut. Die morgendlichen Treffen fanden im Kriminalamt zwar täglich statt. Insofern war die Zusammenkunft eigentlich nichts Besonderes.

Doch hier und heute ging es um eins der eher seltenen Kapitalverbrechen. Es handelte sich nicht um die vertraute Alltagsroutine. Denn das Team, das es aufklären sollte, ermittelte normalerweise in verschiedenen Teams. Sie kamen lediglich für diesen besonderen Mordfall zusammen.

An diesem Morgen herrschte zum ersten Mal, seitdem das Opfer gefunden worden war, ein Grund zu vorsichtiger Hoffnung, Dazu berechtigte der Fund des Forschungsbootes. Deshalb war ausnahmsweise der Leiter der Behörde, Jens Kaulsanger, erschienen. Holger Dittrichsen sollte über die Auswertung der entnommenen Indizien berichten. Diese würden dann mit den bisherigen Erkenntnissen abgeglichen werden.

Entsprechend aufgekratzt fanden sich die Kommissarinnen und Kommissare ein. Im Stimmengewirr drangen einzelne Fragen und Vermutungen an die Ohren, bis sie von neuen Zurufen übertönt wurden.

»Meinst du, der Mord wurde auf dem Boot verübt?«

»Ich glaub' nicht. Das Opfer lag ja im Wasser.«

»Ich bin mal gespannt, ob Holger uns wenigstens eindeutige Ergebnisse mitgebracht hat!«

»Ich sag dir eins, der Fall ist kalt, den kriegen wir nicht mehr, wirst sehen.«

»Nun warte doch erstmal ab, Mensch!«

»Das war ein Unfall, das sag ich dir.«

»…vielleicht hitziger Streit. Jedenfalls wüsste ich nicht, wer einen Wissenschaftler umbringen sollte.«

Rita Schmitt verschaffte sich Gehör, indem sie mit dem Teelöffel an ihre Tasse klopfte. »Der Spekulationen sind nun genug. Beginnen wir mit der Arbeit. Holger, berichte du uns zuerst.«

Dittrichsen räusperte sich.

»Wie ihr wisst, haben wir gestern mit zwei Mann das Boot akribisch abgesucht. Die wissenschaftlichen Instrumente beweisen, dass es sich tatsächlich um ein Forschungsboot handelt.«

Allgemeines Gelächter.

»Und zwar um das vermisste Forschungsboot besagten Instituts. Auch das können wir beweisen. In der Kajüte fanden wir die Brieftasche des Opfers. Weitere Beweise, dass Professor Löwe an Bord war, sind zahlreiche Fingerabdrücke von ihm. Auch Haare, die seine DNA durch Abgleich mit Haaren, die wir im Bad seines Hauses dem Kamm entnahmen, beweisen das.

Seinen Laptop fanden wir in der Koje unter dem Kopfkissen. Derzeit arbeitet Jens daran, die Sperre zu überwinden. Sobald ihm das gelingt, werden wir mehr erfahren. Der ungewöhnliche Fundort deutet jedenfalls darauf hin, dass die Dokumente darin nicht jedem in die Hände fallen sollten.

Außenbords befindet sich eine dicke Schramme. Außerdem haftete rote Farbe daran, eine Farbe, wie sie für Boote und Schiffe allgemein verwendet wird. Das Forschungsboot kann also mit einem Fischkutter, einem Krabbenkutter oder beispielsweise auch mit einem Lastenschiff zur Versorgung auf den Inseln kollidiert sein.«

Mittlerweile herrschte angespannte Stille im Raum.

Dittrichsen führte weiter aus: »Folgende Fragen ergeben

sich aus dem Farbindiz: Wenn Schramme und Farbe von einer Kollision mit einem anderen Schiff stammen, wann soll das gewesen sein? Während das Opfer nichtsahnend im Watt herumschipperte? Oder als das Boot führerlos vom Sturm getrieben wurde? Warum hat niemand einen Zusammenstoß gemeldet?

Immerhin deutet die Art der Schramme und der Farbabrieb auf einen starken, spürbaren Stoß hin. Und dann stellt sich natürlich die Frage, welches Schiff es sein könnte, das dieses Forschungsboot touchiert hat? Mit anderen Worten, wir suchen die berühmte Stecknadel im Heuhaufen.«

Rita Schmitt übernahm wieder. »Was haben wir noch alles? Steffi, was kam bei den Vernehmungen der Mitarbeiter im Institut raus?«

Steffi Klein, Kriminaloberkommissarin in der Kommission *Delikte im Rotlichtmilieu und Drogenkriminalität* galt als herausragende Vernehmerin. Sie kitzelte aus ihren »Opfern« Aussagen heraus, die diese nicht hergeben wollten – eigentlich. Dabei half ihr eher harmloses Aussehen. Sie war klein, nur 1,64 Meter, durchschnittliche Figur, nicht dünn, nicht dick. Ein Allerweltsgesicht, das sich als außerordentlich wandelbar zeigte, je nachdem, mit welcher Tonlage sie den Verdächtigen täuschen wollte. Immer wirkte sie glaubwürdig, ob sie verständnisvoll auftrat oder aggressiv fordernd.

Klein berichtete: »Da gibt es wenig zu sagen. Der Tenor lautete so: ›Ich weiß nix, mein Name ist Hase.‹ Im Ergebnis bekannte sich jedoch jeder Einzelne dazu - es arbeiten auch sieben Frauen in dem Institut –, das Opfer unsympathisch gefunden zu haben. Niemand wollte etwas mit ihm zu tun

haben, was leichtfiel, denn er hielt selbst Distanz zu allen.«
Sie nahm ihre Tasse und trank einen Schluck.

»Eine gewisse unterschwellige Aggressivität ihm gegenüber nährte sich durch die Tatsache, dass er die interessantesten Forschungsaufgaben immer wieder an sich ziehen konnte. Und mit deren Hilfe, so der allgemeine Sound, seinen Status nebst Gehalt verbesserte. Er wurde nicht nur von Industrieunternehmen, sondern auch von NGOs direkt angefordert. Es gab also eine Menge Neid im Betrieb.«
Sie nahm ihre Notizen auf.

»Namentlich ein Dr. Philip Braun zeigte sich heftig erregt über den letzten Auftrag des Opfers. Angeblich war ursprünglich er dafür vorgesehen. Er bezichtigte Löwe der Intrige und behauptete, dass er ihn um seinen verdienten Aufstieg betrogen hätte. Ob das für Mord reicht, mag ich nicht beurteilen. Ich kann nur sagen, dass da ordentlich Wumms hinter war.«

»Okay, dann bleib da dran und lade ihn für Montag vor. Nimm Sascha mit in die Vernehmung. Lotet seinen Ärger weiter aus. Gab es Handgreiflichkeiten, Türenknallen, Mobbing? Wie weit ist er gegangen? Und übers Wochenende hört ihr euch bitte beide routinemäßig im Milieu um. War das Opfer im Rotlichtmilieu, im Drogenhandel oder illegalen Glücksspiel involviert? Offenbar führte der Herr Löwe ja zwei Leben. Als distanzierter Karrieremann und als auffälliger Lebemann mit mehr Geld, als er als Wissenschaftler eines kleinen Instituts verdienen konnte. Das muss nichts heißen. Aber wir sollten diese Variante prüfen, vor allem, woher das Geld für seinen aufwändigen Lebensstil kam.«

Sie wandte sich an die Kollegin links neben ihr: »Und

Tanja, bitte frage deine Informanten doch auch bis Montag, ob ihnen etwas über das Opfer zu Ohren gekommen ist. Sven, du unterstützt bitte Jens bei der Auswertung der Daten im Laptop des Opfers.

Bevor wir die Sitzung schließen, will ich noch von dir, Steffi, hören, was die Nachbarn dir über in erzählt haben. Und von dir, Holger, was ihr im Haus gefunden hast.«

Holger Dittrichsen sah Steffi Klein an, und als sie nickte, ergriff er das Wort.

»Wir haben vom Keller bis zum Boden alles bis ins Kleinste durchsucht. Die Einrichtung ist so widersprüchlich, wie der Mann es offenbar selbst war. Möbel vom Feinsten. Riesiger Fernseher hinter einer Bücherwand, die sich durch Knopfdruck für das Fernsehstündchen verschieben lässt. Geputzt wurde nach der letzten Party vermutlich nicht. Abfalleimer in der Küche randvoll. Teures Geschirr mit Essensresten schimmelt auf der Ablage über dem Geschirrspüler vor sich hin. Daneben halbvolle Gläser, Gin, Whisky, Wein, Bier, leere und halbvolle Flaschen. Gäste hatte er wohl mindestens zwanzig, nach der Anzahl von Tellern und Gläsern zu urteilen. Die Briefablage im Wohnzimmer quoll über von unbezahlten Rechnungen und einem Drohbrief vom Kasino in Bremen, er solle umgehend seine Schulden von 45.000 Euronen bezahlen. Wir haben alles mitgenommen.«

Die Kolleginnen und Kollegen am Tisch pfiffen durch die Zähne. Rita Schmitt kommentierte leise: »Alle Achtung!«

»Im Kleiderschrank«, fuhr Dittrichsen fort, »der nebenbei bemerkt, begehbar ist, hängen seine teuren Klamotten, dreiundzwanzig Anzüge, vierzig Hemden, ein Skianzug, fünfundzwanzig Paar Schuhe, Sneaker und Stiefel. Den Safe fanden wir hinter einem Bild von Picasso. Wird gerade auf Echtheit geprüft. Das Bild meine ich. Die Adressen im Smartphone müssen wir noch checken.«

Steffi Klein konnte lediglich berichten, dass die Nachbarn sich unisono über Lärm beklagten. Er drehte seine Musikanlage fast jede Nacht voll auf. Im Sommer, wenn seine Fenster offen standen, hatten sie schon mal die Polizei gerufen. Es gab eine Verwarnung. In der nächsten Nacht machte er weiter, als ob nichts gewesen wäre. Die Nachbarn zu beiden Seiten, ich suche dir gleich die Namen raus, Rita, sind bis zum Stehkragen voller Wut und Hass auf ihn.«

»Prima. Lade die wütenden Nachbarn nacheinander ein und befrage sie zusammen mit Sven. Findet heraus, wie sie ansonsten über das Opfer dachten. Was ist ihnen außer dem Lärm aufgefallen? Ihr wisst schon, was ich meine. Die Schulden werfen ein neues Licht auf unseren Wissenschaftler. Er hat ja gut verdient, um nicht zu sagen, sehr gut. Wer kontrolliert die Kontobewegungen und fragt im Kasino nach?«

Sascha meldete sich: »Das kann ich übernehmen.«

»Gut, Steffi, wenn ihr, du und Sascha euch im Milieu umhört, verfolgt mal die Kokain-Schiene mit. Die Obduktion hat ergeben, dass seine Nasenscheidewand beschädigt ist. Nur weiß man nicht, wovon. Sein Zustand ist schließlich nicht mehr der beste.«

Rita Schmitt nahm ihre Unterlagen in die Hand und verabschiedete das Team: »Danke. Das war's für heute. Morgen Abend, 18 Uhr, kurzes Treffen an dieser Stelle. Tschüss!«

Da war ihr Chef Kaulsanger längst gegangen.

12

Scheußlich fand Chili das Treffen mit den Coaching-kollegen. Sie trafen sich immer am ersten Sonnabend im Monat zum gemeinsamen Frühstück im Café am Kai. So auch heute, am 30. Oktober 2021. Es war nicht gerade zentral gelegen, besaß aber einen traumhaften Blick übers Wasser und eine gute Küche, sogar mit Biokaffee. Im Sommer tagte die Gruppe draußen. Es gab nichts Schöneres als den Geruch der See, den Wind und mit Glück Sonne.

Zum ersten Mal fühlte Chili sich fremd in dieser, ihr eigentlich vertrauten Gruppe. Hatten wirklich noch alle Kollegen und Kolleginnen ausreichend Kunden? Zumindest taten sie so. Waren nicht Hille und Jens auch psychologische Coaches wie sie? Aber: alles paletti, Corona-Maßnahmen hin oder her. Es gab ja nichts Schöneres als einen treuen Kundenstamm, der sich auch genauso gerne per Zoom coachen ließ.

Das angeberische Gerede führte dazu, dass sie sich als Underdog fühlte, als Versagerin. Bäh, Chili wurde übel. Zumal Stefan ihr gegenüber saß und sich bestens amüsierte.

Erst im Aufbruch flüsterte er ihr zu: »Entschuldige wegen neulich, das war nicht so gemeint.« Und weg war er.

Wie hatte er sein Komplott mit Jan denn dann gemeint? Also wirklich! Besser, sie wäre nicht gekommen.

Bei genauer Betrachtung waren nur der Kaffee, die Torte und der großartige Wasserblick nett gewesen. Vielleicht sollte sie in Zukunft nicht mehr teilnehmen. Chili nahm sich vor, darüber nachzudenken. Schnell fuhr sie nach Hause. Allein sein, sich in ihr Zimmer verkrümeln war alles, was sie wollte.

Sie schloss die Haustür auf und stutzte, schnupperte. Täuschte sie sich, oder kochte noch niemand? Das konnte nicht sein. Jan war dran, heute zu kochen. Sie hängte ihren Mantel an die Garderobe, tauschte die Stiefeletten mit den Hausschuhen und schlich sich an die Küchentür, die sie leise einen Spalt öffnete.

Chilis Augen weiteten sich. Sie sah – nichts und niemand. Dabei zeigte die Uhr schon viertel vor Eins an. War Jan jetzt ganz verrückt geworden?

»Das ist nicht wahr!«, schrie Chili laut ins Leere.

Hektisch rannte sie durch den Garten zum Atelier und schnauzte Jan, der seelenruhig an der Staffelei stand und bedächtig Pinselstriche setzte, an:

»Bist du von allen guten Geistern verlassen, dass du deinen Pflichten nicht mehr nachkommst? Du bist mit Kochen dran! Und komm mir nicht mit Ausflüchten! Du hast dem Plan zugestimmt, verdammt!«

»Gemütlich!«

Mia saß mit bunten Händen vor einem bemalten Papier auf dem Boden. Jeder Streit verstörte das Kind. Chili nahm sie auf den Arm und tröstete sie. Jan reinigte währenddessen akribisch seine Pinsel.

»Und warum glaubst du, dass hier jeder außer dir seine Verpflichtungen einhalten muss? Gleiches Recht für alle.«

»Wie bitte? Wann habe ich meine Pflicht, die ich hier

eingegangen bin, mal nicht eingehalten?« Chili war empört. Schließlich hatte sie noch kein einziges Mal das Kochen ausfallen lassen.

»Bleib mal bei Papa und mal noch ein bisschen.«

Sie setzte Mia auf den Boden, drehte sich um, rannte zurück ins Haus, die Treppe hoch und in ihr Zimmer.

Dann schloss sie die Tür hinter sich ab und nahm den Grappa und eins der Gläser aus dem Sideboard. Sie schenkte etwas von ihrem Lieblingsgetränk hinein, nippte daran und fläzte sich in den einzigen Sessel. Um in Ruhe nachzudenken.

Doch dazu kam es nicht. Lautes Türklopfen und Jans Stimme störten ihr Vorhaben.

»Chili, bitte mach auf. Ich will mit dir reden!«

Sie hatte absolut keine Lust auf ein Gespräch, mit wem auch immer, schon gar nicht mit Jan. Inkonsequent, wie so oft, erhob sie sich und schloss die Tür auf.

»Sag, was du mir sagen willst. Aber mach schnell, ich bin geschafft.«

»Unter Druck geht das gar nicht. Können wir uns nach dem Essen treffen? Bei dir?« Jan inspizierte verlegen seine ramponierten Pantoffeln.

»Nach welchem Essen? Es hat niemand gekocht, soweit ich weiß.« Chilis Stimme klirrte wie Eis im leeren Glas.

»Ich koche schnell eine Pasta, ist gleich fertig.« Jan dreht sich um und stürmte die Treppe runter.

Sie setzte sich wieder und stürzte den restlichen Grappa aus dem Glas hinunter. Was war das jetzt gewesen? Glaubte er, dass er so billig gut Wetter machen konnte? Dass er seinen Verrat – ja, sie empfand seine Kumpanei mit Stefan als Verrat, von beiden – einfach mit Reden aus der

Welt schaffen könnte? Nicht mit ihr. Im Verzeihen war sie schon immer zurückhaltend gewesen. Tatsächlich war sie nachtragend, trug Kränkungen ewig mit sich herum. Sie erinnerte sich an diesen Jungen in der Grundschule, der ihr immer den Rock hochgehoben hatte und krähte:

»Morgen machen wir Hochzeit, Hochzeit, Hochzeit!« Auf ihn war sie noch immer sauer, nach mehr als 30 Jahren! Sie schenkte sich noch einen Tropfen Grappa nach und prostete sich spöttisch zu.

An was für einen Mist sie dachte. Wollte sie denn überhaupt eine Versöhnung mit Jan? Keine Ahnung. Alles, was sie wollte, wenn überhaupt, war der alte Jan, den vor dem Verrat. Verrat, ein schönes, stolzes Wort. Verrat. Nein, einfach würde sie es ihm nicht machen. Und leider war ihr sonnenklar, dass der alte Jan, der Jan, der sie mal geliebt und nie verraten hatte, Geschichte war. Nein, der kam nicht mehr zurück, den konnte sie abschreiben, dachte sie erbittert.

Der Essensgong. Chili ging langsam nach unten in die Küche. Lea war schon da, und Julia kam zuletzt mit Mia, die eine Puppe, in rosa Tüll gekleidet, trug.

»Hat liebe Omama Paderborn mir geschickt. Das ist kein Saurier, aber ein Mädchen, muss ich gendern. Und neu anziehen, mit Hosen zum Spielen und schmutzig machen. Und die Haare schneiden, so wie Lea. Tante Juli will mir helfen.«

Mia liebte Omama Paderborn, Jans verwitwete Mutter, Marga Wolf. Eine Frau mit Prinzipien, die wusste, welche Rolle Frauen in der Welt einzunehmen hatten. Mia wollte sie mit ihren Geschenken wohl sanft dorthin führen, ins mittelalterliche Frausein. Doch die rosa betüllte Puppe regte stattdessen Mias Fantasie an, anstatt ihr veraltete Normen nahezulegen.

Letzteres war natürlich zum Nutzen des Ehemannes unerlässlich, zur Förderung seine Karriere. Meinte Marga Wolf. So hatte sie selbst es strikt gehalten. Chili gefiel ihr daher ganz und gar nicht. In ihren Augen war sie einfach zu gewöhnlich mit ihren beruflich deplatzierten Allüren. Marga Wolf scheute sich nicht, das jedem, gefragt oder ungefragt, kundzutun. Derzeit weilte sie glücklicherweise in Paderborn.

Jan stellte die Schüssel mit Tagliatelle und rotem Pesto auf den Tisch, dazu einen Romana Salat. Sie langten zu, aßen und blieben ungewöhnlich stumm. Kein Zeichen von Genuss. Ein ungewohnt dumpfes Schweigen.

Schließlich fragte Lea: »Kann ich heute bei Sissi übernachten? Wir wollen Mathe üben. Bitte!«

Jan sagte: »Ja, klar.«

»Nein, du bleibst hier!«, kam prompt die Absage von Chili.

»Du bist gemein,« maulte Lea und schickte einen bösen Blick über den Tisch zu Chili.

»Du darfst, ich kläre das mit Mama«, stellte Jan klar und sah Chili kalt an.

Mia fuchtelte mit der vollen Gabel in Richtung Jan. Dabei flog Pesto samt einer Nudel über den Tisch. Er nahm seine Serviette und wischte die Kleckse weg.

»Will in meine Kita, nicht gemütlich mit Großen, mag ich nicht«, nörgelte Mia und rutschte vom Stuhl.

Anders als üblich an Samstagen, löste sich die Tischrunde gleich nach dem Essen auf. Die Stimmung drückte aufs Gemüt. Das sonst aufgeregte Hin und Her der

Gespräche, die Erzählungen über Erlebnisse während der Woche blieben aus.

Julia räumte den Tisch ab, Lea ging, ihre Sachen für die Nacht packen. Jan kochte Kaffee. »Ich komme dann damit zu dir hoch, okay, Chili?«

Chili ranzte ihn an: »Nicht nötig!« Gleichzeitig nickte sie wider Willen Zustimmung, ärgerte sich sofort über sich selbst und stieg hastig die Treppe hoch. Sie hatte als Coach zwar oft genug eheliche Konflikte beraten. Doch sie kannte auch die endgültigen Bruchstellen, an denen es kein Zurück gab, an denen nur noch die Scheidung Schlimmeres verhindern konnte.

War sie mit Jan etwa an diesem Punkt? Wie sollten sie diesen Vertrauensbruch heilen? Zum ersten Mal erfuhr sie am eigenen Leib, wie sich eine derart tiefe Kränkung anfühlte. Was hatte sie ihren Klientinnen in solchen Momenten gesagt?

Weinen Sie ruhig, das hilft. Und: *Halten Sie es für möglich, dass es ein Missverständnis war? Gibt es denn gar nichts Positives mehr über Ihren Mann zu sagen?*

Diese letzte Frage brachte meistens den Durchbruch. Perspektivenwechsel, ja klar. War aber sie selbst, Chili, bereit, über Jans positive Seiten nachzudenken?

Ein klares Nein. Keine positive Erinnerung konnte seinen Verrat aufwiegen. Schmerz und Wut saßen einfach zu tief. Sie trocknete sich die Augen mit einem Tuch aus der Tempo-Box, das sich mit dem Braun der Wimperntusche einfärbte. Während sie nachwischte, um die letzten Reste davon zu entfernen, klopfte es an der Tür.

Jan kam herein und stellte das Tablett mit Kaffee, Sahne, Zucker und Tassen auf das Tischchen zwischen Couch und Sessel. Er schenkte ein, setzte sich auf die Couch und sah Chili an.

»Du hast geweint.« Eine Feststellung.

Chili sagte nichts. Sie hatte sich in hoffnungslose Enttäuschung hineinmanövriert. Sie erwartete nichts mehr von ihm. Sie sah ihn an und sah einen Fremden. Beide tranken einen Schluck Kaffee. Chili ihren mit ein wenig Sahne, Jan seinen mit Sahne und drei Teelöffeln Zucker.

Er wollte erreichen, dass alles wieder gut würde mit Chili. Das war zwar nicht nett von ihm und Stefan gewesen. Aber ein solches Theater, wie Chili darum machte, hatte er weiß Gott nicht erwartet. Konnte sie das nicht mal hinter sich lassen? Es war doch alles längst vorbei. Egal, er musste etwas tun, um den Schaden zu begrenzen.

»Chili, sieh mich bitte an. Es tut mir sehr leid wegen neulich Abend, als Stefan hier war. Ich hätte das nicht tun dürfen. Ich habe lange darüber nachgedacht, weil mich unser Zerwürfnis schmerzt. Ich liebe dich und will dich nicht verlieren.« Er fuhr mit beiden Zeigefingern über seine Augenbrauen, von der Nasenwurzel nach außen, bis zur Schläfe.

»Deshalb bin ich zu dem Schluss gekommen, dass du genauso wie ich ein Recht auf deinen, von dir gewählten Beruf hast. Umgekehrt bedeutet das, dass ich kein Recht habe, dich darin zu behindern. Obwohl ich mir Sorgen um dein Wohlergehen mache, werde ich ab sofort deine Entscheidungen voll und ganz akzeptieren.«

Chili begehrte innerlich auf, versteifte sich in Abwehr. Jans Entschluss war ja sowas von Mittelalter. So wollte er diesen Konflikt lösen? Sie fühlte sich regelrecht verarscht. Schließlich hatte die Politik die Rechtslage längst geklärt.

Das Recht, für das Jan sich *entschieden* hatte, unterlag nicht seiner Entscheidung. Unverschämt, wie er sich das auf die Fahne schrieb. Genau das warf sie ihm in scharfen Worten an den Kopf.

Jan blinzelte verblüfft.

»Aber das meinte ich doch. Mir ist klargeworden, dass du alles Recht der Welt hast, deinen Beruf zu wählen. Und dass ich dieses Recht in Zukunft respektieren werde.«

»Klar doch! Weil dich deine Angst, mich zu verlieren, gedrängt hat, dich über Frauenrechte endlich sachkundig zu machen. Mein Lieber, das ist zu wenig! Damit überzeugt du mich ganz und gar nicht. Im Gegenteil, ich bin entsetzt, dass dir meine Rechte als Frau und Mensch derart unwichtig waren. Egal, ob juristisch verbrieft oder nicht! Ich habe fatalerweise geglaubt, wir wären auf Augenhöhe miteinander. Aber wie traurig. Jahrelang habe ich mich schrecklich in dir getäuscht.« Sie schniefte, leicht theatralisch.

Lastendes Schweigen senkte sich über sie. Beide fühlten sich verletzt, missverstanden und fremd miteinander. Schließlich räumte Jan die Kaffeekanne, die Tassen, den Zucker und die Sahne aufs Tablett und verließ Chilis Raum.

***

Zum Abendessen hatte Julia gebackenen Kabeljau mit Süßkartoffelpommes und Brokkoli angerichtet. Lea begnügte sich mit Pommes und Brokkoli, was allgemein akzeptiert wurde.

»Mama, guck mal, Tante Juli und ich haben Jo schick gemacht!«

»Oh, ein Pixi-Haarschnitt, sieht richtig flott aus, Mia.«

»Wir ziehen sie auch noch um. Jo kriegt Hosen und T-Shirt. Dann kann sie spielen und mit mir malen. Es macht nichts, wenn Farbe an die Hose kommt. Das macht Spaß.«

»Sehr praktisch,« fand Jan.

Mia kletterte auf Chilis Schoß und erzählte ihr von Robotern und Sauriern. Und wieder vom Gendern, das es ihr angetan hatte. Und wie toll sie es fand, dass sie nun jeden Tag mit ihrem Vater im Atelier malen durfte.

Nach dem Essen verzogen sich alle bis auf Jan ins Wohnzimmer. Nachdem er den Tisch abgeräumt und Espresso, Kakao und Tee gekocht hatte, kam er damit hinterher. Mia erhielt ihren geliebten Kakao, und Lea trank Kräutertee. Sie war immer und überall auf Öko bedacht. Die Erwachsenen nahmen sich eine der bereits gefüllten Espressotassen.

»Was machen wir morgen? Faulenzen wir? Oder will jemand was unternehmen?« Julia bemühte sich, die gedämpfte Stimmung aufzulockern.

Mia meldete sofort einen dringenden Wunsch an: »Ich will in das Klimahaus, wo man durch die ganze Welt laufen kann. Stimmts, Papa?«

Julia lächelte: »Gut, das können wir machen. Es ist immer wieder spannend, alles von der Wüste bis zum Polarmeer zu sehen. Reicht der Impfausweis dafür? Ich bin gerade nicht auf dem Laufenden.«

Chili kannte sich aus. »Nein, Julia, Erwachsene brauchen zusätzlich einen aktuellen Testnachweis. Mia braucht nichts, und Lea reicht ihr Impfpass. Den Test können wir auf dem Weg dorthin machen, das geht schnell. Wer will mitkommen? Okay, bis auf Jan alle. Dann sollten wir eine

Familienkarte bestellen. Ich schau mal eben, ob die noch frei ist.«

Sie holte ihr Smartphone und rief die Seite des Klimahauses auf. »Es gibt einen Termin um elf Uhr. Nehmen wir den? Gut.«

Die Karte wurde hinterlegt. Um diese Jahreszeit kamen sowieso kaum Touristen, schlecht fürs Geschäft. Gut für die Wolfs und Kellers. Nachdem Chili Mia ins Bett gebracht und ihr eine neue Folge vom Sturmibär erzählt hatte, blieb sie mit Julia noch eine Weile im Wohnzimmer. Julia ging schon eine ganze Weile der Mord am Wissenschaftler im Kopf herum.

»Sag mal, Chili, ist die Polizei in dem Mordfall schon weitergekommen? War es vielleicht ein Auftragsmord? Dass Wissenschaftler getötet werden, kommt doch sonst nur in autokratischen Staaten vor. Aber doch nicht hier, bei uns. Nach meiner Meinung muss er in irgendwelche internationalen Machenschaften verwickelt gewesen sein. Das wäre die Lösung. In Unternehmen gibt es ja immer wieder Korruptionsfälle.«

»Hm, der Löwe war doch ein kleiner Fisch. Dass er großkotzig auftrat, muss nicht heißen, dass er sich kaufen ließ. Aber Genaues weiß ich auch nicht. Der Täter scheint noch nicht in Sicht zu sein. Zumindest habe ich seitens der Polizei überwiegend ›fischen im Trüben‹ gehört.«

»Wenn du ›überwiegend‹ sagst, gibt es da noch mehr?« Julia hakte nach.

»Soweit ich weiß, vernehmen sie derzeit Leute, die einen Brast auf das Opfer hatten. Nachbarn und Kollegen. Seine Ellbogenmentalität hatte wohl gigantische Ausmaße. Es soll eine lautstarke Auseinandersetzung zwischen ihm und einem Kollegen gegeben habe.«

»Hast du den Kollegen interviewt?«

»Oh, nein, daran habe ich gar nicht gedacht. Danke für den Tipp. Das wird gleich Montag nachgeholt.«

»Prima, halt mich auf dem Laufenden, ja? Ein Mord an einem Wissenschaftler, das hat auch an der Hochschule für Irritation gesorgt. Man weiß ja nie.«

Sie wünschten sich eine gute Nacht, und Chili holte sich ihren Roman vom Nachttisch und setzte sich an den Kaminofen. Als Julia gegangen war, legte sie neue Scheite nach. Sie schaute zu, bis sie Feuer fingen und schließlich loderten. Schlafen würde sie kaum können, nach dem Streit mit Jan.

13

Das Handy zeigte sechs Uhr an. Und dunkel war es. Erstaunlich. Irgendetwas stimmte nicht. Chili rieb sich die Augen und grübelte. Ihr Gefühl sagte ihr, es wäre schon sieben. Jetzt fiel es ihr ein, die Uhrumstellung. Zu blöd, sie hasste das. Es würde wieder zwei Wochen dauern, bis sie sich an die Winterzeit gewöhnt hätte.

Seufzend schob sie die Bettdecke zurück. Vielleicht waren auch die anderen schon aufgestanden. Seit sie nicht mehr im Ehebett schlief, sondern auf der bequemen Schlafcouch in ihrem Zimmer, gab es kein sanftes Wecken mit Kaffeeduft und Küsschen mehr. Sei es drum, dann würde eben sie heute das Frühstück machen!

Brot, Müsli, Butter, Marmelade respektive Fruchtaufstrich, Käse, Milch und Joghurt, Apfelspalten. Die Kaffeemaschine blubberte, und das Wasser für Muckefuck oder falls jemand Tee wollte, begann zu kochen. Chili setzte sich an den Tisch und trank einen Schluck vom frisch Gebrühten.

»Mama, wo sind alle?« Mia stand im Schlafanzug in der Tür.

Chili stand auf und nahm ihre Tochter in die Arme. »Sie schlafen noch, weil die Uhr gestern umgestellt wurde und wir nun eine Stunde länger schlafen können als im Sommer.«

»Ich will aber nicht mehr schlafen,« verkündete Mia. Sie wand sich aus Chilis Armen und lief in ihr Zimmer. Kurz darauf kam sie zurück. Sie hatte ihre Hose verkehrt herum angezogen und hielt in der Hand ein Shirt und Socken.

»Du musst helfen!« Damit legte sie Chili die Sachen auf den Schoß und fummelte vergeblich am Reißverschluss der Hose, der falschherum hinten saß.

Das war schnell geregelt. Zusammen frühstückten sie schon mal. Mia erzählte ununterbrochen vom Klimahaus, der Wüste, dem Eis, den komischen Menschen und den Tieren dort.

Um halb acht schickte Chili Mia nach oben, um Jan zu wecken. Es war Montag, der erste November und zugleich ihr erster Tag als Festangestellte bei der *NordNordWest-Post*. Sie spürte eine leichte Erregung. Auch deshalb wollte sie sich gut auf ihre erste Redaktionskonferenz vorbereiten, die für zehn Uhr angesetzt war. Eine halbe Stunde vorher würde sie ihren Vertrag unterschreiben.

Doch zuerst rief sie bei der Mordkommission an, ob sie im Fall weitergekommen waren. Im Internetportal stand nichts Neues über den Fortgang der Ermittlungen. Also wählte sie die Nummer des Pressesprechers. Diesmal stellte er sie sofort zu Rita Schmitt, der Leiterin der Mordkommission, durch.

»Schmitt, Mordkommission. Moin, Frau Keller.«

»Moin, Frau Schmitt. Sie haben ja am Wochenende weiterermittelt. Gibt es neue Erkenntnisse im Fall Löwe?«

»Das Wichtigste wissen Sie schon, wir haben weitere Ermittlungsschritte unternommen. Vor allem im Bereich der Befragung mutmaßlicher Zeugen, Nachbarn, Mitarbeiter und einiger Personen im sonstigen Umfeld des Opfers.

Die Befragungen setzen wir heute fort. Die rote Farbe am Forschungsboot hat nichts weiter ergeben. Es handelt sich um eine Farbe, wie sie für Schiffe üblicherweise verwandt wird.«

»Gibt es denn schon irgendwelche Hinweise auf einen möglichen Verdächtigen? Es gruselt einen ja schon, wenn man so gar nicht weiß, wer da herumläuft und Wissenschaftler umbringt.«

»Frau Keller, bisher wurde nur ein einziger Wissenschaftler getötet. Wir haben nicht den geringsten Anlass, zu glauben, dass der Täter weitere Menschen töten wird. Hätte er das vor, wäre es wohl schon passiert. Aber wie gesagt, wir behalten alle Möglichkeiten im Blick. Uns ist durchaus bewusst, dass die Bremerhavener Bürger beunruhigt sind. Ich will mitnichten der Presse vorgreifen oder Sie kritisieren. Aber wir würden uns freuen, wenn Sie den Pegel der öffentlichen Erregung nicht weiter anheizen. Unter uns gesagt: der Druck steigt auch ohne künstliche Verstärkung. Mit Ihrem Vorgänger pflegten wir diesbezüglich eine gute Zusammenarbeit.«

»Verstehe. Wie wäre es, wenn ich im Beitrag frage, ob jemand das Forschungsboot auf See gesehen hat? Womöglich bei einem Zusammenstoß mit einem anderen Schiff oder Boot?«

»Hm. Ja, ich glaube, das kann nicht schaden. Bringen Sie es mit einem Bild von dem Boot. Ihr Fotograf hat ja wohl genug aufgenommen, wie wir bemerkt haben.«

»Gut. Vielen Dank, Frau Schmitt. Ich bin gerne zu konstruktiver Zusammenarbeit mit Ihnen bereit. Tschüss denn.«

Prima dachte Chili und machte sich ans Schreiben. Ein

guter Einstieg in den Job. Sie würde den Artikel in die Redaktionskonferenz mitbringen. Beflügelt speicherte sie den Text auf einen Stick, packte ihre Tasche und ging schnell ins Bad. Augenbrauen okay, die Lippen noch mit dem lachsfarbenen Cremestift verschönern. So passte alles: grasgrüner Blazer über dem lindgrünen Rolli. Dazu hatte sie ihre rostbraune Lederhose angezogen. Unten an der Garderobe zog sie die grünen Stiefeletten an, nahm den rostfarbenen Herbstmantel vom Bügel, lief zu ihrem Mini und fuhr in die Alte Bürger zur Zeitung.

In freudiger Erwartung klopfte sie an Irenes Bürotür. Die startete gerade ihren PC und zeigte auf den Besucherstuhl vor dem Schreibtisch.

»Ich drucke eben den Vertrag für dich aus. Er ist fertig zur Unterschrift, Chili. Ich hoffe, dass du dich wohlfühlen wirst bei uns. Gleich in der Konferenz stelle ich dich den Kollegen vor; sie sind alles nette Leute. Und sie sind gespannt auf dich. Albert hat bereits einigen von dir erzählt. Er ist schwer beeindruckt von dir.«

Sie reichte Chili den Vertrag, zeigte auf der letzten Seite auf eine Stelle und erklärte: »So, hier unterschreibst du, dann unterschreibe ich. Und hier unterschreibt Jürgen Jahns. Lese bitte alles genau durch. Du wirst feststellen, dass du ab sofort nicht mehr Polizeireporterin bist, sondern Kriminalreporterin. Mit dieser Änderung öffnen wir das bisherige Ressort *Polizeinachrichten* für Kriminalreportagen jeder Art. Du kannst also auch über vergangene und nie aufgeklärte Fälle schreiben. Auch Interviews mit Polizisten, Opfern von Gewalttaten, Angehörigen oder auch Tätern sollen in Zukunft die Zeitung bereichern. Wir sind sicher, dass die Leser solche

Artikel gerne lesen. Dafür bekommst du eine ganze Seite. Einverstanden?«

Chili nickte. Sie fühlte sich überrollt von den Neuigkeiten. Natürlich, sie erhielt den Hauptpreis, ein wirklich spannendes Ressort. Und doch, es kam alles so schnell. Sie sah Irene nachdenklich an. Was sahen sie hier in ihr, dass sie ihr das ohne angemessene Probezeit zutrauten? Traute sie sich das selbst denn zu? Ihr Mund verzog sich zu einem kleinen Lächeln. Ja, sie wusste, das würde sie können. Alles eine Frage der Kommunikation, die sie dank Coachingerfahrung bestens beherrschte.

»Gut, in Ordnung.« Chili entspannte sich.

Irene legte ihr einen weiteren Vertrag vor: »Bitte unterschreibe auch das zweite Dokument. Nachher kannst du ein Exemplar für dich mitnehmen.«

Dann legte Irene die Verträge in ihre Mappe, nahm ihren Schlüsselbund und bedeutete Chili, dass sie los müssten. Chili sah auf die Uhr an der Wand, die erst Viertel vor zehn anzeigte.

»Wir gehen noch nicht in die Redaktionskonferenz. Zuerst zeige ich dir deinen Schreibtisch. Wir hoffen nämlich, dass du ihn häufig benutzt. Wenn du hier arbeitest, erhältst du am schnellsten alle Informationen, die du benötigst. Wie und wo, das wird dir Albert nachher zeigen. So, hier sind wir schon.«

Irene schloss die Tür am Ende des Ganges im zweiten Stockwerk, auf. Helles Licht floss bis in den Flur hinaus und ließ das orange Linoleum des Flurbodens aufleuchten. Die beiden Fensterfronten erstreckten sich über die komplette Wand gegenüber der Tür, und über die linke Wand ebenfalls. Sie erhellten den Raum aufs Schönste. Darin standen drei Bürotische im Abstand von jeweils ungefähr zwei Metern.

»Dies ist eins unserer schönsten Büros.« Stolz schwang in Irenes Stimme mit.

Chili war angenehm überrascht. Und auch ein wenig misstrauisch. Warum breiteten sie ihr, einer Anfängerin, die zudem noch am Beginn ihrer Tätigkeit stand, derart den roten Teppich aus?

Wieder überfiel sie ihr ewiger Zweifel. »Womit habe ich das verdient?« Eigentlich wollte sie das gar nicht sagen. Es klang so klein. Es war ihr einfach rausgerutscht.

»Eine berechtigte Frage, Chili. Wir erhoffen und erwarten einiges von dir. Wie du weißt, gefallen uns deine Texte und Interviews sehr gut. Du holst mehr Informationen aus den Menschen heraus als andere Reporter hier. Das Recherchieren wirst du schnell lernen. Denn dafür ist die Kunst der Kommunikation, die du bestens beherrscht, der Schlüssel. Und natürlich zählt mit, dass du keine Hemmungen hast, fremde Menschen anzusprechen. Das hast du bereits bewiesen. Deshalb haben wir beschlossen, es dir so angenehm wie möglich zu machen, damit du uns erhalten bleibst.«

»Oh, ähm, danke, Irene. Dass ihr mich so seht und schätzt, freut mich sehr. Ich hoffe nur, dass ich euch nicht enttäusche. Im Moment fühle ich mich noch einigermaßen unsicher in diesem Reportermetier.«

»Das ist doch nur natürlich. Aber du wirst es leicht schaffen. Davon sind wir überzeugt. Nicht nur vom Gefühl her, das kann täuschen. Sondern auch aus unserer Erfahrung. Der Tisch am linken Fenster, das ist deiner. An den beiden anderen Tischen arbeiten der Reporter für Wirtschaft und Tourismus sowie der Journalist für Stadtpolitik und Landespolitik. Du lernst sie gleich in der Konferenz kennen.

Der Spind ganz hinten ist für dich, da kannst du jetzt und in Zukunft deinen Mantel und alles, was du nicht direkt brauchst, unterbringen. Dafür und für den Schreibtisch und die Bürotür gebe ich dir diese Schlüssel. Verliere sie nicht. Wir haben sie zwar versichert. Aber wenn sie weg sind, müssen sämtliche Schlösser im Haus ausgetauscht werden.«

Irene reichte ihr ein Schlüsselbund und sah auf die Uhr an der Wand.»Komm, wir müssen los.«

Chili folgte ihr. Es ging wieder nach unten in den ersten Stock. Schon komisch, dachte sie, so komfortabel versorgt zu werden. Das Angestelltendasein war gar nicht schlecht, es sei denn, ein Pferdefuß würde noch folgen. Sie beschloss, sich auf diesen angenehmen Empfang einzulassen und Pferdefüße auszuschließen, wenigstens vorläufig. Schließlich schien es auch Albert bei der *NordNord-West* zu gefallen. Sie atmete tief ein und ging mit in den Raum, der direkt neben Irenes Büro lag.

Ungefähr zwanzig Journalisten saßen um den großen Konferenztisch. Ihr Lachen, Reden und Räuspern verstummte schlagartig, als Irene und Chili eintraten. Irene nahm am Kopfende das Tisches Platz, während Chili sich auf den freien Stuhl in der Mitte setzte. Links von ihr begrüßte sie eine große Frau, dunkler Typ, braungebrannt, leger gekleidet in Jeans, hellblauem Pulli und Jeansjacke. Rechter Hand beäugte sie neugierig ein Mann jenseits der fünfzig, leicht übergewichtig, beginnender Haarschwund über der Stirn. Er trug ebenfalls Jeans und Jeansjacke. Vielleicht ein Ehepaar, überlegte Chili.

»Guten Morgen allerseits,« eröffnete Urs Bauler, stellvertretender Chefredakteur, die Runde.

»Bevor wir zu den neuen Ausgaben kommen, wollen wir euch unser neues Redaktionsmitglied vorstellen. Irene, machst du das bitte?«

»Klar, Urs. Das ist Chili Keller. Sie wird in Zukunft die Kriminalberichte und -reportagen schreiben. Wie euch sicher aufgefallen ist, hat sie bereits einiges zum Mord im Sturm geschrieben. Sie wird außerdem die Seite für die Frau übernehmen und komplett modernisieren. Ines Maier, die bisher die Seite verantwortet hat, wechselt ins Wirtschaftsressort. Dort wird sie gemeinsam mit Roland Evers die Bereiche *Umbau der Energiebranche, Zukunft der Fischerei und Schifffahrt* sowie *umweltfreundliches Bauen* übernehmen.«

Klatschen, anerkennendes Murmeln, neugierige Blicke auf Chili. Sie spürte Hitze im Gesicht. Sie würde doch wohl nicht rot werden! Oje, das war sie einfach nicht gewöhnt, so angeguckt zu werden. Im Coaching gab es nur sie und eine, höchstens zwei weitere Personen. Und es ging nicht um sie, sondern um die Klienten. *Raus aus der Komfortecke*! Diesen Spruch hatte sie manchen Kunden zugemutet. So also fühlte sich das an. Der Sprung ins kalte Wasser.

Sie atmete tief durch und sah verstohlen in die Runde. Freundliche Gesichter. Lächeln. Nicken. Ihr Mund verzog sich, sie lächelte unwillkürlich zurück.

Urs Bauler kam zur Sache: »Was habt ihr für heute? Roland, fang du bitte an.«

Roland Evers berichtete. Er hatte ein Interview mit dem Senator für Bauwirtschaft in Bremen geführt und referierte kurz über die Zukunftspläne für Bremerhaven und Bremen. Voraussichtlich sollten vor allem die Bestandsimmobilien gedämmt werden und Fotovoltaik auf die Dächer der Neubauten. Wie sich das konkret gestalten würde, dazu sollte man den Koalitionsvertrag der neuen Regierung abwarten.

»Es sieht nach einem rasanten Neu- und Umbauprojekt aus. Ich schreibe eine halbe Seite dazu. Zwei Kästen mit Erläuterungen sowie zwei bis drei Bilder, das ergibt zusammen eine ganze Seite. Zu den übrigen Themen Energie, Fischerei und Schifffahrt haben wir, ich und Ines, ein paar kleinere Artikel. Ines wird noch heute ein Gespräch mit dem Betriebsrat von Lloyd führen, denn das Kreuzfahrtgeschäft schwächelt. Es zeichnet sich, wie ihr wisst, eine neue Coronawelle ab. Niemand weiß, wie lange sich die Schifffahrtsgesellschaft noch halten kann. Ein Aus der Kreuzfahrten könnte den Todesstoß für Lloyd bedeuten. Wie viele Arbeitsplätze wären das? Wie gesagt, Ines wird Genaueres dazu erfragen.« Damit schloss Roland Evers seinen Beitrag.

»Gut, macht das so. Ines, frag den Betriebsrat bitte auch nach möglicher Verwendung der Arbeitnehmer im Fall des Falles. Und bleibt an den Themen dran. Vor allem nach der Regierungsbildung. Da die Grünen stark abgeschnitten haben, dürften Unannehmlichkeiten auf die Schifffahrt zukommen, von wegen Schweröl und so.«

Bauler ging nun ein Ressort nach dem anderen durch. Auch Chili stellte kurz ihren Beitrag zu den Ermittlungen im Mordfall vor und gab an, dass sie hoffte, noch heute einen Interviewtermin mit dem Konkurrenten des Opfers zu erhalten.

Nachdem die Planung der nächsten Ausgabe abgeschlossen war, übermittelte Urs eine Botschaft der Chefetage.

»Die *NordNordWest-Post* wird einiges in Zukunft verändern. Die Chefredaktion und die Ressortleiter haben beschlossen, verstärkt auf Zukunftsthemen zu setzen. Das betrifft Maßnahmen gegen den Klimawandel, die Entwicklung der Gesellschaft und Politik und die wachsende Gleichstellung der Frauen, die leider immer noch schwächelt. Auch Wissenschaft und Bildung werden wir in ihrer wachsenden Bedeutung für die Zukunft stärker als bisher berücksichtigen. Als Bremerhavener Lokalzeitung werden wir sogar in den Lokalseiten verstärkt darauf eingehen.

Wie soll der Schutz vor Sturmfluten vorangetrieben werden? Werden die Deiche noch stärker erhöht? Werden neue Schutzanlagen gebaut? Was ist mit dem Ausbau der Wind- und Solarenergie? Der Landkreis wartet schon lange auf Pläne und Gelder dafür. Geredet ist genug. Hört also nicht nur, was Politiker, Unternehmer und Beauftragte reden. Hinterfragt Ergebnisse. Wie das im Einzelnen aussehen kann und sich im Layout niederschlagen wird, dazu in den nächsten Wochen mehr.«

Die Journalisten starrten ihn erstaunt an. Evers ergriff das Wort: »Wie wir alle wissen, sind unter uns Kollegen, die von den angekündigten Veränderungen nichts halten. Was wird denn mit denen? Worüber sollen sie schreiben?«

Bauler räusperte sich: »Ein guter Journalist versteht es, bei den Fakten zu bleiben und die Meinungen seiner Interviewpartner, die Vorhaben der Politik und der Wirtschaft objektiv wiederzugeben. Und zwar auch die Dinge, die ihm oder ihr nicht gefallen. Wer das nicht versteht, hat leider schlechte Karten bei uns. Denkt alle darüber nach.«

Die Stimmung teilte sich. Die Mehrheit der Anwesenden bekam leuchtende Augen: »Endlich!« »Bravo!« »Ich bin dabei.«

Drei Journalisten packten unwirsch ihre Sachen zusammen und standen auf. Sie hatten nebeneinander gesessen, schräg gegenüber von Chili.

Der Blick des stellvertretenden Chefredakteurs auf diese drei Journalisten wirkte hart, als er aufstand: »Wenn ihr keine weiteren Fragen habt, schließe ich die Konferenz. Bis morgen zur selben Zeit in diesem Raum. Viel Erfolg!«

14

Der Mann, Professor Dr. Braun, sah sie abschätzend an. Dann wies er auf den Besucherstuhl vor seinem Schreibtisch: »Setzen Sie sich doch, Frau Keller. Kaffee, Espresso, Cappuccino? Milch, Milchschaum, Sahne? Und mit Zucker?«

Chili bat um einen Espresso ohne alles. Dieser Herr war ihr unsympathisch, arrogant. Allein sein Macho-Blick! Das Urteil stand fest, und sie nahm sich vor, bei unklaren Antworten pingelig nachzuhaken. Eine Frau um die fünfzig, Goldrandbrille, graues Kostüm mit dunkelblauer Rüschenbluse, brachte die Getränke. Chili pustete sachte in ihren Espresso und probierte einen Schluck.

»Herr Dr. Braun, wir wissen, dass Sie mit Professor Dr. Löwe in demselben Forschungsprojekt gearbeitet haben. Soweit ich weiß, waren Sie der stellvertretende Projektleiter, während Dr. Heilsen die Gesamtleitung innehatte. Ist das richtig?«

»Ja, das ist richtig.« Dr. Braun rührte mit dem Teelöffel konzentriert in seinem Cappuccino, als wäre es eine ungemein ernstzunehmende Aufgabe.

»Und ist es richtig, dass Sie sich ebenfalls um die Position des Gesamtleiters bemüht haben, zeitgleich mit Professor Dr. Löwe?«

»Ja, das ist auch richtig.« Ein winziges Lächeln, das die Augen nicht erreichte, spielte um Millers Mund.

»Bevor Sie weiterfragen: Es stimmt ebenfalls, dass wir häufig miteinander stritten. Und zwar ausschließlich um wissenschaftliche Fragen.«

»Sehen Sie, Herr Dr. Braun, bei einem Streit kann es ruhig und gelassen zugehen oder laut und aggressiv. Stimmt es denn auch, dass Sie sich angeschrien haben, und dass manchmal Gegenstände flogen?«

Schlagartig setzte Braun sich auf, sein Mund presste sich zusammen, strenge Falten erschienen rechts und links davon, bevor er mit belegter Stimme antwortete.

»Da sind Sie falsch informiert. Im Übrigen gehen Sie solche Interna nichts an.«

Zutritt verboten! In diesem Fall half nur ein Themenwechsel. Chili ging in Gedanken ihre Themenliste durch.

»Dann frage ich Sie etwas anderes. Was war denn der Grund, weshalb man Ihnen Dr. Löwe vor die Nase gesetzt hat? War seine Qualifikation höherwertig?«

Braun räusperte sich. »Nein, das kann man nicht sagen. Löwes fachliche Expertise lag mit meiner in etwa gleichauf. Welchem Vorteil er seine Position verdankte, ist mir unbekannt.«

»Mich interessiert Ihre Untersuchung der Auswirkungen, die die Schleppnetzfischerei auf das Ökosystem des Wattenmeeres aufweist, Herr Dr. Braun. Krabben sind eine Delikatesse. Deshalb ist dieses Thema auch für unsere Leser von Interesse. Haben sie bisher Hinweise auf eine Schädigung des Watts gefunden?«

»Ja, es gibt diese Schädigung natürlich. Die Frage ist aber, wie man damit umgeht. Setzt man technische Mittel ein, mit denen man die Krabben aufscheucht, sodass man sie oberhalb des Wattbodens einfangen kann? Das lässt sich automatisieren, und teilweise wird das schon gemacht. Nicht nur der ökologische Schutz wäre gewährleistet. Auch die Krabbenfischer würden von der leichteren Handhabung profitieren. Infrage kommt auch eine schonende Intervallfischerei. Man würde in dem Fall die Fanggründe in bestimmten Zeitabständen wechseln. Auch das findet teils bereits statt. Auf diese Weise kann der Wattboden sich erholen.«

»Oh, das klingt spannend. Das wird die Leser beruhigen. Hm, und die Fischer wohl auch. Waren Sie sich in diesen Möglichkeiten mit Dr. Löwe einig?«

»Nein. Er fand es sinnvoller, die Krabbenfischerei grundsätzlich infrage zu stellen. Er beharrte auf hundertprozentigem Schutz des Wattbodens. Dabei lebte er selbst alles andere als ökologisch orientiert. So, nun haben Sie alles für Ihren Artikel erfahren.«

Braun sah auf die Uhr, stand auf und wies Chili zur Tür: »Auf Wiedersehen, meine Mitarbeiterin geleitet Sie hinaus.«

Chili war noch nicht fertig. »Einen Moment bitte noch. Für eine letzte Frage. Ist es nicht unseriös, vor Abschluss der Untersuchung, also bevor die Ergebnisse auf dem Tisch liegen, die Abschaffung der Krabbenfischerei zu fordern?«

Braun sah sie erstaunt an und sagte langsam: »Ist es. Im Allgemeinen ist das unter Wissenschaftlern Konsens, wir sollten das unbedingt vermeiden. Vielleicht können Sie mehr erfahren, wenn Sie die Freundin von Dr. Löwe aufsuchen. Allerdings gehört sie zum Rotlichtmilieu. Scheuen Sie sich davor?«

Chili zog beide Augenbrauen hoch. »Aber nein.

Prostitution ist ein Beruf, oder? Kennen Sie ihren Namen? Oder ihre Telefonnummer?«

»Die Dame nennt sich Black Lilly. Fragen Sie in der Sex-Meile nach ihr. Viel Glück!« Jetzt lächelte Braun.

»Danke und tschüss!« Chili öffnete die Tür und verließ die Firma. Der Pförtner telefonierte gerade, als sie an ihm vorbeilief.

Draußen schlug ihr eiskalter Regen ins Gesicht; schnell rannte sie zum Auto, riss die Tür auf, warf ihre Tasche auf den Beifahrersitz, schwang sich in den Fahrersitz und knallte die Tür zu. Erstmal trocken werden. Sie zog ein Kleenex aus ihrer Tasche, trocknete sich das Gesicht ab, holte ein weiteres und putzte ihre Brille blank. Dann schaute sie auf die Uhr. Kurz vor Eins.

Wie auf Bestellung knurrte ihr Magen. Kantine oder Paolo? Sie erinnerte den Salat mit den wässrig-faden Schrimps bei ihrem ersten Kantinenbesuch. Das ein zweites Mal zu essen, würde sie nicht schmackhafter machen. Also zu Paolo. Dort würde sie in Ruhe nachdenken und sich Notizen machen können. Also los!

***

Gute zwei Stunden später parkte sie in der Hafenstraße, nahe der Sex-Meile. Es hatte aufgehört zu regnen, und der auffrischende Wind trocknete den Asphalt bereits. Chili öffnete die Wagentür. Es roch frisch nach Meer.

In der Meile standen einige Frauen. Eine Blonde kam auf sie zu.

»Wir sind vollzählig; im Augenblick ist kein Platz für Neue, kannst also gleich umkehren!«

Chili sah verdutzt an sich runter. War sie aufreizend gekleidet? Nein, gewiss nicht.

»Wie kommen Sie darauf, dass ich anschaffen wollte?«

»Was könntest du sonst wollen!? Vielleicht eine von uns für deinen Mann engagieren? Dass ich nicht lache! So siehst du nicht aus.«

»Okay. Ich komme von der *NordNordWest-Post* und möchte mit Black Lilly reden.«

»Hätten Sie ja gleich sagen können. Blackie ist vornehm, der Eingang zu ihr ist da in der Mitte, die Tür mit dem goldenen Klopfer dran. Sie hat gerade keinen Kunden.«

Chili bedankte sich und ging die paar Schritte bis zu Black Lillys Tür und klopfte. Eine große Frau mit langem schwarzem Haar, ganz in Schwarz gekleidet, öffnete und trat einen Schritt nach draußen. Dabei zog sie die Tür hinter sich bis auf einen Spalt zu. Chili erklärte ihr, wer sie war und was sie wollte.

»Über Kunden rede ich nicht,« stellte Black Lilly, mit angenehm warmer Altstimme klar.

»Da Dr. Löwe kein Kunde mehr sein kann, weil er tot ist, dürfte er im Prinzip nichts dagegen haben. Meinen Sie nicht auch?«

Black Lilly zauderte: »Würde mein Name genannt?«

»Muss nicht sein, wenn Sie lieber anonym bleiben wollen.«

»Auf gar keinen Fall kann ich es riskieren, als unzuverlässig dazustehen. Auch nicht nach dem Ableben eines Kunden. Sie dürfen meine Identität niemand gegenüber enthüllen, wirklich niemand! Auch keinem Kollegen oder Familienmitglied. Wenn das klar ist, können wir uns zum Gespräch treffen.«

Chili lächelte. »Selbstverständlich! Wir sichern unseren Informanten grundsätzlich Anonymität zu. Das ist eine zentrale Grundlage der freien Presse.«

»Okay, heute geht es nicht. Morgen früh um halb elf würde es passen.«

»Danke; wo kann ich Sie dann treffen?«

Black Lilly gab Chili die Adresse. »Klingeln Sie bei Döhring.«

15

Ein großer Mann, attraktiv, dunkles kurzes Haar, öffnete die Wohnungstür im ersten Stock des Altbaus aus der Gründerzeit. Hinter ihm lag ein langer Flur mit Echtholzbohlen, frisch geschliffen und lackiert.

Chili betrachtete verblüfft den Mann in Jeans und schwarzem T-Shirt, der sie mit einem freundlichen Lächeln hereinbat. Sie hatte angenommen, dass Black Lilly Single war. Offenbar lebte sie mit einem Mann zusammen. Er musste wohl sehr tolerant sein, wenn er ihren Job billigte. Doch vielleicht handelte es sich auch nur um einen Besucher.

Sie trat ein und erklärte, dass sie mit Black Lilly verabredet wäre. Er wusste Bescheid.

»Kommen Sie, wir sitzen in der Küche. Vielleicht mögen Sie auch einen Ostfriesentee? Wir trinken ihn klassisch mit Kluntjes und echter Sahne.«

In der Küche saß eine Frau am Tisch, die ihrer Verabredung ganz und gar nicht ähnelte, zu klein und leicht pummelig. Chili geriet durcheinander. Was war das hier? Bevor sie ihr Befremden ausdrücken konnte, sprach die Frau sie an.

»Guten Morgen Frau Keller, ich bin Anette Döhring. Und das ist mein Mann Holger Döhring, alias Black Lilly. Ich nehme an, Sie kennen das Milieu noch nicht besonders

gut. Nun, wir sind eine ganz normale Familie. Unser Acht-
jähriger ist in der Schule. Einzig mein Mann hat einen
etwas ungewöhnlichen Beruf. Ungewöhnlich für die meisten Bürger, aber nicht für uns. Bitte setzen Sie sich doch.«

Chili nahm Platz und sah sich um. Die Küche war ganz
ähnlich wie ihre eigene. Geräumig mit einem großen
Holztisch und sechs Stühlen in der Mitte. Gemütlich.

»Schön haben Sie es. Und nein, ich kenne mich im
Milieu nicht gut aus, eigentlich gar nicht. Sind Sie auch
berufstätig, Frau Döhring?«

»Aber ja. Ich arbeite als Bibliothekarin in der Stadt-
bibliothek. Derzeit viel im Homeoffice, weil pandemiebe-
dingt hauptsächlich die Online-Ausleihe angefragt wird.«

Chili staunte. Bis auf den Job des Mannes schien das
tatsächlich eine normale Familie zu sein. Darüber könnte
man im Ressort für die Frau mal berichten. Sofort machte
sie Nägel mit Köpfen und sicherte sich einen Interviewtermin in der nächsten Woche dafür. Aber erst einmal
zurück zum heutigen Thema.

»Herr Döhring, mir wurde gesagt, Sie seien in Ihrer
Eigenschaft als Black Lilly die Freundin des Mordopfers
Dr. Löwe gewesen. Ich frage mich, wie das sein kann. Hat
er denn nicht bemerkt, dass Sie in Wahrheit ein Mann
sind. Entschuldigen Sie bitte, wenn das naiv klingt; ich
kenne mich damit nicht so aus.«

Holger Döhring lächelte ihr ermutigend zu. »Das ist
ganz normal. Wir arbeiten schließlich in einer Art Ghetto,
abgegrenzt von der übrigen Gesellschaft. Männer, die zu
uns kommen, tun das in der Regel heimlich. Und Frauen
verirren sich erst gar nicht in die rote Meile. Wir sind tabu,
außer für unsere Kunden. Es werden viele Märchen über

uns erzählt. Kaum jemand weiß, wie wir wirklich leben. Deshalb freuen wir uns darüber, dass Sie auch darüber schreiben wollen.

Doch zurück zu Ihrer Frage. Nein, Dr. Löwe blieb im Glauben, ich sei eine Frau. Meine Spezialität ist die Züchtigung ohne direkten körperlichen Kontakt. Fesseln, Handschellen, Peitsche. Oft auch nur das Gespräch. Viele Männer haben das Bedürfnis, über ihre Probleme und sexuellen Neigungen ausführlich zu sprechen. Dr. Löwe mochte es hart. Das sollten Sie aber nicht schreiben.«

»Nein, natürlich nicht. Mich interessiert, was er Ihnen über seine Arbeit erzählt hat.«

Holger Döhring rieb mit dem Zeigefinger seinen rechten Nasenflügel und dachte nach.

»Auffällig war seine Wut auf seinen Stellvertreter. Seiner Meinung nach hatte Dr. Braun zu viel Mitgefühl mit den Krabbenfischern und suchte nach Auswegen aus dem Schleppnetzdilemma. Er war fest entschlossen, das Krabbenfischen zu verbieten. Nur wusste er nicht, wie er das anstellen sollte. Schließlich war er kein Politiker. Und er fürchtete, dass sein Stellvertreter ihm in den Rücken fallen würde.

Außerdem hingen seiner Meinung nach zu viele Menschen an den Nordseekrabben. Schlechte Gewohnheit, fand er. Wie dem auch sei, er ging dazu über, die Fischer auf ein Ende ihrer Tätigkeit vorzubereiten, indem er ihnen damit drohte. Er geriet schnell in Rage und beschimpfte sie als ignorant, unfähig und dämlich. Das mochte natürlich niemand gerne hören, weshalb er ins Streiten geriet. Bei mir beschwerte er sich über Widerworte, als wären die Fischer Kinder, die man erziehen müsste. Er ertrug es einfach nicht, wenn jemand anderer Meinung war als er.«

Chili runzelte die Stirn. »Das spricht nicht gerade für Masochismus, sondern eher für Narzissmus und eine sadistische Neigung.«

»Zwei Seiten einer Medaille. Männer, die im Beruf andere Menschen dominieren, können sich oft nicht hingeben. Sie können nicht loslassen, müssen ständig kontrollieren. Manche entwickeln Schuldgefühle wegen ihrer Dominanz. Man könnte sagen, dass ich von dieser Unfähigkeit zu lieben, lebe,« bemerkte Döring trocken.

»Diese Männer möchten glauben, dass sie ihr Problem mit meiner Hilfe lösen. Doch das stimmt nur für die Zeit bei mir. Draußen, mit Ehefrau oder der Geliebten oder im Beruf klappt es wieder nicht. Deshalb kommen sie regelmäßig zu mir. Weil sie meine Dominanz brauchen. Sie werden regelrecht süchtig.«

Chili rieb sich die Augen. Aus Angst, diese, für sie neuen Einzelheiten der Sex-Szene zu vergessen, schrieb sie das Gehörte in Stichworten auf. Das dauerte eine Weile. Danach las sie alles noch einmal durch und dachte nach. Aus Neugier war sie vom Thema abgekommen.

»Sagen Sie, hat Dr. Löwe vielleicht einen bestimmten Fischer auf dem Kieker gehabt, einen, mit dem der Streit besonders heftig wurde?«

»Nein, Frau Keller, besonders heftig regte ihn keiner auf. Eher alle gleich stark. Aber es gab einen, von dem er in eiskalter Weise sprach, unheimlich unbewegt. Einer der Krabbenfischer bot ihm offenbar keine Angriffsfläche. Das ärgerte Heilsen gewaltig. Er schilderte ihn als abgebrüht und cool. Bevor Sie danach fragen, ich weiß weder, wie dieser Mann heißt, noch in welchem Hafen sein Kutter liegt.«

Chili entschied, dass sie dem Wesen des Dr. Löwe ausreichend nahe gekommen war. Ob das auch für seinen Mörder galt? Eher unwahrscheinlich. Es sah im Gegenteil nach viel zu vielen Kandidaten aus. Denn der sachdienliche Dialog oder gar Diplomatie schien dem Herrn Doktor ganz und gar nicht gelegen zu haben.

Nachdem die drei Gesprächspartner ein weiteres Interview für das Frauenressort bekräftigt hatten, verließ Chili das Paar und fuhr in die Redaktion. Dort setzte sie sich an ihren Schreibtisch und führte das, was sie über das Verhältnis des Mordopfers zur Krabbenfischerei erfahren hatte, in einem längeren Artikel aus. Die sexuellen Präferenzen Löwes ließ sie außen vor. Gegen halb eins schickte sie ihn an Irene. Anschließend checkte sie noch schnell die neuen Polizeimeldungen und übertrug sie in die Maske dafür. Fertig!

Chili nickte den Redakteuren an den beiden anderen Tischen zu, verließ den Raum und stieg die Treppen zur Kantine hoch. Ihr Magen knurrte schon seit einer Viertelstunde.

***

Zur gleichen Zeit, als Chili Matjes mit Bratkartoffeln und Speckstippe verspeiste, fand ein spontan einberufenes Treffen der Mordkommission statt. Anlässlich neuer Erkenntnisse. Kommissionsleiterin Rita Schmitt klärte die Anwesenden, von denen nur Kriminaloberkommissar Sven Vogel fehlte, auf.

»Vielleicht kommen wir im Mordfall Dr. Löwe einen Schritt voran. Vielleicht erweist sich das, was ich euch gleich sage, aber auch als eine weitere Sackgasse. Hör gut zu, Holger. Möglich, dass du heute noch rausmusst.«

Im Team wurde es mucksmäuschenstill. Nichts, kein Räuspern, kein Husten, schon gar keine Fragen. Alle hingen voller Spannung ihrer Chefin an den Lippen.

»Wie ihr wisst, haben wir kürzlich einen Aufruf an die Bremerhavener Bürger in die *NordNordWest* gesetzt. Ihr habt ihn gesehen. Die Neue, Frau Keller hat das gut gemacht, große Schrift, zwei Fotos vom Forschungsboot. Heute Vormittag hat sich daraufhin ein Ehepaar aus Hannover gemeldet. Sie sind häufig in Spieka-Neufeld zum Campen und Segeln. Sie behaupten, in der Nähe von Scharhörn die Kollision zweier Schiffe beobachtet zu haben. Das eine hätte genauso ausgesehen wie das Forschungsboot. Das andere sei ein roter Krabbenkutter gewesen. Das sei am Freitag, dem 15. Oktober passiert, ungefähr um 13 Uhr 45. Sie wüssten es so genau, weil es ihre letzte Fahrt während des Urlaubs war. Sie haben sogar Fotos davon, die sie gleich per E-Mail herschicken. Jens, sei so gut und schau mal nach, ob sie schon angekommen sind. Wenn nötig, vergrößere sie gleich und bring uns die Ausdrucke mit.«

Rita Schmitt sah in die Runde: »Was meint ihr?«

»Da müsste wohl einer von uns nach Hannover und die beiden befragen. Oder kommen sie hierher?« Sven Vogel stellte die naheliegende Frage.

»Stimmt«, meinte Rita Schmitt, »Übernimm du das doch, Sven. Aber warte ab, ob die Fotos etwas hergeben.«

Tanja König räusperte sich: »Rita, hast du schon die Tatzeit mit dieser Zeitangabe abgeglichen?«

»Ja, die Zeiten stimmen ungefähr überein. Hundertprozentig lässt sich die Todeszeit in diesem Fall ja nicht bestimmen. Der Pathologe meint aber, das könnte hinkommen.«

»Mensch, vielleicht ist uns das Glück ja doch noch hold. Gibt es noch Kaffee?« Typisch Sascha Jung, immer verstand er es, die Spannung zu lockern, wenn sie gerade am schönsten stieg.

Tanja klopfte mit ihren Handknöcheln auf den Tisch. »Beschwör es nicht!«

Gelächter. »Unsere abergläubische Tanja. Wenn wir dich nicht hätten!« »Du hast schon gemerkt, dass der Tisch nicht aus Holz ist, oder?« »Jetzt lasst mal Tanja in Ruhe. Will noch jemand Kaffee? Oder Kekse?«

Jens Keller kam zur Tür herein, wedelte mit Fotoausdrucken und triumphierte: »Das ist es! Der entscheidende Hinweis!«

Schmitt bremste: »Mal nicht so voreilig. Lass erstmal sehen.«

Keller reichte ihr die Fotos, setzte sich auf seinen Platz und nahm einen Keks aus der Packung. Rita Schmitt betrachtete sie eine Weile und gab sie dann weiter.

»Auf jeden Fall handelt es sich um das Forschungsboot,« stellte Holger Dittrichsen fest. »Der Kutter ist rot. Ansonsten aber nicht zu identifizieren. Auf keinem der Fotos ist das Hafenkürzel zu sehen, auch kein Name. Da kommt Arbeit auf uns zu, Mannomann.«

Schmitt stimmte ihm zu. »Dann los. Wer übernimmt die Häfen Spieka-Neufeld, Cappel-Neufeld und Dorumer Tief?«

»Jens und ich«, erklärte Tanja.

»Dann übernehmen Steffi und ich Wremen und Lüttlum,« meldete sich Sascha zu Wort.

»Gut, fangt heute noch damit an. Falls das nichts

161

erbringt, können wir immer noch Nord- und Ostfriesland dazunehmen. Holger, inzwischen kannst du morgen mit Sven zur Befragung nach Hannover fahren. Macht gleich einen Termin mit ihnen aus. Versucht, die genaue Position des Zusammenstoßes zu bestimmen. Wo genau waren sie mit dem Segelboot? Und in welcher Richtung und Entfernung befanden sich die beiden Boote auf den Fotos?«

Sie nahm ihre Mappe und stand auf. »Jetzt ist Tempo angesagt. Wir sehen uns morgen Nachmittag um vier Uhr zwecks Auswertung eurer Ergebnisse.«

***

»Die Seite für die Frau – ich finde, das klingt nach 1960.«

Chili erörterte mit Irene Bauer, wie die Modernisierung des bisherigen Frauenressorts aussehen sollte.

»Ein schlichter Titel, wie *Leben,* bietet den Raum, um Inhalte an Neues in diesen turbulenten Zeiten anzupassen. Wir wären viel flexibler, Gender-Themen insgesamt aufzugreifen. Der Mann-Frau-Gegensatz stimmt jetzt schon nicht mehr. Es gibt nicht nur mindestens drei Geschlechter, sondern auch die Unterscheidung zwischen Menschen mit Macht und solchen ohne oder mit geringem Einfluss. Letzteres betrifft auch Männer. Wir wissen heute, dass Männer von Frauen geschlagen werden, und dass nicht nur Männer morden, sondern auch Frauen. Frauen sitzen in Aufsichtsräten und besitzen große Firmen. Männer müssen aufstocken, weil ihr Gehalt nicht zum Leben reicht. Frauen verdienen das Familieneinkommen, während Männer den Haushalt versorgen und sich um die Kinder kümmern. Das ist alles längst noch nicht ausgewogen, aber möglich und teils schon Realität. Dazu Interviews und Reportagen zu bringen, finde ich reizvoll. Ich bin sicher, dass Einblicke in andere Lebensentwürfe viele Leser interessiert.«

Irene war skeptisch: »Hm, das wäre ein sehr großer Schritt. Eigentlich denken wir immer noch vorrangig an Frauen in diesem Ressort. Was hältst du denn von *Frauenleben* als neuen Titel?«

»Weißt du, womit ich Probleme habe? Frauen werden dadurch, dass sie besonders hervorgehoben werden, wenn es um Benachteiligung geht, genau dadurch stigmatisiert. Tatsächlich haben wir Frauen Rechte, die wir nur selbst einlösen können. Die Grenzen der Benachteiligung verlaufen heute zwischen Einflussnahmen, zwischen Machtansprüchen und -ausübung. Jungs aus Hartz4-Familien, die studieren wollen, sind genauso benachteiligt wie Mädchen. Das heißt nicht, dass ich über Ungerechtigkeiten gegenüber Frauen nicht berichten will. Ich möchte nur die Möglichkeit zur Erweiterung der Thematik, wer alles hinten runterfällt und wer nicht, von vornherein anlegen. Die Spaltung der Gesellschaft ist nicht von ungefähr so oft Thema in den Medien und sozialen Netzwerken.«

Irene legte ihre Fingerspitzen über die Nase und sah Chili nachdenklich an. An diesem Perspektivenwechsel war sicher etwas dran. Bestimmt zukunftsorientiert. Doch wie sollte sie die Chefetage davon überzeugen? Das musste gut vorbereitet werden. Und weil Chili es so wollte, sollte sie liefern.

»An dem, was du beschreibst, ist was dran. Das werden andere im Haus leider nicht ohne Weiteres einsehen. Mach doch mal ein Konzept. Was sollte die Seite beinhalten? Wie lautet das große Thema, in das alle weiteren reinpassen?

Auf welches Kernthema fokussierst du? Genannt hast du: Benachteiligung, Einfluss, Macht, veraltete Bilder von Männern und Frauen, Leben. Schlag drei Überschriften für das Ressort vor. Wenn der Chefredakteur zustimmen soll, muss er wählen können.«

Chili machte sich bereits Stichworte.

»Okay, ich denke, das kriege ich hin. Vielleicht Donnerstag, wenn nichts anderes anliegt. Sonst Anfang nächster Woche. Morgen ist mein Coaching-Tag. Und Freitag bin ich mit dem Krabbenkutter unterwegs.«

16

Sie weinte sich die Seele aus dem Leib. Schon seit zwanzig Minuten ging das so. Sie konnte einfach nicht aufhören. Chili schluchzte verzweifelt. Das ganze Gefühlschaos der vergangenen Tage war ohne Vorwarnung über ihr zusammengeschlagen. Chilis Abwehr existierte nicht mehr.

In ihr tobten lautstarke Vorwürfe. Wie immer in schwierigen Zeiten, beschuldigte sie sich selbst: *Sie hatte falsche Entscheidungen getroffen. Sie bekam rein gar nichts auf die Reihe. Sie war nicht lebenstüchtig genug fürs Leben. Deshalb war es nur folgerichtig, dass dies alles passiert war.*

Nach ausgiebiger Selbstkasteiung schluchzte sie noch dreimal auf, schnäuzte sich die Nase und setzte sich gerade auf. Was war denn wirklich passiert? Eigentlich hatten sich bloß ihre beiden letzten Klienten verabschiedet. Ein normaler Vorgang. Sie hatten ihre Ziele erreicht. Der Polizist hatte bereits einen Gerichtstermin für die Scheidung. Und er hatte seine Frau angezeigt. Jetzt fühlte er sich befreit. Die Klientin war ohnehin überfällig. Wie nach Plan hatte sie nun Autorität im Job. Beide waren glücklich und hatten ihr überschwänglich gedankt. Witzig, beide waren mit dem gleichen Pralinenkasten als Dank zur heutigen Sitzung ins Coaching gekommen.

Sie hatte also erfolgreich gecoacht. Wo lag dann das Problem? Warum warf sie das glückliche Ende ihrer letzten

Coachings so sehr um? Sie dachte angestrengt nach. Plötzlich brach sie lauthals in Lachen aus. Was sie umwarf, war das Ende ihrer Zeit als Coach. Nicht die Coachings, sondern ein Lebensabschnitt war ans Ende gekommen. Wie unwiderruflich. Ohne es direkt beschlossen zu haben, dämmerte ihr, dass sie aufhörte, als Coach zu arbeiten. Sie hatte aufgehört zu lachen, und wischte sich die Lachtränen ab. Wollte sie denn noch coachen? Ihr Gefühl sagte deutlich: Nein!

Wenn sie ehrlich war, hatte sie schon auf der Herfahrt heute Morgen ein mulmiges Gefühl gehabt. Einen dumpfen Widerwillen. Viel lieber wäre sie in die Redaktion gefahren. Alternativ wäre es auch schöner gewesen, den Vormittag mit Mia zu verbringen. Dieses verdammte Pflichtgefühl, das sie immer wieder verleitete, am Falschen festzuhalten!

Was nun? Sollte sie das Coachingbüro gleich kündigen? Sie war Untermieterin, und heute war der 3. November. Drei Wochen Kündigungsfrist hatten sie ausgehandelt. Wenn sie das Kündigungsschreiben heute oder morgen bei Stefan in den Briefkasten steckte, wäre sie ab Dezember raus. Vorausschauend schrieb sie die Kündigung, druckte sie aus und setzte ihre Unterschrift darunter. Ob sie sie aber in Stefans Briefkasten werfen würde, wusste sie nicht.

Sie brauchte Rückenstärkung. Mit wem konnte sie darüber reden? Stefan fiel aus; Jan auch. Uschi hatte ihren langen Tag für Berufstätige im Salon. Vielleicht ihre Mutter? Viel zu lange hatte sie sich nicht mehr bei ihr gemeldet. Also wäre ein Besuch mal wieder dran. Ob sie das Ende als Coach ansprechen würde, machte sie von der Stimmung abhängig. Zwei Alpha-Tiere wie sie und ihre

Mutter – das knirschte schon mal. Bevor sie nach Leherheide losfuhr, packte sie ihre eigenen Coachingutensilien
in den Wagen: den Karteikasten, Ölstifte und Malblocks,
die Steinsammlung, zwei Vasen, die drei Handpuppen,
verschiedene Kissen, zwei Meditationsbänke und fünf
Massagebälle.

***

»Oh! Überraschung! Ich dachte schon, du wärst zu vornehm geworden, um deine alte Mutter zu besuchen.«

Antje Keller hielt ihr die Tür auf: »Komm rein, wenn du
schon mal da bist.«

Die 67 Jahre sah man Chilis Mutter nicht an; wie immer
wirkte sie, als wäre sie auf dem Weg zu einem Empfang.
Der zartviolette Hosenanzug passte hervorragend zur
Bluse in sonnigem Gelb. Ihr graues Haar mit violettem
Schimmer trug sie kurz mit Undercut, damit es die lang-
sam absinkenden Gesichtszüge optisch nach oben zog.
Dezente Schminke unterstrich dies raffiniert. Selbst die
Hauspantoffeln passten zum Gesamtbild: violett mit gelber
Seidenblüte darauf. Natürlich mit Absatz.

Geschäftig klapperte sie vor Chili über den gefliesten
Flur zum Wohnzimmer.

»Setz dich schon mal, ich mach uns schnell einen Kaffee. Kann auch einen brauchen.«

Das war stark übertrieben. Antje Keller, ehemalige
Inhaberin des Friseurgeschäfts, das nun Uschi gehörte,
brauchte keinen Kaffee. Sie hatte für ihr Leben bereits
mehr als genug davon getrunken. Die Wahrheit war, dass
sie dieser liebgewonnenen Gewohnheit immer und überall

frönte. Chili dagegen mochte sowohl Kaffee als auch Tee sehr gerne.

»Also, schieß los. Du hast doch was auf dem Herzen«, verlangte Antje, wie Chili ihre Mutter seit langem nannte, während sie Kaffee in feine Porzellantassen schenkte.

»Ich geb das Coaching auf«, platzte es aus Chili raus. Eigentlich hatte sie etwas anderes sagen wollen, sowas wie: »Ach nein, es geht schon.«

»Das hab' ich mir schon gedacht. Seitdem du in der *NordNordWest* über Mordopfer schreibst, reden sie hier über nichts anderes mehr.«

»Na wunderbar, der Kiezfunk funktionierte.

»Kann ich meinen Leuten hier jetzt sagen, dass es stimmt? Dass du nun Journalistin bist? Würde mir passen; der Job ist ja viel anständiger als Coaching. Wenigstens kann man sich was darunter vorstellen, wenn man deine Artikel liest.«

Chili war schockiert. Dass Antje von Coaching nicht viel hielt, war nichts Neues. Aber dass sie sich um die Meinung der Nachbarn und ehemaligen Kundinnen scherte, war neu.

»Seit wann kümmert dich, was die Leute reden, Antje?«

»Kümmern tut es mich nicht. Ist nur zufällig dasselbe, was ich denke. War überfällig, dass du endlich was Vernünftiges tust. Die Welt wird zu kriminell. Vielleicht hilft es ja, wenn du dagegen anschreibst.«

»Och, Mutti! Coaching hat mir Spaß gemacht. Und es ist wichtig, dass es Menschen gibt, die anderen zuhören und ihnen helfen, ihre Probleme zu lösen.«

»Kind, das machen wir Friseure seit Jahrhunderten gratis nebenbei.«

»Das kann man ja wohl nicht vergleichen.«

Chili biss sich auf die Zunge. Das war daneben; gleich würde sie den Aufschrei hören nebst anschließender Tirade über den Nutzen des Friseurmetiers. Doch Antje musterte ihre Tochter aufmerksam.

»Hast du denn wirklich diesen Beruf geliebt?«

»Ja, klar!«

»Und wenn du heute noch einmal von vorne anfangen müsstest, würdest du dich wieder so entscheiden?«

Chili dachte nach. Gar nicht so einfach.

»Kommt drauf an. Wenn ich nicht wüsste, dass eine Pandemie kommt, die den Leuten so viele Probleme macht, dass sie davor kapitulieren. Dass sie sich nicht mehr mit ihrer Zukunft befassen mögen, mit ihrer besseren Zukunft, meine ich. Dann würde ich mich wieder so entscheiden. Der Vorteil für mich als Mutter war ja, dass ich meine Zeit frei einteilen konnte. Wenn ich allerdings die letzten zwei Jahre einbeziehe, nein, dann würde ich mich anders entscheiden. So wie jetzt. Zeitungen werden auch in Pandemien gekauft und gelesen. Dazu kommt, dass sie bei der *NordNordWest* sehr viel Rücksicht auf meine zeitlichen Bedürfnisse nehmen. Obwohl, das ist nun nicht mehr nötig. Die letzten beiden Klienten sind heute fertig geworden. Ich werde das Coachingbüro noch heute direkt zum Monatsende kündigen.«

Antje stand auf und holte neuen Kaffee aus der Küche. Sie schenkte Chilis Tasse voll, setzte sich in ihren Sessel und sah Chili ernst an.

»Du bist doch deshalb gekommen, weil dein Coaching fertig ist, aus die Maus, oder?«

Chili schluckte. Der Kloß im Hals saß fest. Mit belegter Stimme antwortete sie:

»Nagel auf den Kopf getroffen, wie immer. Ich weiß nicht, warum es mich so trifft. Schließlich habe ich einen richtig guten neuen Job. Ich muss nicht mal für einen Raum, fürs Handy oder den Laptop sorgen. Das wird mir alles gestellt. Die Bezahlung ist gut und der Raum schöner als mein Coachingbüro. In der Kantine kann ich für wenig Geld essen. Warum also grummelt es in mir?«

»Du bist wie ich. Als ich den Friseurladen an Uschi verkaufte, ging es mir genauso. Ich sagte mir, dass ich endlich Zeit für all das hätte, was ich mir sonst verkneifen musste. Samstags auf den Wochenmarkt gehen zum Beispiel. Bis in die Puppen schlafen. Urlaub machen. Ich sagte mir, du bist jetzt Rentnerin, genieße das doch! Aber so einfach war es nicht. Ich hatte mich daran gewöhnt, in mein Geschäft zu gehen, mit den Kundinnen zu klönen. Sogar die Abrechnung mit dem Finanzamt vermisste ich plötzlich. Ist das nicht irre? Das Einzige, was übriggeblieben ist, ist das verdammte Kaffeetrinken, gegen das die Ärzte immer was haben. Dass ich das auch noch aufgebe, kommt mir nicht in die Tüte.«

Nachdenklich rührte sie mit dem Teelöffel in ihrer Tasse. »Was wirst du auf keinen Fall aufgeben, Chili?«

»Jan!« Das kam wie aus der Pistole geschossen, mitsamt einem wahren Wasserfall an Tränen.

»Jan«, schluchzte sie.

»Natürlich, er ist ja dein Mann und der Vater deiner Kinder. Was macht dich denn so traurig? Hängt der Haussegen schief?«

Chili schnäuzte sich und trocknete ihre Augen. Das

Taschentuch bekam lila Flecken, ihr Lidschatten war aufgeweicht.

»Kann man so sagen. Er will verhindern, dass ich als Kriminalreporterin arbeite. Zu gefährlich für eine Frau, meint er. Er hat Stefan überredet, mich auszutricksen. Fies sowas, richtig fies.«

»Ach herrjeh, ich dachte diese Zeiten wären vorbei. Ihr habt doch heutzutage alle Rechte im Beruf. Weißt du was, lass ihn eine Weile zappeln. Das renkt sich wieder ein. Er wird einsehen, dass du emanzipiert bist. Er braucht nur Zeit dafür. Vor allem, wo du doch einen guten Job erwischt hast. Mach einfach weiter und lass die Kinder nicht darunter leiden. Wie geht es denn meiner kleinen Mia? Ach, ich muss mal wieder vorbeikommen.«

»Besser nicht im Moment. Sie ist nicht geimpft. Deshalb behalten wir sie zu Hause, weil in der Kita Corona ausgebrochen ist.«

»Geht wieder vorüber. Nächstes Jahr bestimmt. Und im Sommer wird das Virus schlapp. Dann komme ich euch besuchen. Abgemacht?«

Nachdem das klar war, trank Chili ihren Kaffee aus und dankte ihrer Mutter.

»Nicht dafür. Geh noch eben ins Bad. Du siehst furchtbar aus. Unterm Spiegel in der linken Schublade findest du alles, was du brauchst.«

***

Es war zwar schon kurz nach ein Uhr, aber sie konnte nicht widerstehen. Nachdem sie ihre Kündigung in Stefans Briefkasten geworfen hatte, trieb es sie in die Zeitung und dort in die Kantine, an den Tisch der ersten Unterschrift. Chili bekräftigte so ihren beruflichen Wechsel. Ein Ritual, das ein dringend benötigtes Wirklichkeitsgefühl in ihr hervorrief.

Die wenigen Kollegen, die noch ihren Kaffee tranken, grüßten sie freundlich. Wärme breitete sich in ihr aus. Manche klopften ihr auf die Schulter und wünschten ihr Glück.

Nachdem sie ihr Thunfischsandwich vertilgt hatte, holte sie sich einen Becher Tee und nahm ihn mit ins Büro. Dort checkte sie die Polizeinachrichten. Nichts zum Mordfall. Nur das Übliche: zwei Unfälle mit Blechschaden; ein Drogendelikt; drei Siebenjährige, die Süßigkeiten im Supermarkt geklaut hatten und den Eltern übergeben worden waren.

Die Kinder interessierten Chili. Wie kamen sie dazu, allein im Supermarkt herumzulaufen und zu stehlen? Hatten die Eltern nicht die verdammte Pflicht zur Aufsicht? Und sollten sie nicht vormittags in der Schule sein? Und überhaupt: Was war mit dem Jugendamt?

Kurzerhand rief sie zuerst bei der Polizei an und dann beim Jugendamt. Das Interesse an dem Fall lief bei beiden Behörden gegen Null. Man bedauerte, keine Handhabe zu haben. Die Eltern wurden verwarnt. Das war es. Sollten sich die Fälle in diesen Familien häufen, würde man wohl eingreifen müssen. Zwei der Kinder lebten bei ihren alleinerziehenden Müttern von Hartz 4. Die hätten es ja gewiss auch nicht leicht. Man war geneigt, das in Rechnung zu stellen.

Chili reagierte empört. Wie konnte man nur so lasch mit dem Wohl von Kindern umgehen! Sie schrieb einen geharnischten Artikel dazu. Nachdem sie ihn ein letztes Mal gelesen hatte, überlegte sie, milderte ihn ab und schickte ihn an Irene. So würde er durchgehen.

Sie war dabei, den Vorschlag für die Änderung des Frauenressorts auszuarbeiten, als Irene erschien.

»Was machst du denn hier? Du hast doch heute deinen Coachingtag, Chili.«

»Den hatte ich. Heute Morgen und zum letzten Mal. Meine Klienten haben ihre Probleme gelöst und haben sich verabschiedet. Das Coachingbüro habe ich zum Monatsende gekündigt.«

»Du meine Güte! So schnell?«

»Coaching ist ein unsicheres Geschäft. Wer damit in eine Pandemie gerät, hat schlechte Karten. Jetzt rollt die vierte Welle an. Wer weiß, wie es nächstes Jahr weitergeht. Corona ist noch längst nicht besiegt. Dazu kommt, dass die Menschen so stark belastet sind, dass sie jede weitere Beschäftigung mit ihren Problemen als zusätzliche Last empfinden. Ich habe meine Entscheidung getroffen.«

Irene überlegte schnell und fragte: »Willst du vielleicht jetzt bei uns aufstocken? 30 Stunden pro Woche kämen uns gelegen.«

»Erstmal nicht. Vielleicht später. Ich will mich zunächst hier eingewöhnen und schauen, wie sich die Veränderung privat auswirkt. Reden wir nach Weihnachten nochmal darüber. Dann weiß ich auch, wie hoch der Arbeitsaufwand in den beiden Ressorts tatsächlich ist. Ich bin gerade dabei, die Vorschläge für die Modernisierung des Frauenressorts zu erarbeiten.«

»Gut, Chili, dann will ich nicht weiter stören.«

Doch die Störung war schon da. Chili war abgelenkt.

Sie dachte über alles Mögliche nach, nur nicht über die drei Vorschläge zur Neugestaltung der Frauenseite. Vor allem fragte sie sich, was eigentlich die Mordkommission trieb.

Am Wochenende war der Aufruf erschienen: Wer das Forschungsboot im Zusammenhang mit einem anderen gesehen hatte, sollte sich melden. Heute war schon Mittwoch. Undenkbar, dass niemand darauf reagiert hatte. Also griff sie wieder zum Telefon und wählte die Nummer der Kommissionsleitung.

Rita Schmitt meinte lapidar: »Ja, es haben sich einige Leute gemeldet. Wir wissen aber noch nichts Genaues.«

»Heißt das, es kam kein Hinweis auf eine mögliche Spur, der Sie nachgehen?«

Rita Schmitt seufzte. »Keine, die wir veröffentlichen können. Wir gehen einer Meldung nach. Allerdings ist bisher noch alles unklar und bleibt daher unter Verschluss.«

»Finden Sie nicht, Frau Schmitt, dass es die Bürger beruhigen würde, wenn wir wenigstens das veröffentlichen? Also, dass Sie einem möglicherweise wichtigen Hinweis nachgehen? Einzelheiten könnten wir vorläufig auslassen. Vielleicht wäre auch die Anzahl der eingegangenen Hinweise interessant.«

»Sie sind verdammt hartnäckig, Frau Keller. Okay. Schreiben Sie, dass wir einem Hinweis von vierunddreißig insgesamt nachgehen und hoffen, dass er sich als ergiebig erweisen wird. Und bitte nicht mit Vermutungen anreichern. Bis hierher komme ich Ihnen entgegen. Einen schönen Tag noch!«

Klick, die Leitung war tot. Doch Chili grinste. Nun hatte sie noch etwas. Sie schrieb schnell einen kurzen Beitrag und schickte ihn an Irene mit der Bitte, ein weiteres Foto vom Forschungsschiff hinzuzufügen,

Jetzt war ihr Kopf für die Frauenseite frei. Ihr Favorit für den Titel blieb ›LEBEN‹. Sie begründete diese Wahl ausführlich und schlug vor, ein erstes Interview mit der ›ganz normalen‹ Familie einer Prostituierten vorzubereiten. Dann fand sie noch zwei weitere Möglichkeiten, die sie etwas weniger engagiert beschrieb. Die Inhalte schnitt sie vor allem auf ihren Favoriten zu, auf die Seite ›LEBEN‹. Sie betonte und begründete die thematischen Möglichkeiten des Titels.

VORSCHLÄGE ZUR NEUGESTALTUNG DER BISHERIGEN *Seite für die Frau*

Schon jetzt haben uns viele Veränderungen gezwungen, auf sie zu reagieren. Die Pandemie seit bald zwei Jahren hat unser Leben und Arbeiten verändert. Der Klimawandel erfordert insbesondere von den Küstenorten ein neues Nachdenken über Schutz vor dem steigenden Meeresspiegel, Starkregen und Hitze. Der Umbau nahezu aller Bereiche der Wirtschaft sowie ein, dem Klimawandel angepasster Städtebau hat begonnen.

All das wird das LEBEN in dieser Stadt verändern. Es wird weitere Auseinandersetzungen um Möglichkeiten und Wege für ein gutes Leben geben. Meines Erachtens sollten wir uns diesem Aspekt, dem guten Leben, voll und ganz widmen. Wir werden über Frauen und Männer, Familien und Singles, Geflüchtete und Menschen mit Handicap, Menschen mit und ohne feste Arbeit berichten und sie erzählen lassen. Wie sie ihr Leben, ihre Zukunft erträumen und gestalten. Wie sie Probleme aus dem Weg räumen. Nicht zuletzt wird es um den persönlichen Gewinn ihrer Veränderung gehen.

Als neuen Titel für die Seite schlage ich alternativ diese drei vor:

> LEBEN
> DAS GUTE LEBEN
> KÜSTENLEBEN

Chili las sorgfältig alles noch einmal durch und fügte diese Sätze hinzu:

Ich freue mich, wenn Sie meinen Ausführungen zustimmen. Selbstverständlich stehe ich für ein Gespräch darüber jederzeit zur Verfügung.

Sie setzte den obligatorischen Gruß und ihre Unterschrift darunter und schickte den Vorschlag an Irene ab. Die Uhr zeigte 18 Uhr 14 an.

»Himmel, jetzt ist aber Feierabend,« murmelte sie vor sich hin, räumte ihr Handy in die Tasche, zog den Mantel an, schloss ihren Spind ab und verließ das Büro, das sie ebenfalls verschloss. Schnell lief sie zur Damentoilette, richtete Ihr Haar und zog die Lippen nach. Dann ging zufrieden nach unten.

Heiter gestimmt trat sie durch die Eingangstür auf den Treppenabsatz hinaus. Chili fühlte sich erleichtert und stolz über das, was sie heute erarbeitet hatte. Ein Lächeln umspielte ihren Mund.

Urplötzlich, ohne Vorwarnung knallte sie mit dem Kopf

rückwärts gegen die Tür und fand sich benommen auf dem Waschbeton halb sitzend, halb liegend wieder. Verwirrt schaute sie hoch und blickte zehn Zentimeter vor ihrem Gesicht in ein anderes, bärtig behaartes. Beängstigender als der ungepflegte Bart muteten die hasserfüllten Augen sie an. Chili zuckte zurück und ihr Kopf explodierte unter einem Faustschlag, der ihren Kopf noch härter gegen die Tür trieb. Jetzt sah sie, dass dieser Mann sie anbrüllte. Taub und verständnislos glotzte sie auf seinen Mund.

»Hör gefälligst auf, über das Arschloch zu schreiben, du Schlampe! Falls nicht, werde ich dir zeigen, wo der Hammer hängt!« Damit drehte sich dieser Unmensch um und verschwand in der Dunkelheit. Chili stöhnte.

Auf einmal beugte Irene sich über sie: »Chili, um Himmels willen, was ist dir passiert? Hörst du mich?«

Jetzt sah sie auch Albert. Langsam stellte sich Chilis Hör- und Denkvermögen wieder ein. Sehr langsam.

»Da war ein Mann«, sagte sie. »Ich weiß nicht, was er wollte. Er schrie ganz furchtbar. Ich soll über ein Arschloch nicht mehr schreiben, sonst …tut er mir was. Was habe ich vergessen. Er hat mich Schlampe genannt.«

Irene sah sie schockiert an. Das klang ernst, sehr ernst. Energisch übernahm sie die Regie.

»Du kannst hier nicht bleiben. Kannst du deine Beine, Füße, Arme und Hände bewegen?«

Chili fragte: »Warum?«

»Frag nicht, probiere es aus.«

Chili gehorchte. Es ging, wenn auch mit Mühe.

»Jetzt sag mir, wo es dir weh tut.«

Chili fasste sich an den Kopf.

»Oje, du blutest ja! Damit ist nicht zu scherzen. Albert,

ruf bitte den Rettungsdienst an. Chili muss sofort in die Notaufnahme.«

Während Albert telefonierte, zog Irene ihren Mantel aus und legte ihn der zitternden Chili um. Der Schock begann zu wirken.

Albert klappte sein Smartphone zu und vermeldete, dass eine Ambulanz unterwegs wäre und die Polizei zur Befragung in die Notaufnahme kommen würde.

Chili versuchte aufzustehen. Doch ein Schwindelanfall bewirkte, dass sie sich sofort wieder setzte.

»Bitte keine Polizei. So schlimm ist es nun auch wieder nicht. Sie sollen einfach bloß ein Pflaster draufmachen. Bitte!«, flehte sie.

Mit Nachdruck klärte Irene sie auf: »Erstens bist du überfallen worden und verletzt. Zweitens hat er dich nicht nur beleidigt, sondern auch konkret bedroht. Das geht gar nicht. Die Polizei muss davon erfahren. Sie weiß am besten, was zu tun ist. Wer weiß, vielleicht hat er das nicht zum ersten Mal getan, und sie kommen ihm durch dich auf die Sprünge. Du machst also deine Aussage. Und bitte keine Widerrede!«

Sirenengeheul näherte sich, bis der Rettungswagen mit Blaulicht hielt und der schrille Ton verstummte.

Zwei Sanitäter, ein kleiner Grauhaariger und ein Jüngerer mit Brille, kamen auf die kleine Gruppe zu. Der Grauhaarige fragte Chili, was passiert war. Noch einmal schilderte sie, was sie erinnerte. Ihre Wunde am Hinterkopf wurde inspiziert. Schließlich legten sie ihr ein goldglitzerndes metallisches Tuch komplett um den Körper und brachten sie auf einer Trage in den Krankenwagen. Irene rief ihr zu, dass sie mit Albert hinterher fahren würde. Unterwegs wurde Chili langsam warm, und sie hörte auf zu zittern.

Während der Fahrt versuchte sie, sich zu erinnern, was eigentlich genau passiert war. Außer dass sie plötzlich auf dem Boden saß und die gemeinen Sätze, die der Angreifer ihr ins Gesicht brüllte, fiel ihr nichts ein. Diese magere Erinnerung an ihre lückenhafte Wahrnehmung setzte erst in der Sekunde ein, als Irene sie angesprochen hatte. Definitiv war sie eine Weile »weg« gewesen.

Vom Rettungswagen auf dem Parkplatz vorm Krankenhaus fuhren die Sanitäter Chili auf einer Liege mit Rollen bis in die Notaufnahme. Dort harrte sie der Dinge, die sie erlösen sollten, neben einigen anderen Menschen, denen es nicht besser ging als ihr. Eine Frau blutete an der Stirn. Deshalb saß ihre Mund-Nasen-Maske nicht nach Vorschrift. Ihren linken Arm hielt sie in angewinkelter Position fest. Er war geschwollen und spannte den Ärmel ihres blauen Pullovers. Sie sah zu Chili herüber und zuckte nervös mit den Augen. Sie litt wohl starke Schmerzen.

Die Tür schwang auf. Doch es kam kein dringend erwarteter Arzt. Ein Krankenpfleger schob nacheinander drei schmale Liegen auf Rollen herein. Zwei Männer und ein Kind von vielleicht acht Jahren lagen darin, notdürftig bepflastert. Die beiden Männer hatten Bandagen um den Kopf und an den Händen große Pflaster. Dem Kind sah man äußerlich nichts an. Die drei trugen keine Masken. Man hatte ihnen einen Tropf angelegt und sie mehrere Meter von den anderen Hilfesuchenden in die äußerste Ecke gestellt.

»Verkehrsunfall.« Die Frau im blauen Pullover sagte dies zu niemand im Besonderen.

Der Pfleger verließ den Raum. Schweigen breitete sich aus. Chili fühlte sich unwohl. Sie wollte nach Hause und versuchte aufzustehen. In dem Moment trat ein Arzt zu ihr.

»Wohin wollen Sie denn? Bitte legen Sie sich wieder auf die Liege, damit ich Sie mir kurz ansehen kann. So ist es gut. Okay, CT des Kopfes. Wo tut es Ihnen denn sonst noch weh?«

Chili fasst sich an die Maske über dem Gesicht. Der Arzt, er hatte sich als Dr. Wegner vorgestellt, betastete die geschwollene Backe und meinte:

»Das röntgen wir zu Vorsicht. Scheint aber nicht gebrochen. Den Riss über der Augenbraue nähen wir. Schmerzt Ihr Rücken? Ihr Steiß? Arme oder Beine? Nein? Gut. Sie müssen leider noch warten, bis wir Sie behandeln können. Vor Ihnen sind einige Fälle dran, die nicht so glimpflich davongekommen sind wie Sie.«

Er wandte sich den Neuankömmlingen zu und gab der Pflegerin, die ihn begleitete Order, die Frau vom Verkehrsunfall auf die OP vorzubereiten. Nachdem er davongehastet war, schob die Pflegerin die Frau hinaus.

In Chili brodelte es. *Was sollte sie hier? Nur Haut und Muskelmasse waren schließlich verletzt, oder? Das heilte auch so wieder.* Sie streckte die Beine von der Liege, um aufzustehen. In dem Augenblick trat Irene durch die Tür. Chili zog ihre Beine wieder hoch. Irene war gekommen, um sich zu verabschieden.

»Leider muss ich wieder in die Redaktion. Und Albert auch. Aber keine Sorge, dein Mann kommt gleich. Ich habe ihn eben angerufen und ihm alles erklärt. Er wird bei dir bleiben und dich, sobald du später entlassen wirst – wonach es laut Dr. Wegner aussieht – mit nach Hause nehmen. Morgen machst du frei. Du brauchst dich um nichts zu kümmern. Die paar Polizeinachrichten erledige ich. Ruh dich einfach gründlich aus!«

«Was wollte er von dir? Geld? Stand er unter Drogen?«

Jan stand auf einmal vor ihr. Chili hatte ihn nicht kommen sehen und sah ihn defensiv an.

»Ich weiß nicht, wer er war. Im Übrigen komme ich alleine klar.«

»Mensch Chili! Ich mach' mir doch Sorgen. Ich will dir helfen, ich bin doch dein Mann!«

»Ach, du erinnerst dich? Stimmt, wir sind verheiratet. Fühlt sich bloß nicht mehr so an.«

»Sag mir einfach, wie ich dir helfen kann, und es ist gut.«

Chili ging in sich und überlegte, woher diese Wut kam, die plötzlich in ihr hochgeschossen war. Klar, sie war sauer auf Jan. Aber er wollte ihr ehrlich helfen, das wusste sie. Eigentlich sollte sie Hass auf den Angreifer fühlen. Seinetwegen war sie hier und musste darauf warten, dass man sie behandelte. Sie beschloss, sich zusammenzureißen.

»Okay Jan, du kannst mich, wenn ich hier fertig bin, mit nach Hause nehmen.«

»Klar, das mache ich gerne. Ich warte draußen auf dich.«

Jan verließ Chili. Sie döste ein und wachte erst wieder auf, als die Liege bewegt wurde.

»Wir bringen Sie jetzt zur Computertomografie. Danach werden Ihre Wunden versorgt, die am Kopf und der Riss über der rechten Augenbraue. Halt! nicht hinfassen.«

Chili hatte automatisch ihre rechte Hand an die Augenbraue geführt. Sie erinnerte sich nicht an einen Riss.

Nach der CT fuhr eine Krankenschwester sie in den Fahrstuhl und rauf in den ersten Stock. Dort angekommen, teilte sie ihr mit, dass sie im Flur würde warten müssen, bis eine Kollegin sie zum Nähen und zur Versorgung der Kopfwunde bringen würde.

»Sobald das Ergebnis der CT da ist.«

Kurze Zeit später war es so weit. Sie bekam eine lokale Betäubung rund um den Riss über dem Auge. Die Ärztin erklärte ihr, dass man kaum eine Narbe sehen würde.

»Heutzutage haben wir zum Glück Möglichkeiten, die Folgen solcher Verletzungen klein zu halten. Ihr CT ist übrigens negativ. Ihr Kopf ist bis auf die äußerliche Wunde in Ordnung. Keine Einblutung, kein Riss im Schädel. Nicht mal eine Gehirnerschütterung. Glück gehabt!«

»Dann kann ich also gleich nach Hause gehen und muss nicht das Bett hüten?«

»Naja, ausruhen sollten Sie sich schon. Sie haben einen Schock erlitten. Bleiben Sie morgen zuhause und lassen Sie sich verwöhnen. Ihr Mann wartet draußen auf Sie, so ein Netter! Er ist ganz besorgt, hat uns gelöchert, wie er Ihnen helfen kann.«

Chili rümpfte die Nase. Nett. Ja, das war er. Und sonst? Man würde sehen. Erstmal nach Hause.

»So, fertig. Sie werden wieder wie neu. Sobald das Veilchen verschwunden ist, natürlich. So in zwei Wochen etwa. Der Haarwuchs am Kopf dauert wohl länger; wir mussten die Stelle leider rasieren. Sie dürfen jetzt aufstehen und gehen. Alles Gute!«

Auf dem Flur stand nicht nur Jan, sondern auch ein Polizist und eine Polizistin.

»Moin, Frau Keller. So sieht man sich wieder!«

Zuerst hat Chili ihn nicht erkannt. Erst die Stimme sagte ihr, wer er war. Martin Lang in Uniform, ihr letzter Coachingkunde in Uniform. Was wollte er denn hier?

»Ich denke, es ist in Ordnung, wenn ich Ihre Aussage aufnehme? Die Kollegin Frau Schlüter ist mitgekommen. Befragungen führen wir immer zu zweit durch. Kommen Sie mit, wir fahren nach unten. Dort gibt es einen Raum, in dem wir uns ungestört unterhalten können.«

Nicht das jetzt auch noch! Sie wollte einfach nur nach Hause und ihre Ruhe haben. Und dann schickten sie auch noch ihren Exklienten. Sie stöhnte.

»Wenn es sein muss, bitte.«

Lang sah Jan an, der mit ihnen nach unten fuhr und beschützend seinen Arm um Chili gelegt hatte: »Und wer sind Sie?«

»Jan Wolf, der Ehemann. Ich verstehe nicht, warum Sie meine Frau befragen wollen. Seit wann mischt sich Polizei bei Verletzungen ein, die nicht angezeigt wurden?«

»Grundsätzlich dann, wenn es um Fremdverschulden geht. Ihre Frau wurde brutal angegriffen. Die Vorgesetzte Ihrer Frau hat Anzeige erstattet, da der Angriff auf dem Zeitungsgelände erfolgte. «

»Oh«, entfuhr es Jan.

»Können wir anfangen, Frau Keller?«

»Ja, aber ohne meinen Mann. Bitte geh so lange vor die Tür«, bat Chili Jan.

Er sah erst sie und dann die Polizisten an. Lang nickte ihm zu. Nachdem Jan gegangen war und sie auf den Stühlen Platz genommen hatten, bat Frau Schlüter sie, alles, was sie erinnerte, zu erzählen. Also noch einmal. Jetzt stellten sich mehr Bilder vom Überfall ein. Sie hatte im rechten Auge des Angreifers, links in der Iris einen auffälligen gelblichen Fleck gesehen. Einen Mund-Nasen-Schutz trug er nicht. Und etwas war auf seinem Handrücken. Vielleicht eine Tätowierung. Einfarbig? Farbig? Keine Ahnung. Es musste ein Bild gewesen sein, keine Schrift. Aber was es darstellte, konnte sie beim besten Willen nicht sagen. Sie sah es auch nur in der Sekunde, als seine Faust auf ihr Gesicht zuflog.

Herr Lang hakte nach: »Konnten Sie erkennen, ob er den Schlag gegen Sie mit linken oder mit der rechten Faust ausführte?«

Chili rief sich den Moment, als er zuschlug, ins Gedächtnis:

»Er stand direkt vor mir. Sein Arm kam gerade auf mich zu. Demnach müsste es sein linker gewesen sein. Sonst, wenn er mit rechts geschlagen hätte, wäre er ja schräg gekommen, von mir aus von links, nicht?«

»Ihre Platzwunde war tief, Frau Keller. Trug der Mann Ringe an seinen Fingern?

»Hm, ja, leuchtend blaue an allen Fingern. Als wenn die zusammen einen Ring bildeten, komisch.«

»Einer von diesen Schlagringen, die immer noch in Mode sind. Vielen Dank, Frau Keller. Das war es schon. Gute Besserung!«

Als sie fort waren, kam Jan wieder herein. Er lächelte sie an, fasste sie vorsichtig unter und stützte sie bis zum Parkplatz, wo er ihr in den Wagen half. Zu Hause brachte er sie in ihr Zimmer. Als er mit Wasser, Tee und einer Schmerztablette zurückkam, lag Chili schon im Bett. Jan wünschte ihr eine gute Nacht und gute Besserung. Keinen einzigen Vorwurf hatte er ihr gemacht.

Chili nahm die Tablette, trank zuerst Wasser und dann

ein wenig vom Tee, kuschelte sich ein und war sofort eingeschlafen.

17

Freitag, am 5. November, halb drei Uhr morgens. Chili saß fröstelnd im Auto. Die Heizung brauchte immer ihre Zeit, bis sie Wärme abgab. Die Stadt lag bereits hinter ihr. Sie fuhr auf der Wurster Landstraße zum Kutterhafen in Wremen. Jan hatte sie fahren wollen, wegen der Verletzung. Er hatte gemeint, dass sie noch nicht wieder auf dem Damm wäre.

Natürlich hatte er recht gehabt. Doch sie blieb stur – und bereute es nun fast. Sie fühlte sich ungewohnt müde, und von der Schmerztablette empfand sie ihren Kopf wie in Watte gepackt. Deshalb fuhr sie extrem langsam, obwohl außer ihr niemand auf der Straße war.

Hinter dem ehemaligen Hotel *Deichgraf* stellte sie den Wagen ab. Zum Glück existierte der Parkplatz noch. Chili stieg aus und knipste die Taschenlampe an. Es war stockdunkel. Neumond. Sie hängte sich die große Tasche mit Proviant und zusätzlichem Pullover, Regenumhang und Toilettenpapier über die Schulter und ging langsam zum Hafen. Einmal rauf auf den Deich und wieder runter. Unten angekommen, blieb sie stehen und setzte die Tasche einen Moment lang ab. Sie war doch schwerer als gedacht. Und Chili fühlte sich nicht im Geringsten so fit, wie sie es sich selbst und Jan vorgemacht hatte.

Das Deck des Kutters, mit dem sie rausfahren würde,

war erleuchtet. Von Albert keine Spur. Sie schaute auf die Leuchtziffern ihrer Uhr. Noch zehn Minuten, dann sollte es losgehen. Sie grüßte den Kapitän, der aus dem Ruderhäuschen trat und sich wunderte.

»Das wird aber Zeit! Sollte nicht auch ein Fotograf mitkommen?«

Jetzt war er so nah gekommen, dass er ihr Gesicht genau sehen konnte.

»Ein schönes Veilchen haben Sie da. Vom Herrn Gemahl vielleicht?«

Erstaunt antwortete Chili: »Quatsch, ein Unbekannter, als ich aus der Zeitung kam. Keine Ahnung, was der wollte. Ich sollte über jemand, den er *Arschloch* nannte, nicht mehr schreiben. Wer soll das sein? Keine Ahnung. Ich ruf Albert mal besser an und mach ihm Beine.«

Sie holte ihr Handy aus der Tasche und wählte. Eine verschlafene Stimme, nämlich die von Albert, antwortete: »Ja? Was ist denn?«

»Chili hier, am Kutter. Wo bleibst du denn?! Es geht gleich los, Mensch!«

»Was?! Ich dachte, wo du doch so verletzt bist, sollte das verschoben werden.«

»Da bist du falsch informiert. Mach dich auf die Socken! Wie lange brauchst du?«

»Zusammenpacken plus drei Minuten, in sieben bis acht Minuten bin ich da.«

Es klickte, ihr Handy verstummte. Albert hatte aufgelegt. Acht Minuten nur? Sie war skeptisch. Sehr skeptisch. Es sei denn, er wohnte in Wremen.

Sie gab die Nachricht an den Käpt'n weiter. Er nickte und meinte, er würde die acht Minuten abwarten. Aber keine Minute länger. Dann wies er Chili an, ihre Tasche hinten im Ruderhaus abzustellen. Sie ging die paar Schritte hinein; es war ziemlich eng und schummrig. Da stand auch eine Bank und daneben ein Holzstuhl. Nur noch drei Minuten bis zum Ablegen. Sie ging wieder raus an Deck.

Entfernt tanzte ein Lichtkegel auf und ab. Das konnte nur ein rennender Albert sein. Tatsächlich. Er war es. Keuchend sprang er an Bord und rief: »Kann losgehen!«

»Moin. Ausgeschlafen?« Käpt'n Berthold, so hieß er, schüttelte den Kopf. Was für eine Knalltüte. Die Uhrzeit verpennen, aber Anweisungen geben. Er gab Gas, der Dieselmotor hatte sich inzwischen warmgelaufen und durchschnitt die nächtliche Ruhe mit seinem lauten Tuckern und dem Klatschen der Wellen gegen den Bug. Albert wuchtete eine Kiste mit Bierflaschen und eine Buddel Köm ins Ruderhaus. Oben auf der Kiste lag ein prall gefüllter Rucksack.

»Bier und Köm gehören nach vorne im Bug. Da bleiben sie schön kühl. Den Rucksack packen Sie hier hinten rein.«

Eine dunkle Frauenstimme hatte das gesagt. Der zweite Mann auf dem Kutter war eine Frau: Luise Sieverding. Sie wirkte gar nicht so kräftig, wie man sich den Zweiten vorstellte. Chili schätzte sie auf ungefähr einen Meter fünfundsechzig, weder schlank noch dick, kurze braune Locken, ausgeprägte Gesichtszüge. Eher der herbe Typ. Trotz Corona gab sie ihnen die Hand. Fester Händedruck.

»Ich zeig euch mal alles. Nennt mich einfach Lui. An Bord wird geduzt.«

Albert und Chili gaben ebenfalls ihre Vornamen preis. Albert machte einen Flirtversuch und blitzte postwendend ab, was Chili und Lui zum Grinsen verleitete. Dann winkte

Lui den beiden Kuttergästen, ihr zu folgen. Sie ging nach Achtern voraus.

Hinter dem Ruderhaus zeigte sie auf den großen Kochkessel: »Da drin kochen wir die Krabben sofort nach dem Sortiergang in reinem Meerwasser. Krabben oder Granat, wie wir sagen, sind enorm empfindlich. Ohne sofortiges Kochen würden sie absterben und wären nicht mehr zu gebrauchen. Die Rüttelmaschine steht gleich hier daneben. Nach zehn Minuten Kochzeit holen wir sie aus dem Kochwasser und schütten sie auf die Rüttelmaschine. Es sind immer noch Kleintiere, die nicht dahin gehören, dazwischen. Deshalb suchen wir sie während des Rüttelns noch einmal aus, mit der Hand. Nachher könnt ihr mitmachen. Jetzt gehen wir erstmal zum Käpt'n. Der zeigt euch die elektronischen Geräte für Navigation und Ortung.«

Hein Berthold, der Kapitän, ab jetzt nur noch Hein genannt, zeigte stolz seine komplette Ausrüstung. Sie guckten, was man auf dem Meeresboden sehen konnte. Chili sagte das nichts. Ebenso mutete sie die Unterteilung des Wattenmeeres wie böhmische Dörfer an. Die Sandbänke, Vogelsand zum Beispiel, und die Halligen kannte sie. Neuwerk hatte sie selber schon besucht. Das brauchte sie auch nicht alles zu wissen, fand sie. Schließlich ging es um die Tradition der Krabbenfischerei. Darüber wollte sie schreiben. Nichtsdestotrotz erläuterte Hein seine elektronische Seekarte mit angeschlossener Satellitennavigation.

»Das nenn ich Fortschritt. Seekarte in Echtzeit. Für uns Kutterfischer sehr wertvoll, weil das Watt sich ständig verändert. Seitdem wir die haben, fährt sich niemand mehr fest. Außer Hinnerk letzten Sommer. Der hatte mal wieder nicht hingeguckt.«

»Kommt weiter, wir wollen hier keine Wurzeln schlagen,« drängte Lui ungeduldig.

Sie lotste die beiden vors Ruderhaus. Dort stand eine Maschine mit einem Trichter und einem Förderband. Sie erklärte ihnen, wie die Maschine funktionierte.

»Ihr werdet es nachher erleben. Hier, über dem Fangtrichter öffne ich die Netze, sobald sie genau darüber hängen. Die größeren Fische, wie meist der Wittling, fallen hier durch und in den Eimer, den ich dann ins Meer auskippe. Weil das schnell geht, bleiben die meisten Fische am Leben. Den gesamten Fang spülen wir ständig mit Meerwasser. Das hält den Beifang und die Krabben am Leben. Die Babykrabben fallen durch das Sieb und kommen ins Meer zurück. Wir sehen noch schnell durch, ob alles aussortiert ist. Dann geht die Ladung der Krabben, die mindestens fünf Zentimeter groß sein müssen, ab in den Topf. Nach dem Kochen schütten wir die Granat aufs Rüttelsieb, suchen sie ein letztes Mal aus, kühlen sie mit kaltem Meerwasser und schaufeln sie dann in die Behälter da.«

Sie zeigte auf die Stapel blauer Plastikkisten. »Zuletzt stapeln wir die Kisten im Kühlraum da drüben. Die Biester müssen noch eine ganze Weile frisch durchhalten.«

»Das ist alles sehr spannend; und ich hoffe, dass ich die Vorgänge richtig verstanden habe.« Chili rieb sich die Nase. »Aber wir sehen nachher ja noch, wie dieser Krabbenfang abläuft. Praktisches verstehe ich besser. Sag mal, Lui, meinst du, wir können heute noch Meeresleuchten beobachten? Ich fände es super, wenn Albert das fotografieren könnte. Sowas mögen die Leser.«

Chili sah Lui begierig an. Doch die schüttelte den Kopf.

»Ganz ausgeschlossen, Chili. Meeresleuchten, diese

leuchtend blaue oder türkise Färbung der Wasseroberfläche entsteht durch Mikroalgen, wenn sie blühen. Das
tun sie nur im Sommer. Jetzt ist es zu spät dafür. Übrigens kann man die Algen dann auch am Tage sehen. Sie
bilden nämlich orange Teppiche, dicht unter der Wasseroberfläche. Sieht auch schön aus. Leider weisen sie auf
eine Übersäuerung des Wattenmeers hin. Deshalb ist es
eigentlich kein gutes Zeichen, dass man sie jetzt so oft zu
Gesicht bekommt.«

Wieder etwas gelernt und wieder eine romantische Illu-
sion futsch. Chili schrieb ein paar Stichworte auf, während
Albert die Siebmaschine und das Ruderhaus im funzeligen
Bordlicht aufnahm. Lui war inzwischen beim Mast mit
den hochgestellten Auslegern und Netzen weiter vorne im
Kutter angekommen.

»Lasst uns die Einführung zum Ende bringen. In einer
halben Stunde lassen wir die Netze runter, und ich muss
noch einiges vorbereiten. Dies hier ist das wichtigste
Werkzeug zum Fischen. Läuft weitgehend automatisch.
Die beiden Ausleger senken sich und führen dadurch die
Netze über Steuerbord und Backbord aufs Wasser. Damit
sie korrekt in Stellung gehen und sich nicht etwa in der
Schraube verheddern, muss ich den letzten Teil per Hand
über Bord bugsieren. Dann senkt Hein, der den Motor
steuert, sie ab, bis sie dicht über dem Boden schleifen. Wir
fahren mit gedrosselter Geschwindigkeit, damit wir mög-
lichst viele Krabben erwischen. Ihr werdet das nachher
sehen. Schaut euch die Netze einmal genau an.«

Sie zeigte auf einen Teil, der wie ein großer Beutel aussah: »Seht ihr den Büdel hier? Das ist der Stert, das letzte
Ende des Netzes. Dort hinein schwimmen die Krabben.

Damit sie das tun, hält die Metallstange vorne das Netz weit offen. Aber um die Krabben ins Netz zu locken, muss es am Boden bleiben. Das tut es nur, wenn es schwer genug ist. Netze an sich sind zu leicht dafür. Dafür ist dieses über zehn Meter lange Tau zuständig. Hartplastikkugeln beschweren es. Seht mal da. Die Kugeln rollen über das Watt und scheuchen dadurch die Granat auf und ins Netz. Das Ganze nennt man Baumkurre.«

Sie zeigte auf das Netzgebilde.

»Eine schlaue Konstruktion, die erst 1814 erfunden wurde. Holländer sollen sie aus China eingeführt haben. Damals hielten statt einer umwickelten Kette oder jetzt der harten Plastikkugeln noch Bleigewichte die Netze am Boden. Man ahnte noch nicht, wie giftig Blei ist. Wie auch immer, es funktioniert bis heute bestens.«

Chilis Wunde schmerzte wieder. Sie fasste sich an den Kopf.

»Oh, mute ich dir zu viel zu? Hein hat mir erzählt, dass du vorgestern überfallen worden bist. Das muss schrecklich gewesen sein. Und die Verletzungen tun bestimmt noch weh. Willst du dich ein wenig ausruhen? Wir sind ohnehin ziemlich durch.«

Lui sah sie besorgt an und fragte, ob sie eine Schmerztablette wollte. »Wir haben immer unsere Notfallkiste dabei. Da müsste es auch was gegen Schmerzen drin geben.«

»Danke, Lui. Ich habe Tabletten mitgenommen. Davon nehme ich jetzt eine. Kann ich mich irgendwo hinsetzen?«

»Im Ruderhaus auf den Stuhl. Er ist nicht zwar nicht besonders bequem, aber man kann drauf sitzen. Ich habe ein Kissen daraufgelegt. Warte, ich komme mit und sag' dem Käpt'n Bescheid. Wenn wir im Fanggebiet ankommen und die Netze runterlassen, rufe ich dich.«

Chili ging ihr nach und kramte die Tabletten aus der Tasche. Sie nahm eine ganze mit einem großen Schluck Wasser. Dann setzte sie sich auf den tatsächlich unbequemen Stuhl, lehnte sich an und schloss die Augen. Sofort riss sie sie wieder auf. Was war eigentlich mit Albert, was trieb er? Sie mussten sich doch koordinieren. Es machte wenig Sinn, wenn er fotografierte, was sie nicht beschreiben würde und umgekehrt. Also stand sie auf, verließ das Ruderhaus und rief nach ihm.

»Was schreist du denn so?!«

Chili erschrak. Albert stand direkt neben ihr und trank aus einer Thermosflasche.

»Wir haben noch nicht besprochen, was du fotografieren sollst.«

»Wieso denn? Bei der begrenzten Auswahl an Motiven, wird in den Stunden an Bord alles eingefangen, was ich vor die Linse kriege. Meine Liebe, du wirst eine überwältigende Auswahl vorfinden, mehr als du dir erträumst. Ruhe dich aus und mach' dich locker.«

Chili seufzte und setzte sich wieder auf den Stuhl. Als Lui ihren Namen rief, kam es ihr so vor, als hätte sie gerade eben erst Platz genommen. Sie musste eingenickt sein. Es war so still; der Motor tuckerte kaum hörbar. Jetzt passierte also endlich etwas. Sie schnappte ihren Notizblock und den Bleistift. Ein Bleistift tat immer seinen Dienst, egal wie nass, kalt oder heiß es war.

Draußen lagen die Netze auf den Planken. Backbords ordnete Lui sie und wuchtete nach und nach den ganzen schweren unteren Netzteil über Bord. Als sie alles im

Wasser hatte – *du meine Güte, wie stark sie war* – wechselte sie nach Steuerbord und bereitete das andere Netz genauso vor. Wieder an Backbord, winkte sie Hein zu. Beide Netze senkten sich langsam unter Wasser. Der Kutter fuhr mit gedrosseltem Motor langsam weiter.

»Weil die Krabben Zeit brauchen, dahin zu schwimmen, wo sie hinsollen, verlangsamen wir die Fahrt. Mal sehen, wie es läuft. Im Augenblick ist der Fang generell mau. Deshalb holen wir die Büdels wohl in einer Stunde wieder rauf. Um zu sehen, ob es sich hier überhaupt lohnt.«

Inzwischen hatte Albert das Auslegen der Netze von allen Seiten aufgenommen und gesellte sich zu den beiden Frauen. Chili interessierte die Auswirkungen der Schleppnetze auf den Meeresboden.

»Lui, was hat es eigentlich mit dem Streit zwischen verschiedenen Umweltverbänden und den Krabbenfischern wegen der Schleppnetzfischerei auf sich? Macht diese Art zu fischen das Watt wirklich kaputt? Gibt es bereits Ergebnisse über Untersuchungen? Was sagt ihr Kutterfischer dazu?«

Lui sah sie nachdenklich an, kratzte sich am Kopf und meinte: »Lass uns zu Hein reingehen. Er weiß mehr als ich. Dann können wir zu dritt oder zu viert reden, wenn du, Albert, auch dabei sein willst.«

»Musste ja kommen, die Frage,« meinte Hein. »Die meisten in unserer Erzeugergemeinschaft unterstützen ja die Forschung dieses Instituts in Bremerhaven. Was wir bisher gehört haben, war, dass der eine Forscher, Dr. Löwe hieß er wohl, die Position der Umweltverbände unterstützt hat. Er ist ja tot jetzt. Uns erzählte er, dass die Ergebnisse definitiv auf die Zerstörung des Wattbodens hinweisen würden. Der andere Forscher, wie heißt er noch gleich …?«

»Dr. Braun,« assistierte Chili.

»Genau, der Braun teilte uns mit, dass sie noch nicht ausreichend Material hätten, um ein klares Ergebnis zu präsentieren. Ich verstehe ja nichts von Wissenschaft. Aber solche widersprüchlichen Meinungen sind schon komisch. Wer verkohlt da wen? Ich stell' mir vor, dass man eine Aussage letzten Endes genau sachlich begründen muss. Dafür ist Forschung doch wohl nütze.«

Chili fand das auch: »Komische Sache. Was sagst du denn selbst zu dem Vorwurf, ihr würdet das Watt mit euren Schleppnetzen kaputt machen? Ihr Fischer seid ja täglich draußen. Habt ihr irgendwelche Hinweise darauf?«

»Nee, min Deern, wir machen nichts kaputt. Die Netze schleifen ja nicht direkt auf dem Boden, sondern eben darüber hin, um die Krabben aufzuscheuchen. Wir wollen sie ja bestimmt nicht ausgraben. Sie sollen schön ordentlich ins Netz schwimmen. Kann schon sein, dass da mal was aufwirbelt. Das tut es bestimmt auch, wenn man Windräder ins Watt einbuddelt. Aber wie gesagt, wir warten mal in aller Ruhe die Ergebnisse ab. Danach sehen wir weiter und schlagen uns bis dahin mit anderen Sorgen rum.«

Welche Sorgen habt ihr denn noch,« fragte Albert.

Chili blitzte ihn scharf aus den Augen an und öffnete empört den Mund.

»Fotografier du mal lieber! Für Fragen bin ich zuständig!« Sie merkte selbst, dass sie überzogen hatte. Albert ging ihr heute einfach auf den Keks.

»Ich habe gehört, dass die Fangmengen zu wünschen

übrig lassen. Außerdem soll der Preis viel zu niedrig angesetzt sein. Stimmt das, Hein?«

»Lässt sich nix gegen sagen. Geringe Fangquote und Preise wie zu Zeiten voller Kisten, das passt nicht zusammen. Einige Kollegen sind schon pleite, andere überlegen noch, ob sie aufgeben sollen. Andere suchen einen finanzkräftigen Eigner für ihren Kutter. Ein Elend ist das.«

»Und du, Hein? Wie hältst du durch?« Hein guckte zu Lui rüber, die grinste.

»Tja, noch geht es. Lui hilft mit, sie hat was auf der hohen Kante, erbschaftsmäßig. Lui, willst du mich nicht doch heiraten? Dann sparen wir uns die Zinsen.«

»Du meinst wohl, du sparst sie dir. Ich krieg sie. Mach Irma nicht sauer, sonst gibt sie mir nichts mehr von ihrem Apfelkuchen ab.«

Beide brachen in Lachen aus.

»Und wer ist Irma,« fragte Albert neugierig.

»Meine Frau, die beste auf der Welt. Eine, die Spaß versteht, wie Lui. Und genauso stark. Aber hübscher.«

Der Käpt'n zwinkerte Albert zu. Der zwinkerte zurück. Männer in trautem Einvernehmen. Das erinnerte Chili wieder an den schlimmen Abend mit Jan und Stefan. Frauen blieben da außen vor. Schluss damit, riss sie sich innerlich zusammen. Sie war für was anderes hier!

»Wenn ich es richtig sehe, dann kommt ihr nur deshalb klar, weil Lui finanziell mithilft. Ja, geht denn die ganze Krabbenfischerflotte kaputt? Was sagt denn die Regierung dazu?«

»Die regelt alles in die falsche Richtung. Die Krabbenpulerei in Marokko passt uns schon lange nicht mehr. Wir haben eine Krabbenpulmaschine in Spieka, wir haben genug Frauen und auch Männer, die Krabben pulen wollen, beruflich, meine ich. Warum muss es dann in Marokko passieren? Mit dem ganzen Kühl- und Transportaufwand? Das ist doch verrückt!«

»Lässt sich das nicht ändern?«

»Versucht haben wir es. Das ganze komplizierte Papier ausgefüllt und nach Hannover geschickt, von der Erzeugergemeinschaft aus, mit Stempel und wichtigen Unterschriften. Abgelehnt, wegen a) einem Formfehler und b), weil kein Interesse an einer Änderung bestehen würde.«

Chili wurde sauer. Typisch. Dabei ging es hier um was. Die Nordseekrabben waren berühmt. Sie galten als außergewöhnliche Delikatesse, weil ihr Geschmack allen anderen Krabben den Rang ablief. Ein Aushängeschild für Niedersachsen und Schleswig-Holstein. Dazu kamen die traditionellen Kutter, die jede Menge Touristen anzogen. Romantische Touren und Meeresleuchten lockten. Denn inzwischen hatten clevere Kutterfischer Mitfahrgelegenheiten als Geschäftsmodell entdeckt.

Sie schreckte aus ihren Gedanken auf, als Albert plötzlich fragte: »Wo ist denn der Eimer? Ich müsste mal.«

Lui sah Hein scharf an: »Hast du etwa wieder Seemannsgarn gesponnen?! Albert, es gibt keinen Eimer. Ein Campingklo ist hygienischer, vor allem, wenn wir Gäste an Bord haben. Das mit dem Eimer hat Hein von seinem Großvater. Damals, um 1950 bis 1970 rum hatte man nichts anderes. Du findest es auf dem Vorderdeck am Bug, hinter der Wand von der Kühlkammer. Papier ist auch da.«

Nachdem Albert verschwunden war, machte Chili

ihrer Empörung über die Gängelung der Kutterfischer durch die Politik Luft.

»Das hört sich ja an, als würde die Landesregierung die Krabbenfischerei leichtfertig opfern. Aber warum? Was haben sie für ein Interesse daran? Eigentlich müssten sie doch an einer florierenden Kutterflotte interessiert sein.«

Käpt'n Hein gab ihr recht: »Das meine ich auch. Kann sein, dass die Pulerei in Marokko sich rechnet und Steuern bringt. Aber wenn wir hier vor die Hunde gehen, bringt das auch nichts mehr. Entweder sind sie zu dumm, um das zu kapieren, oder …naja, von Korruption will ich lieber nicht reden.«

»Ich ruf da auf jeden Fall an, das interessiert mich. Und dann schreibe ich einen Artikel über die Sache.«

»Das wäre nicht schlecht. Wir nehmen jede Hilfe dankbar an. So, jetzt holen wir die Netze hoch und sehen nach, was drin ist.«

Lui war schon an Backbord und sah zu, wie das Netz allmählich auftauchte. Als der Beutel mit dem Inhalt bis über die Wasseroberfläche hochkam, fasste sie ihn an und begleitete ihn. Die Winde führte ihn über den Trichter der Sortieranlage. Chili und Albert traten dicht an die Bordwand zurück. Das Wasser strömte nämlich nur so aus dem Netz. Hätte Lui sich nicht ihr Ölzeug angezogen, wäre sie inzwischen pitschnass. Über dem Trichter öffnete sie den großen Knoten am unteren Ende des Büdels, dessen Inhalt aufs Band fiel: Krabben, Wittlinge, kleine Krebse, eine Muschel und obenauf ein Aal.

»Hier, greif ihn dir, kannst ihn mitnehmen, ist lecker,« forderte Lui Albert auf.

Der packte zu – und der Aal flutschte aus seiner Hand

und verschwand am Ende des Förderbands im Eimer für den Beifang, der ihm das Überleben im Meer ermöglichen würde. Lui klopfte sich auf die Schenkel und lachte lauthals, während sie den Büdel von Steuerbord holte und dessen Inhalt auch in den Trichter kippte.

»Es gibt nur eine Möglichkeit, wie du einen lebenden Aal zu fassen kriegst. Du klemmst ihn direkt hinter seinem Kopf zwischen Zeige- und Mittelfinger. Und zwar mit Kraft.«

Sie holte ihn aus dem Eimer und machte es Albert genau vor.

»Und jetzt du!«

Albert probierte es drei Mal. Jedes Mal flutschte der Aal ihm aus den Fingern. Schließlich meinte er: »Ich glaube, sein Lebenswille ist einfach zu stark. Oder er mag mich nicht genug, um in meinen Kochtopf zu wandern.«

Lui ließ während des Gepläkels Wasser über den Fang und in den Eimer laufen. Als nichts mehr auf dem Band lag, kippte sie den Beifang samt Aal und die zu kleinen Garnelen ins Meer. Die übrigen Krabben brachte sie ins Heck, wo der große Kochkessel dampfte. Dorthinein kippte sie den Fang und rührte ein paarmal mit dem Kescher um. Dann legte sie den Deckel auf.

»Zehn Minuten, dann sind sie fertig. Ich rede mal eben mit Hein. Wir sollten woanders weiterfischen, finde ich. Hier kommt nicht genug ins Netz. Auch zu viel Beifang.«

Zehn Minuten später hob Lui den Deckel vom Topf und rührte die rot gewordenen Krabben mit dem Kescher ein paarmal um.

»Die sind fertig!«

Nun holte sie eine Kescherfüllung nach der anderen aus

dem kochenden Wasser und kippte sie über der Rüttel-maschine aus. Kleine Fische und Krebse sortierte sie rasch aus und war sie den Möwen zum Fraß hin. Die Möwen waren wie aus dem Nichts plötzlich in Scharen aufgetaucht.

»Ihr könnt mir gerne sortieren helfen.«

Albert und Chili hatten bereits einige köstlich warme Krabben gepult und verspeist. Jetzt halfen sie schnell mit.

»Macht ihr eigentlich keine Frühstückspause?« Albert warf die letzten Fischchen den Möwen vor.

Lui sah auf ihre Uhr.

»Hältst nicht mehr durch? Jetzt ist es erst halb sechs. Sobald wir die Netze im neuen Fanggebiet unten haben, frühstücken wir. Voraussichtlich so um halb sieben rum. Jetzt kannst du mir helfen, die Kisten mit den Krabben in den Kühlraum zu bringen. Ich kühle sie nur noch eben ein bisschen ab.«

Sie traktierte die Krabben vehement mit eiskaltem Meerwasser aus dem Schlauch. Dann hob sie zwei volle Kisten hoch und drückte sie Albert in die Hände. Selbst trug sie die drei übrigen in die Kühlung.

Chili merkte erst jetzt, dass sie schneller fuhren. Sie nahm wieder auf dem Stuhl im Ruderhaus Platz und skizzierte ihre Reportage über die Kutterfahrt. Unter-überschriften und einzelne kurze Absätze fügte sie gleich ein. Im Grunde hatte sie alles, was den Fang anging, im Köcher. Was blieb übrig? Die Schwierigkeiten der Kutter-fischer. Die Sache mit dem Pulen in Marokko hatte sie bereits eingetütet. In Klammern stand daneben »in Han-nover anrufen!!!« Mit drei Ausrufezeichen. Die Sache mit den niedrigen Preisen war ihr noch nicht ganz klar. Also nachhaken.

Was sie wirklich brennend interessierte, war aber der ökologische Streit. Aus welchem Grund hatten die beiden Wissenschaftler derart unterschiedliche Auffassungen? Und warum blieb der Käpt'n so ruhig in der Angelegenheit? Wenn die Existenz der Fischer auf dem Spiel stand, warum unterstützten sie dann das Forschungsprojekt? Und warum taten das einige nicht? Was war deren Motiv? Was wusste Hein darüber? Gab es jemand, der ihr mehr dazu sagen konnte?

Sie nickte ein und träumte von Aalen, die mit Wittlingen über Massen von Krabben Walzer tanzten. Es sah sehr elegant aus. Chili lächelte im Traum. Sie wollte so gerne mittanzen. Aber die Fische ließen sie nicht. Der extrem dicke Aal behauptete, sie würde schon allein durch ihre Menschlichkeit stören. Dann riss er sein Maul riesengroß auf und verschlang seine Wittling-Tanzpartnerin samt Schuppen und Kiemen.

***

Eine Stunde später war es soweit. Endlich Frühstück. Die Netze hatte Lui schon ausgelegt. Sie würden sich hoffentlich ordentlich füllen. Der Schiffsmotor tuckerte leise vor sich hin. Sie saßen im Windschutz der Kühlkammer auf Kisten zusammen, aßen, was jeder mitgebracht hatte, und tranken dampfenden Kaffee. Dunkel war es immer noch, kein Schimmer einer eventuell aufgehenden Sonne in Sicht.

»Kommt noch«, meinte Hein, »ungefähr zwanzig vor acht.«

Nachdem alle gegessen und noch eine halbe Tasse Kaffee nachgeschenkt hatten, stellte Chili ihre Fragen.

»Mich interessiert diese Forschungsgeschichte. Warum machen die meisten Fischer mit, wenn es doch ihr Fiasko bedeuten kann? Und welche Gründe haben diejenigen, die nicht mitmachen?«

Hein fixierte sie scharf und strich sich übers Haar. »Ich denke so, wer mithilft hat zwei Vorteile. Erstens, man wird informiert. Zweitens, du kannst vielleicht die Sache beeinflussen, Dinge einbringen, die die Forscher nicht ahnen. Wir sind schließlich hier draußen und kennen uns aus. Zum Beispiel können wir den Unterschied zwischen unseren Schleppnetzen und denen der großen Trawler herausstreichen. Das ist nämlich ein himmelweiter Unterschied. Die großen Fischdampfer pflügen nachweislich den Meeresboden mit den Netzen regelrecht um. Wir schrappen ihn ein wenig an. Wenn man nur das Wort Schleppnetz hört, kann man das leicht verwechseln. Der Löwe tat das. Er leugnete hartnäckig den Unterschied. Das ist ja nun zum Glück vorbei.«

»Und warum machen die anderen nicht mit, wenn das doch von Vorteil für sie wäre?«

»Wegen dem Löwe, weil der so stur war. Man konnte einfach nicht mit ihm reden, ohne dass er laut wurde und auf seine Fachexpertise, wie er das nannte, zu pochen und seine Titel hervorzustreichen. Einige glaubten nicht daran, dass man seine Meinung ändern könnte. Er war ja der Chef der Forschung. Das spielte wohl auch eine Rolle. Wenn du mehr wissen willst, solltest du Frankie aufsuchen. Sie hat ihren Kutter in Lüttlum, LÜ3 ist das, ein roter. Sie ist öfters mit dem Professor aneinander geraten und kann dir so einiges erzählen.«

Chili machte große Augen. »Sie? Ist der Kapitän eine

Frau? Ich dachte, ihr seid alles Männer. Ich finde schon erstaunlich, wie Lui die schwere Arbeit stemmt.«

Hein grinste: »Warum denn nicht? Frankie ist zwar unser Aushängeschild, was den Feminismus angeht. Jedenfalls hier an der deutschen Nordseeküste. Aber Frauen waren schon immer stark. Kannst du an Lui sehen. Außerdem sind Frauen klug. Sie lernen schnell und organisieren die Arbeit eins a. Meiner Meinung nach sollte es mehr Kapitäninnen geben.«

»Und wann kommt Frankie denn wohl am Montag mit ihrem Kutter vom Fang zurück?«

»Zur selben Zeit wie wir. Lüttlum ist ja gleich nebenan, kurz vorm Hundestrand. Wir wechseln am Wochenende die Tide, fahren also schon Sonntag um 17 Uhr raus. Du kannst sie demnach Montag zwischen halb fünf und halb sechs morgens im Lüttlumer Hafen antreffen.«

18

Der Motor brummte besonders leise. Chili dankte ihm seine Rücksichtnahme von Herzen. Denn nach einem turbulenten Wochenende mit forderndem Schreien (Mia), unzufriedener Nörgelei (Jan) und durchs ganze Haus gebrüllte Fragen und Erklärungen (Lea und Julia), dröhnte es noch immer in ihren Ohren. Von Erholung keine Spur. Nur die Wunde über dem Auge schmerzte nicht mehr. Chili lehnte ihren Kopf seufzend an die Kopfstütze.

Albert hatte sie abgeholt. Um vier Uhr am Montagmorgen, dem 8. November 2021. Seit ihrer Abfahrt schwieg er nachsichtig. Erst, als sie in Wremen ankamen, fragte er:

»Und wohin jetzt?«

Chili öffnete ihre Augen und sah sich um.

»Ich glaube, wir sollten direkt unterm Deich entlangfahren. Diese kleine Straße, weißt du? Sie müsste an Lüttlum vorbeiführen. Fahr einfach mal zum Deich, dann sehen wir schon, wo es langgeht. Haaalt! Da vorne geht es in den Wremer *Kirchweg*. Da fahr rein! Genau. Und jetzt einfach geradeaus weiter.«

Anderthalb Minuten später: »Und nun? Da ist eine Kreuzung.«

»Du hältst dich rechts, der Weg heißt *Am Wremer Tief*. Fahr langsam, Lüttlumer Tief müsste gleich kommen.«

Albert starrte in die Dunkelheit hinaus: »Ich seh' keine Ortschaft. Du vielleicht? Hinweisschilder sind auch Mangelware.«

»Nee. Ich glaub', das sind höchstes drei oder vier Häuser. Überleg' mal. Drei Kutter, von was anderem kann man hier doch gar nicht leben als vom Krabbenfang. Pass auf, da links ist was. Sieht aus wie eine Lücke im Deich.«

Albert trat auf die Breme und fuhr darauf zu. Ein schmaler Weg führte auf den Deich und an der Seeseite wieder hinunter. Und da war er, der Hafen von Lüttlum. Eine schwach leuchtende Straßenlampe erhellte die Fahrrinne inmitten von Salzwiesen. Viel kleiner als in Wremen. Das Wasser ließ noch auf sich warten. Zu beiden Seiten der Fahrrinne sah man einen breiten Streifen Schlick.

Chili stieg aus und sah aufs Meer.

»Da hinten, Albert, siehst du die Lichter. Ich glaube, da kommt ein Kutter rein.«

»Kann man nur hoffen, dass es der richtige ist. Zu kalt zum Warten hier,« grantelte Albert.

Chili setzte sich wieder in den Wagen und kramte eine Thermosflasche aus ihrer Tasche. Sie bot Albert, der wie sie ins Warme geflüchtet kam, den dampfenden Kaffee an und füllte sich selbst auch einen Becher randvoll.

»Danke, Chili, toll, dass du daran gedacht hast.«

Sie wärmten ihre Hände am Kaffeebecher und schwiegen im gegenseitigen Einvernehmen. Zehn Minuten später öffnete Chili die Beifahrertür.

»Ich glaube, da kommt er. Ich geh mal vor.«

»Das ist er nicht. Der da kommt, ist gelb.«

»Zu dumm, ich dachte, das geht schneller.«

Chili setzte sich wieder und lehnte ihren Kopf an die

Kopfstütze. In der Ferne tanzten drei Lichter auf dem Meer. Zwei weitere Kutter näherten sich dem Lüttlumer Hafen. Sie richtete sich auf und beugte sich vor, nah an die Windschutzscheibe.

Albert klopfte ihr auf die Schulter.

»Mach dich locker. Das dauert noch, bis die hier sind. Der Gelbe fährt nicht mehr. Wahrscheinlich ist das Wasser noch nicht hoch genug aufgelaufen. Er muss warten. Wir auch. Hast du noch Kaffee?«

Chili schenkte beide Kaffeebecher ein zweites Mal voll und gähnte. Ein derart früher Morgen war definitiv nicht ihre Zeit.

***

Der rote Kutter kam als letzter in den Hafen und schob sich am blauen und gelben Kutter vorbei, bis er an erster Stelle anlegte. Albert war bereits seit zehn Minuten dabei zu fotografieren. Er hatte die Ankunft der drei Kutter mit dem Kennzeichen Lü in unzählige Aufnahmen gebannt.

Chili gesellte sich Punkt fünf Uhr einunddreißig zu ihm und betrachtete die beiden Frauen auf dem Kutter Lü 2. Frankie, die Kapitänin, maß mindestens einen Meter fünfundachtzig. Sie wirkte muskulös-sportlich, hatte langes hellblondes Haar, das ihr an den Schläfen klebte, und viele Sommersprossen im Gesicht. Die andere Frau – sie wurde ihnen als Annemie vorgestellt – verkörperte das genaue Gegenteil: klein, rundlich mit raspelkurzem, dunkelblondem Haar und unscheinbarer Brille im gegerbten Gesicht. Während Annemie die paar Krabbenkisten aus dem

Kühlraum holte, als wären sie federleicht, stellte Chili sich Frankie vor. Sie verwies auf Käpt'n Hein in Wremen und fragte, ob sie ein Interview mit ihr führen dürfte.

»Nicht hier! Hab' schon genug Ärger wegen der Wattboden-Studie. Ich wohne am Stüven 3, einfach gegenüber der Einfahrt am Deich in den Weg rein, dann siehst du schon. Fotografiert wird im Haus nicht.«

Wie selbstverständlich duzte sie Chili. Das hielten wohl alle Fischer und Fischerinnen so.

Albert sagte: »Ich warte dann draußen im Wagen, während ihr redet. Komm Chili, ich fahr dich schon mal hin. Oder willst du mit, Frankie?«

»Nee, wir kommen nach, sind mit dem Rad da.«

Zwanzig Minuten später stellten die beiden Frauen ihre Räder an die Hauswand. Frankie schloss die verwitterte Tür des alten Fischerhauses auf. Im Gegensatz zu den beiden anderen Häusern, die grau verputzt waren, wirkte ihres in seinem roten Klinkerkleid freundlich einladend. Chili folgte Frankie unaufgefordert in den Flur mit den schwarzen Steinfliesen. Sie hängte ihre Jacke an die Garderobe, stellte die Tasche darunter und folgte den Beiden mit Stift und Block in die Küche.

Annemie schaltete die Kaffeemaschine an und holte drei Tassen aus dem Schrank. Milch, Zucker und Kekse stellte sie dazu. Dann verschwand sie mit Frankie. Die Kaffeemaschine hatte gerade mit Blubbern angezeigt, dass der Kaffee fertig war, da kamen sie zurück, beide in Jeans, Pullover und gekämmt. Während Annemie Kaffee einschenkte, eröffnete sie das Gespräch.

»So, Chili, jetzt sag mal, was du wissen willst.«

Chili schilderte zunächst, was sie schon von Hein

gehört hatte. Dann fragte sie nach, was Frankie dazu zu sagen hatte.

»Also, zunächst mal: Bevor du unser Gespräch in die Zeitung setzt, will ich lesen, was du daraus gemacht hast. Nicht alles müssen die Leute wissen. Und halte bitte unsere Namen da raus.«

»Wenn ich von Kutterfrauen schreibe, wissen dann nicht alle, wer gemeint ist?«

»Lass auf jeden Fall Lüttlum raus. Ansonsten liegt uns daran, dass alle erfahren, was für ein Schwein dieser Löwe war. Gott sei Dank ist er tot.«

»Oha! Den hast du aber gefressen. Was hat er dir getan?«

Frankie sah an die Decke. Annemie räusperte sich.

»An die Wäsche ist er ihr gegangen. Hat versucht, sie flachzulegen. Zum Glück waren wir zu zweit. War schwer, ihn abzuwehren. Der hatte Bärenkräfte und wusste, wo er hinpacken musste. Hatte bei uns aber keine Chance. Zusammen haben wir ihn geschafft.«

Chili blieb der Mund offenstehen. Diese Frauen hatten gerade den Löwe eines Vergewaltigungsversuchs bezichtigt.

»Du lieber Himmel! Habt ihr ihn angezeigt? Wann war das überhaupt?«

»Na klar! Wir haben in der Polizeistation in Langen eine Anzeige aufgegeben, mit mir als Zeugin.«

Annemie guckte Chili empört an, und ihre Stimme wurde lauter.

»Uninteressiert waren die, guckten an Frankie rauf und runter. Und dann meinten sie, dass sie den Vorgang ja mal aufnehmen könnten. Ich bitte dich! Den Vorgang! Was ist das denn für ein beschissenes Wort dafür?! Garantiert wird da nichts draus. Wenn sie es überhaupt weiter verfolgt haben. Glaub ich nicht dran. Ist jetzt ja auch egal, wo er tot ist.«

»Und wann war das denn?«, fragte Chili noch einmal.

Frankie antwortete: »Anfang August, am vierten, vormittags. Der kreuzte ja immer da draußen bei unsern Kuttern auf, kam dann an Backbord längsseits, rammte uns und fragte scheinheilig, ob wir ihm Bodenproben geben könnten. Er meinte, dass die im Netz hängen blieben, weil die doch das Watt aufwühlen würden. Dabei wusste er ganz genau, dass dem nicht so war. Und außerdem waren wir außen vor. Wir machten nicht mit bei dessen so genannter Forschung.«

Chili wurde hellhörig.

»Habt ihr ihn vielleicht auch um den 15. November rum auf See gesehen?«

Frankie und Annemie sahen sich kurz an; dann antwortete Frankie:

»Wissen wir nicht. Wenn er da war, nicht bei uns, würde ich sonst erinnern. So, und jetzt muss ich ins Bett. Tschüss denn, und zeig mir deinen Artikel, sobald er fertig ist. Kannst ihn mit Handy schicken. Ich schreib dir schnell die Nummer auf. Veröffentlichung erst, wenn wir grünes Licht geben. Bis dann.«

»Nur eins noch, Frankie. Die meisten Leute denken, dass Fischer immer Männer sind. Deshalb würde ich gerne ein weiteres Gespräch mit dir verabreden, um zu erfahren, wie du, oder besser noch, ihr beide, dazu gekommen seid, als Frauen Krabbenfischer zu werden. Das könnte ich dann in unserer neuen Seite *Leben* veröffentlichen. Das ist bestimmt für viele Leute und vor allem für

Frauen spannend. Ich ruf dich an, wenn ich weiß, wann wir das machen können.«

Annemie brachte Chili noch bis zur Tür und schaltete das Außenlicht an, damit sie durch den Garten auf den Weg finden konnte.

***

Albert döste mit offenem Mund im Auto. Chili fasste sanft an seine Schulter. »Albert, wach auf! Wir können fahren.«

Albert gähnte, setzte sich langsam auf und ließ den Motor an. »Mensch, das hat gedauert. War es wenigstens ergiebig? Haben wir neue Erkenntnisse?«

»Ja, das kann man wohl sagen. Die Geschichte wird immer krasser. Stell dir vor, der Löwe hat versucht, Frankie zu vergewaltigen. Auf See draußen. Lass uns ein Café suchen, dann erzähl ich dir alles. Ich muss das erstmal selbst verdauen.«

Albert sagte zu Löwes Übergriff nichts, sah auf die Uhr und verfolgte träge das Kaffeethema.

»Wir haben jetzt Viertel vor sieben. Wir brauchen fünfzehn bis zwanzig Minuten bis Bremerhaven, Welche Cafés öffnen wohl morgens so früh?«

»Das einzige Café, von dem ich weiß, dass sie da um sieben aufmachen, liegt in der Friedrich-Ebert-Straße, beim Hauptbahnhof. Lass uns hinfahren. Da sitzt man gut, der Kaffee ist lecker. Und mir ist nach zuckersüßen Leckereien. Die machen sie in toller Qualität selber. Schon zum frühen Frühstück.«

***

Irene grüßte grantig zurück, als Chili, wieder guter Dinge, ihr Büro betrat.

»Wo bleibst du denn?! Ihr müsstet doch längst aus Lüttlum zurück sein. Die Pressestelle der Polizei hat schon vor einer Stunde nach dir gefragt. Pressekonferenz. Beginn in wenigen Minuten.«

Sie sah auf die Uhr an der Wand: »Genau gesagt, in zwölf Minuten.«

»Was, so früh? Es ist gerade erst zehn vor acht. Sag bloß, die haben den Mörder. Bin schon weg!«

Chili lief ins Treppenhaus, wählte Alberts Nummer, während sie die Treppe hinunter- und auf den Parkplatz rannte.

»Albert, Pressekonferenz bei der Kripo, komm' mit! Ich bin schon auf dem Parkplatz an deinem Auto.«

Kurz darauf stürmte Albert heran, betätigte schon vom Eingang aus die Türenöffnung, und Chili stieg auf der Beifahrerseite ein. Albert saß fast zeitgleich neben ihr, zündete den Motor und trat aufs Gas.

»Was ist denn eigentlich los, Chili? Warum so eilig? Haben sie den Mörder vom Löwe endlich?«

»Keine Ahnung, bin einfach los, weil sie in, Moment, in neun Minuten anfangen. Wenn sie uns so früh am Tag kurzfristig per E-Mail zitieren, muss es ja wohl um was Größeres gehen. Und größer als Mord ist kaum etwas. Vielleicht noch ein Terrorangriff. Das hätten wir aber längst gehört. Deshalb denke ich, dass es um die Löwe-Sache geht. Mal sehen, ob es wirklich wichtig ist und was es hergibt.«

Gerade noch rechtzeitig – Kriminaldirektor Kaulsanger begrüßte gerade die versammelten Journalisten – gelangten sie atemlos im Presseraum an und setzten sich in der vierten Reihe am rechten Rand nebeneinander auf die harten Stühle.

»Wir haben Sie heute hergebeten, weil es neue Erkenntnisse im Mordfall Dr. Löwe gibt. In dem Zusammenhang haben wir eine Bitte an sämtliche Presseorgane. Die Erste Kriminalhauptkommissarin Frau Rita Schmitt wird Ihnen die Einzelheiten erläutern. Kollegin Schmitt, Sie haben das Wort.«

»Vielen Dank. Wie Sie wissen, wurde in der letzten Woche das Bild des Forschungsbootes, das im Zusammenhang mit dem Mord an Professor Dr. Löwe in den Medien veröffentlicht. Unter den mehr als vierzig Meldungen aus der Bevölkerung befand sich eine, die wir als möglicherweise zielführend einstufen konnten. Ein Touristenpaar hatte zur ungefähren Tatzeit von seinem Segelboot aus beobachtet, wie das Forschungsboot längsseits eines roten Krabbenkutters ging. Sie konnten zwar nicht genau sagen, wo der Kontakt der beiden Schiffe stattfand, aber sie haben ein Foto davon gemacht. Nun gibt es viele rote Krabbenkutter in unseren Nordseehäfen. Leider ist auf dem Bild weder das Hafenkürzel noch der Kuttername zu sehen. Wir haben das Bild, so gut es geht, vergrößert.«

Ein Polizist in Uniform nahm einen Packen Fotos von EKHK Schmitt entgegen und gab sie in die Reihen der Journalisten weiter. Rita Schmitt erläuterte derweil ihr Anliegen.

»Unsere Bitte an Sie ist Folgendes: Bringen Sie bitte das Foto noch heute in Ihrer Zeitung und im Internet, im Radio und Fernsehen, zusammen mit der Bitte, sich das Bild genau anzusehen. Auch die roten Kutter weisen

Merkmale auf, die sie von anderen unterscheiden. Zum Beispiel sind die Ruderhäuser öfters verschieden gebaut und andersfarbig. Die Anordnung der Kühlräume oder Sortiermaschinen können abweichen. Auch die Größe der Kutter ist unterschiedlich.

Bitten Sie die Bevölkerung um Hinweise an uns – ich gebe Ihnen gleich noch die Nummer der Hotline dafür -, wenn die Leser eine Ähnlichkeit zwischen dem Kutter auf dem Bild und einem Kutter, den sie kennen, bemerken. Sie können zusätzlich zum Abzug, den Sie soeben erhalten haben, eine digitale Datei in der Pressestelle anfordern. Ich danke Ihnen.«

Direktor Kaulsanger dankte der Ersten Kriminalhauptkommissarin Schmitt und verabschiedete die versammelte Presse aus Bremerhaven, Bremen und dem Landkreis Cuxhaven.

Um viertel vor neun saßen Chili und Albert am Computer im ehemaligen Fotolabor und verglichen die Fotos der beiden Krabbenkutter von Käpt'n Hein und Kapitänin Frankie mit dem Kutter auf dem Foto der Kripo. Albert scrollte die Fotos im PC durch, um Aufnahmen von außen aufs Heck zu finden. Schließlich isolierte er fünf im zweiten Bildschirm und fügte das Foto der Kripo hinzu.

»So, schauen wir mal. Also, die Ruderhäuser sehen auf allen Fotos ähnlich aus, gleicher Bau, alle weiß. Suchen wir mal nach Besonderheiten.«

Albert vergrößerte das erste Bild vom Wremer Kutter. Sie konnten nichts Besonderes entdecken. Auf allen drei Bildern von Heins Kutter fanden sie: Nichts. Anders auf dem Kutter von Frankie. Am Mast hing ein Wimpel in den Regenbogenfarben.

»Na schön,« meinte Chili, »eine Besonderheit, die möglicherweise auf eine sexuelle Präferenz hinweist. Aber nicht auf einen Mord.«

»Gucken wir mal, ob der Wimpel auch auf dem Polizeifoto zu sehen ist.«

Albert vergrößerte das Bild.

Chili forderte: »Mach es noch größer, da ist was. Da an der Ecke am Mast. Ist wohl vom Wind drumrum geweht.«

Albert vergrößerte die Stelle, soweit es ging, ohne dass alles komplett verschwamm.

»Siehst du die Farben? Das könnte es sein. Was meinst du, Chili?«

»Das ist doch Quatsch! Frankie und Annemie sind doch keine Mörderinnen. Nie im Leben! Ich habe mit ihnen gemütlich Kaffee getrunken.«

Albert zog arrogant die Augenbrauen hoch: »Als würde das etwas beweisen. Es gibt gar keine Mörder. Die meisten sind friedliche Menschen, die irgendwann zufällig jemand ermorden.«

Chili musste lachen, obwohl das ja nicht gerade zum Lachen war.

»Zufällig mordet wohl kaum jemand. Und überlege doch mal. Das sind Frauen. Du weißt schon, Frauen morden, wenn überhaupt, dann doch mit Gift. Hast du schon mal gehört, dass eine Frau einen Mann erwürgt hat? Also, ich nicht. Wir können uns mittags darüber weiter unterhalten. Ich schreibe jetzt die Artikel. Das Interview und den Aufruf der Kripo. Um zwölf Uhr in der Kantine?«

»Ja klar. Ich schick' dir das Foto von der Kripo rüber, sobald ich es bearbeitet habe. Bis nachher!«

19

Mit dem frischen Skrei in Weißweinsauce und Blattspinat in Knoblauch-Olivenöl gedünstet, ergänzt durch Rosmarin-Kartoffeln, übertraf die Kantine sich selbst.

Zufrieden besprachen Chili und Albert die Möglichkeit, dass die beiden taffen Frauen Löwe ermordet haben könnten. Nach wie vor erschien den beiden dies schwer möglich. Frauen würgten nun mal keine Männer. Andererseits zeigte das Foto des Touristenpaares, nachdem Albert es geschärft hatte, eindeutig einen Teil Stoff in den Farben des Regenbogens. Wahrscheinlich war das eine Ecke eines Wimpels. Unwahrscheinlich, dass noch mehr Kutter sowas an Bord hatten. Noch dazu an derselben Stelle.

Chili stocherte mit der Gabel im köstlichen Fisch, ohne zu merken, was sie tat. Die Sache gefiel ihr gar nicht. Sie mochte die beiden Frauen und empfand großen Respekt für ihren großartigen Mut zu diesem harten Job als Krabbenfischerinnen. Andererseits konnte sie nicht leugnen, was sie sah. Sollte das Datum des sexuellen Übergriffs des feinen Herrn Löwe am Ende falsch sein? Hatten sie gelogen, als sie behaupteten, dass er unversehrt von Bord gegangen wäre? Soeben hatte sie eine durch und durch positive Reportage über das ungewöhnliche Frauenteam geschrieben. Wie sollte das mit Mord zusammenpassen? Gar nicht, entschied sie.

»Weißt du, Albert, das passt alles vorne und hinten nicht. Lies mal meine Reportage, dann siehst du es. Sie können es nicht gewesen sein. Müssen wir unsere Entdeckung trotzdem der Polizei melden? Was denkst du?«

Albert kratzte sich am Hinterkopf. Ihm war genauso wenig wohl bei dem Gedanken an die beiden Frauen. Wären sie Mörderinnen gewesen, würde der Glanz der Story verblassen. Das Zeitungsgeschäft lebte von ungewöhnlichen Geschichten. Und diese war eine der besten, die er je erlebt hatte. Mal angenommen, es stimmte. Die beiden hatten gemordet. Ließe sich daraus zeitungstechnisch Kapital schlagen?

»Pass mal auf, Chili. Überlass die Entscheidung der Polizei. Die muss das untersuchen und herausfinden, ob es mit dem Wimpel etwas auf sich hat. Falls, und ich sage, *falls* die Frauen wirklich Mörderinnen sind, hätten wir doch auch eine Story. Das brutale, fiese Opfer und die tapferen Frauen, die sich mit schwesterlicher Solidarität verteidigt haben. Dass ihm dabei das Zungenbein brach, war keine Absicht. Denn es ging praktisch für beide Seiten um Leben oder Tod. Was sagst du dazu?«

»Was ich sage? Haha, du bist ein Fuchs! Meinst du, sie kämen damit durch? Ich habe da so meine Zweifel. Gegen sie spräche ja, dass sie zwar den Übergriff gemeldet haben, aber nicht …halt! Für die Meldung müsste die Polizei im Landkreis doch einen Vorgang haben. Darauf steht das Datum. Ruf doch mal eben da an und frag' nach. Das soll am vierten August passiert sein. Wenn das stimmt, sind sie es nicht. Der Mord war später.«

Albert blieb skeptisch.

»Das würde nur bedeuten, dass sie es an dem Tag nicht

waren. So wie der Löwe offenbar gestrickt war, könnte er es wieder versucht haben. Das muss ihn doch fuchsig gemacht haben, dass sie ihn derart abserviert haben. Okay, ich ruf da erstmal an.«

Chili wartete ungeduldig. Seit zehn Minuten hielt Albert schon den Hörer an sein Ohr, Festnetz. Zuerst hatte der Polizist am anderen Ende der Leitung zurückgerufen. Um zu prüfen, dass es sich wirklich um eine Anliegen der *NordNordWest-Post* handelte. Dann bat er Albert zu warten. Sie müssten nachsehen; das wäre ja schon eine ganze Weile her. Chili trommelte mit den Fingern auf dem Tisch. Das machte Albert nervös.

»Lass das mal bitte!«, zischte er rüber zu ihr.

Nach insgesamt vierzehn Minuten meldete sich jemand und erklärte, dass er von der übergeordneten Behörde in Cuxhaven wäre. Der gewünschte Vorgang wäre ohne Ergebnis zu den Akten gelegt worden. Mit anderen Worten: Er würde nur dann wieder aufgegriffen werden, wenn es neue Erkenntnisse gäbe. Ob das der Fall wäre? Nein? Dem konnte er leider nichts hinzufügen.

Chili soufflierte: »Das Datum!!«

»Einen Moment bitte noch. Können Sie mir wenigstens das Datum der Anzeige nennen? Aha, gut, danke.«

»Sag schon, Albert, wann haben sie die Anzeige aufgegeben?«

»Ehrlich, wie sie sind, natürlich am vierten August. An dem Tag zumindest haben sie den Guten nicht ermordet. Fragt sich, ob sie es später taten.«

»Gut, ich denke, wir müssen die Kripo informieren. Schließlich können wir keinen Aufruf in die Zeitung setzen und unser Wissen zurückhalten. Sollen sie doch entscheiden, wie es weitergeht. Wie heißt es so schön? Du bist nicht der Hüter deines Bruders – oder so ähnlich. Gilt wohl auch für Schwestern. Ich nehme jetzt den Bus und fahre nach meinem erneuten Besuch im Kriminalamt nach Hause. Mach mir doch bitte zwei aussagekräftige Abzüge der beiden entscheidenden Fotos, ja?«

***

Rita Schmitt zeigte sich beeindruckt: »So schnell haben wir gar nicht mit Ergebnissen gerechnet. Da waren Sie aber wirklich aufmerksam, Frau Keller. Das könnte, weitere erfolgreiche Ermittlungen vorausgesetzt, der Durchbruch sein. Wem gehört denn nun der Kutter?«

»Sein Hafen ist Lüttlum. Die Kapitänin heißt Frankie, den Nachnamen weiß ich nicht. Morgen können Sie meine Reportage über Frankie und Annemie, die Helferin von Frankie, in der *NordNordWest* lesen. Sie hatten am vierten August ein unschönes Erlebnis mit Dr. Löwe. Er versuchte, Frankie zu vergewaltigen. Dank Frankies Kampfkunst misslang ihm das.«

Chili erzählte die ganze Geschichte und schloss damit, dass sie sich beim besten Willen nicht vorstellen konnte, dass Frankie und Annemie Mörderinnen sein sollten.

»Außerdem wäre es doch merkwürdig, wenn Löwe sich nach der handgreiflichen Abfuhr am vierten August noch einmal an Bord der zwei Frauen gewagt hätte. Mir jedenfalls leuchtet das nicht ein. Ein derart arroganter Mann kriecht doch nicht zu Kreuze. Dazu fühlte er sich viel zu überlegen.«

Rita Schmitt widersprach Chili.

»Gerade deshalb, weil er sich überlegen fühlte, konnte er die Verliererrolle sehr wahrscheinlich nicht akzeptieren. Solche Leute fühlen sich oft wie getrieben, das unerfreuliche Erlebnis in einen Sieg zu verwandeln. Dafür bestrafen sie den Gegner dann. Bei einem Teil der Gewalttaten sehen wir das öfters. Wir werden dieser Möglichkeit auf jeden Fall nachgehen. Liebe Frau Keller, ich danke Ihnen für Ihre Unterstützung. Vielleicht hilft uns das, was Sie herausgefunden haben, jetzt endlich weiter.«

Chili stand auf und meinte trocken: »Ich hoffe, dass es anders kommt.«

Sie verließ das Kommissariat. Mittlerweile war es viertel vor drei. Rechtschaffen müde, fuhr sie nach Hause. Im Flur warf sie Schuhe, Jacke und Tasche ab und lief in die Küche. Dort saß die Familie bei Kaffee, Tee und Zwetschgenkuchen mit Sahne am Tisch und starrte sie an, als wäre sie ein Gespenst.

Eigentlich hatte sie sich nur schnell einen Tee kochen wollen. Doch nun lockte sie der Kuchen. Also fläzte sie sich auf den freien Stuhl neben Lea und langte zu.

»Mmh, köstlich. Wer hat gebacken? Du, Julia?«

Lea grinste stolz: »Nein, ich. Mein erster Kuchen. Klasse, nicht? Aber eigentlich ganz einfach. Tante Juli hat mir gezeigt, wie es geht.«

Chili gratulierte ihrer Tochter und drückte ihr einen Kuss auf die Wange. Verstohlen wischte Lea darüber, als wäre es ihr peinlich. Jan beobachtete die beiden, während Mia Kuchen und Schlagsahne in sich hineinstopfte.

Julia meinte spitz: »Wie schön, mal wieder mit dir am Tisch zu sitzen. Wo warst du denn die ganze Zeit?«

»Also erstens, liebe Julia, war ich das ganze Wochenende hier im Haus, falls du dich erinnerst.«

»Versteckt in deinem Zimmer. Gesehen habe ich dich nicht, liebe Chili.«

Julias Stimme klang leicht giftig. Chili fand das ungerecht und verteidigte sich: »Natürlich blieb ich in meinem Zimmer. Ich war verletzt. Du meine Güte, mich hatte jemand angegriffen und geschlagen!«

»Das hat dich aber nicht gehindert, am Freitag gleich wieder lustig eine Tour mit dem Krabbenkutter zu machen.«

Mia rief: »Gemütlich!«

Chili gefiel die Richtung, die das Gespräch nahm, ebenso wenig wie Mia. Sie schaltete einen Gang zurück.

»Um deine Frage zu beantworten, ich war mit Albert, unserem Fotografen bei der *NordNordWest*, in Lüttlum. Dort habe ich die Kapitänin und ihre Helferin vom Kutter Lü 2 interviewt. Anschließend sind wir in die Redaktion, wo ich die Reportage geschrieben habe und Albert die passenden Fotos zur Illustration ausgesucht hat. Nach dem Mittagessen in der Kantine bin ich noch schnell zur Polizei, bevor ich hierher fuhr.«

»Was ist ›Kantine‹, Mama?«

Mia hatte aufgehört, ihren Kuchen zu essen und hörte dem Gespräch zu.

»Das ist ein sehr großer Raum, in dem alle Leute, die in der Zeitung arbeiten, essen und trinken können. Jeden Tag wird für alle gekocht. Wenn du magst, nehme ich dich einmal mit, Mia. Dann essen wir beide dort zusammen.«

»Au ja, Mama, morgen hab' ich Zeit.«

Chili verkniff sich ein Lächeln. Mia ahmte die

Erwachsenen immer öfter nach. Sie würde viel zu schnell groß werden.

»Leider müssen wir warten, bis Corona aufhört. Dich können wir ja noch nicht impfen lassen. Und mit Maske kannst du nicht essen. Ich verspreche dir aber, sobald es geht, nehme ich dich mit. Großes Roboter-Ehrenwort.«

Sie legte sich ein zweites Stück Kuchen samt Schlagsahne auf ihren Teller und leckte sich nach dem ersten Bissen die Sahne von den Lippen.

»Warum gibt es eigentlich heute Kuchen? Es ist doch erst Montag. Feiert ihr etwas, von dem ich nichts weiß?«

Lea kicherte los: »Aber Mama, Tante Juli hat doch heute Geburtstag! Da drüben auf dem Tablett liegen ihre Geschenke. Du kannst deins auch dazutun.«

Chili schlug die Hand vor den Mund.

»Ach du Schreck! Julia, das habe ich doch tatsächlich vergessen. Bitte verzeih mir, das ist wirklich zu dumm.«

Sie überlegte kurz und sagte: »Dafür kannst du dir etwas von mir wünschen. Wir fahren zusammen schoppen, oder ich besorge, was du möchtest.«

Julia sah Chili mit großen Augen an. Dann grinste sie. Schließlich lachte sie laut.

»Das meinst du ernst, ja?«

»Na klar. Und zwar ohne Limit.«

»Okay, angenommen. Ich wüsste da was. Ich wünsche mir seit langem eine eigene Taucherausrüstung. Die vom Institut gefällt mir nicht. Irgendwie komme ich mit der Brille und dem Anzug nicht klar. Wir könnten gemeinsam nach Bremen fahren und einkaufen. Was hältst du davon?«

Chili schluckte: »Kostenfaktor?«

»Du hast gesagt, ohne Limit. Ich weiß es nicht genau. Aber so um die zweitausend Euro rum, schätze ich mal.«

»Oha, stolze Summe! Aber gut Julia, gesagt ist gesagt, du kriegst deine Ausrüstung. Und wir fahren zusammen hin. Das ist für mich auch interessant. Eine Bedingung habe ich aber. Ich möchte mit dir später ein Interview machen. Übers Forschungstauchen. Seit Neuestem bin ich nämlich auch zuständig für eine neue Seite bei der Post, mit dem Titel *Leben*. Da schreibe ich über alles, was für die Leser spannend sein kann. Im Fokus stehen Frauenleben. Eine Forscherin, die taucht, das wird bestimmt ein hochinteressanter Einblick in Wissenschaft.«

»Ganz korrekt ist das nicht, Chili. Von Bedingung hast du nichts gesagt. Hm, andererseits werte ich dein Vorhaben mehr als Angebot, denn als Bedingung. Für Frauen in der Wissenschaft brichst du mit dem Interview nämlich eine Lanze. Falls der Artikel das dann hergibt. Schauen wir mal.«

Mia begann zu quengeln. Jan, der die ganze Zeit geschwiegen hatte, schlug ihr vor, mit ihm ins Atelier zu kommen. Sofort sprang sie vom Stuhl und lief zur Tür.

»Komm Papa, mach schnell, ich muss malen!«

Nachdenklich betrachtete Chili ihre kleine Tochter. Schon wieder benutzt sie ein Erwachsenenwort: »muss«.

»Mia, das heißt, ich will malen, nicht ich muss. Du willst doch malen. Niemand sagt dir, dass du das tun musst.«

»Oh,« machte Mia, »warum denn? Wenn ich malen will, muss ich doch malen. Ich sag das!«

Jan lachte, fasste Mias kleine Hand und verließ mit ihr die Küche. Lea, Julia und Chili sahen sich an und lachten, bis die Tränen kamen.

»So eine kleine Schlaue. Die wird mal gut,« japste Julia. Lea stimmte ihr lachend zu. Sie war stolz auf die kleine Schwester.

20

Erregung lag in der Luft. Fragen schwirrten hin und her. Kommissionsleiterin Rita Schmitt hatte ihre Mordkommission außer der Reihe einberufen, kurz nachdem Chili Keller gegangen war. Es gab einiges zu tun. Sie war entschlossen, diesen Mordfall erfolgreich abzuschließen. Das bedeutete, dass sie den Mörder fassen und gerichtlich relevante Ermittlungsergebnisse vorweisen musste, am besten sogar ein Geständnis. *Nichts leichter als das, haha, bei den gerichtlichen Vorgaben ein Kinderspiel,* spottete ihre innere Stimme. Energisch klopfte sie mit dem Teelöffel an ihre Untertasse.

»Kommt mal bitte runter. Ich habe euch hergebeten, weil wir neue Erkenntnisse haben, von denen ich hoffe, dass sie den Durchbruch einleiten. Es gibt viel zu tun. Erstens ist herauszufinden, ob uns die neuen Hinweise weiter in Richtung Ermittlungserfolg führen können. Zweitens ist eine neue Untersuchung, und zwar des möglichen Tatortes nötig. Drittens fallen Vernehmungen an. Die neuen Erkenntnisse beruhen auf dem Vergleich des Kutters, der zusammen mit dem Forschungsboot von dem Touristenpaar fotografiert wurde, mit einem Kutter aus Lüttlum. Ich habe hier Fotos für euch. Gib sie doch mal bitte weiter, Holger. Schaut mal, wo sich die Übereinstimmung versteckt.«

Rita Schmitt trank einen Schluck Kaffee, während sich

ihre Kollegen in die Fotos vertieften. Holger Dittrichsen meldete sich kurz darauf zu Wort. Er hatte die Wimpel entdeckt. Für einen Tatortspezialisten kein Problem. Er besaß Routine im systematischen Absuchen.

»Am Mast der Kutter weht auf gleicher Höhe ein Wimpel. Scheint ein Regenbogensymbol zu sein. Auf dem neuen Foto hat er sich um den Mast gelegt, man sieht nur einen Teil davon. Meinst du das, Rita?«

Rita Schmitt nickte.

»Ja, den Wimpel meine ich. Die beiden passen einwandfrei überein. Beides sind rote Kutter. Auf beiden Kuttern sind die Ruderhäuser identisch. Das ist allerdings ein schwaches Indiz. Der Wimpel ist da eindeutiger, den gibt es bestimmt nicht nochmal auf einem roten Kutter. Muss aber natürlich überprüft werden.«

»Und wem gehört dieser Krabbenkutter denn nun?«

Tanja König wollte das wissen.

»Er liegt in Lüttlum und gehört einer Kapitänin und ihrer Gehilfin. Wir haben die Vornamen: Frankie ist die Besitzerin und Annemie die Helferin. Die beiden Frauen wohnen zusammen in einem Haus in Lüttlum. Man kann es nicht verfehlen. Es ist das einzige Haus mit rotem Klinker. Die beiden von der *NordNordWest,* Chili Keller und der Fotograf, haben sie aufgesucht. Er hat die Fotos geschossen. Frau Keller, die neue Reporterin hat sie interviewt. Sie hält sie nicht für die Mörder von Löwe. Allerdings hatten die Fischerinnen ein unschönes Zusammentreffen mit ihm. Am vierten August kam er an Bord und versuchte, die Kapitänin zu vergewaltigen. Das erzählten sie übereinstimmend der Frau Keller. Mit vereinten Kräften hätten sie den

Vollzug verhindern und den Angreifer von Bord jagen können.«

»Falsches Datum,« merkte Sven Vogel an.

»Richtig,« antwortete Rita Schmitt. »Er könnte aber zum späteren Zeitpunkt zurückgekommen sein. Einer wie er, der vergisst nicht. Es ist mehr als wahrscheinlich, dass er Rachegefühle hegte. Gegen Frauen zu verlieren, ist für solche Charaktere ein No-Go. Ich halte es definitiv für möglich, dass er gewappnet zurückgekommen ist, um ein Exempel zu statuieren und zu gewinnen.«

Holger Dittrichsen war schon weiter. Er hatte nachgedacht. »Rita, was ließe sich denn wohl nach so langer Zeit auf einem Krabbenkutter, dessen Deck mehrmals am Tag mit Wasser traktiert wird, noch finden? DNA und Fingerabdrucke können wir vergessen. Was sonst?«

»Tja, das weiß ich auch nicht. Er könnte beim Kampf mit den Frauen etwas verloren haben. Schau doch nach dem, was bei ihm fehlte: eine Uhr, Smartphone, Brieftasche, Ausweise.«

»Hätten die beiden Frauen solche Sachen nicht längst zu den Fischen geschickt? Ich meine, die sind doch nicht blöde. Die wissen, dass sie das kompromittieren würde.«

»Ich weiß es nicht, Holger. Es gibt Orte auf einem Schiff, da guckt man nicht hin, wenn man praktisch auf ihm zu Hause ist. Man merkt nur, wenn etwas fehlt. Suche einfach danach, auch in den Ecken und Nischen. Davon gibt es viele an Bord. Was die beiden Frauen angeht, müssen wir sie vernehmen. Steffi, übernimm du das bitte. Und nimm Tanja mit. Befragt sie heute in ihrem Haus. Wenn sich daraus nichts ergibt, überlegen wir eine Vorladung. Was Löwes Streit mit den Fischerinnen und vielleicht weiteren

Krabbenfischern angeht, müssen wir die Institutsleute noch einmal befragen. Sie mauern zu sehr. Zumindest von der Anzeige der sexuellen Bedrohung sollten sie doch gehört haben. Sascha, das übernimmst du bitte. Und Jens, hol bitte die beiden Wimpel deutlicher aus den Fotos raus. Morgen früh zur gewohnten Zeit. Viel Glück.«

**

»Sag mal, hast du keine Schmerzen? Du machst doch eine Menge durch. Stress mit Jan, der neue Job, der Angriff auf dich, der Mordfall. Und dabei arbeitest du auf eine fast selbstzerstörerische Art und Weise, als hättest du herkulische Kräfte, als wärst du komplett fit. Dich müsste doch alles furchtbar belasten, das kann doch nicht spurlos an dir vorübergehen.«

Chili befühlte die bepflasterte Wunde an ihrer Stirn. Julia hatte natürlich recht. Vor allem der Verlust ihrer Coaching-Praxis und der schwelende Konflikt mit Jan nagten an ihr.

»Stimmt, Juli, es ist alles ein bisschen viel. Was wirklich weh tut, sind die Verluste. Der Coaching-Job und Jan. So viele Ausbildungen, so viel Anstrengung, immer weiterlernen – alles dahin, alles umsonst. Und Jan? Ihm kann ich nicht verzeihen. Das schaff ich einfach nicht. Mein Vertrauen in ihn ist weg, als wäre es nie dagewesen.«

»Bist du denn nicht traurig darüber? Du wirkst so cool, wie du darüber redest.«

»Wenn ich erstmal mit der Traurigkeit anfange, hört sie nicht mehr auf. Ich darf nicht anfangen zu heulen, dann stehe ich meinen neuen Job nicht durch. Verstehst du das, Juli?«

»Nicht wirklich. Das ist doch Quälerei, was du machst. Ich kann da kaum zusehen. Du tust mir so leid!«

Urplötzlich brach Chili in Tränen aus und schluchzte: »Hör auf! Mitleid ertrage ich nicht.«

Julia stand aus ihrem Sessel auf, kniete sich vor die Schwägerin hin und schloss sie in die Arme. Chili wehrte sich nicht. Sie weinte still in die kleine Kuhle zwischen Julias Hals und Schlüsselbein, die ihr stumm immer wieder über den Rücken strich und sie so lange weinen ließ, bis die Tränen versiegten und Chili schließlich »danke« sagte.

Dann sah sie Julia an – und riss die Augen auf: »Oh je, mein ganzer Mascara und Lippenstift ... warte, ich mach es sauber, bevor deine Bluse was abkriegt.«

Sie nahm ein Papiertaschentuch aus der Box, die immer griffbereit auf dem Beistelltisch stand, und wischte das Malheur sauber weg. Zum Glück gelang ihr das ohne Probleme. Denn die Feuchtigkeit der vergossenen Tränen erleichterte die Prozedur.

Julia meinte, es wäre nicht schlecht, wenn Chili kurz das Bad aufsuchen würde, um die gutverteilten Spuren der Schminke auch aus ihrem Gesicht zu waschen.

»In der Zwischenzeit zünde ich den Kamin an. Es ist einfach zu kalt heute. Und dann lass' ich den Korken für den ersten Prosecco des Tages knallen.«

Als Chili frisch geschminkt zurückgekehrt war, reichte Julia ihr ein Glas mit dem perlenden Inhalt.

»Jetzt stoßen wir an; zuerst auf meinen Geburtstag, immerhin bin ich seit heute 45 Jahre alt. Und danach gleich auf dein neues Leben mit dem tollen neuen Job.«

Sie stießen an und ließen die Gläser klingen. Lächelnd wünschte Chili Julia ein langes Leben und alles, was sie sich wünschte. Der Prosecco schmeckte, ein guter. Jetzt wünschte Julia Chili alle Freude der Welt für ihren Job bei der *NordNordWest-Post*.

»Viel Erfolg natürlich auch. Und eigentlich weiß ich gar nicht, was du da machst. Ich meine, außer, dass du Artikel schreibst. Schreibst du nur über Verbrechen und Polizeiarbeit? Das wäre ja bestimmt nicht erfreulich, sich immer mit den üblen Gestalten der Stadt zu befassen. Und wenn ich dich so ansehe mit dem Pflaster über der Augenbraue und der geschwollenen Nase, ist das nicht ungefährlich. Haben sie den Täter wenigstens erwischt?«

»Nein, ich glaube, sie haben ihn nicht gekriegt. Muss ich mal nachfragen; dem möchte ich nicht noch mal begegnen. Der Job als Reporterin ist ja nicht grundsätzlich gefährlich. Es zeichnet sich ab, dass dieser Dr. Löwe vielen Leuten auf den Schlips getreten ist. Er respektierte andere Menschen kaum. Mein Angreifer wird wohl einer von denen gewesen sein. Dass Löwe die Forschung in seinem Ressort nicht sonderlich ernst nahm, kam nun auch raus.«

»Wie das? Hat er geschlurt? Die Wattproben nicht richtig zugeordnet? Nicht ordentlich ausgewertet? Oder was?«

»Obwohl es noch keine Ergebnisse gibt, hat er behauptet – und das auch den Kutterfischern erzählt -, dass die Krabbenfischerei abgeschafft werden sollte. Sein Kollege war reichlich entsetzt, als ihm dies zu Ohren kam. Denn ein solches Ergebnis konnte er aus den bisherigen Zwischenergebnissen nicht erkennen. Im Übrigen war vorgesehen, im Fall des Falles für eine alternative Technik zum Fischen zu sorgen. Die Krabbenfischerei als solche sah niemand außer Löwe vor dem Aus.«

»Himmel, was für eine Geschichte. Aber lenke nicht

ab. Die Polizei muss unbedingt den Mann, der dich angegriffen hat, finden. Wenn der weiter frei rumläuft, kann er das wieder tun. Mag ich gar nicht dran denken.«

Julia zog ihre Stirn in Falten. »Am besten rufst du gleich mal bei der Kripo an. Weißt du, wer den Fall bearbeitet?«

»Hm, das dürfte mein Ex-Coachee sein, Kriminalhauptkommissar Martin Lang. Ich sollte mich wirklich mehr um mich selbst kümmern. Ich probiere mal, ob ich ihn erreiche. Bin gleich wieder da, ich hole nur das Handy aus der Tasche.«

Chili wählte die Nummer von Rita Schmitt und hatte Glück. Sie erklärte ihr, was sie wollte.

»Da ist PHK Lang dran. Bisher noch nichts. Aber ich stelle Sie mal durch. Dann können Sie ihn selbst fragen.«

Es klickte in Chilis Handy, dann hörte sie die Stimme von Lang.

»Moin Frau Keller. Wie geht es Ihnen? Heilt die Wunde gut?

»Danke, ja, sie heilt, jedenfalls äußerlich. Deshalb rufe ich an. Wissen Sie schon, wer es war?«

»Wir haben jemand festgenommen, dringender Tatverdacht. Ihre Beschreibung des Täters passt, das Tattoo, Linkshänder. Das soll aber noch nicht in die Öffentlichkeit. Derzeit versuchen wir, ein Geständnis zu bekommen. Seine Wohnung durchsuchen gerade zwei Kollegen. Sobald ich mehr weiß, rufe ich Sie an. Unter dieser Nummer, die ich im Display sehe?«

»Ja, bitte rufen Sie sofort an, wenn der Verdacht sich erhärtet. Danke!«

Während sie das Gespräch wegdrückte, überlegte sie, wie schnell sie doch die Polizeisprache übernahm: *der*

Verdacht sich erhärtet. Sie musste aufpassen, dass ihre Sprache nicht in Stereotypien abglitt. Doch jetzt darüber zu grübeln, war nicht der richtige Zeitpunkt. Sie sollte sich lieber freuen, dass sie ihn hatten! Wenn sie ihn auch nur wahrscheinlich geschnappt hatten.

21

Beschwingt von der Nachricht rief sie Julia vom Flur aus zu: »Sie haben ihn! Hurra, sie haben ihn!«

»Sicher?«

»So gut wie sicher. Die Details, die ich gesehen habe, stimmen mit ihm überein. Wirklich auffällig. Er war Linkshänder und hatte ein Tattoo auf dem Handrücken. Das kann kein Zufall sein. Er wird gerade vernommen. Seine Wohnung durchsuchen sie auch. Leider darf ich darüber noch nichts schreiben. Ist noch unter Verschluss; erzähl es bitte auch nicht weiter.«

»Das erleichtert mich. Ich hatte schon Angst, er könnte dir nachspionieren und hier aufkreuzen. Übrigens, nachher gibt es eine kleine Feier. Mit euch und einem Freund.«

»Oh, Julia, wie mich das freut, du hast einen neuen Freund! Endlich. Wer ist es? Kenne ich ihn?«

»Leider ja, Ich fürchte, du wirst nicht begeistert sein. Es ist Stefan, dein Ex-Kollege.«

Chili schnappte nach Luft; Empörung löste blitzartig ihre Freude ab. »Das ist nicht wahr. Sag, dass es nicht stimmt!«

Julia sah sie nur an. Chili begriff.

»Ihr liebt euch doch nicht etwa? Ist es was Ernstes?«

»Ja, wir lieben uns. Und ja, es ist ernst. Was er dir angetan hat, tut ihm unendlich leid. Das kannst du glauben. Er wird es dir nachher selbst sagen.«

Bitter stieß Chili hervor: »Hier wird mir wohl nichts erspart. Ich zieh mich zurück. Feiert schön. Ohne mich.«

Als sie ging, knallte sie die Tür mit Nachdruck und so viel Effet zu, dass sie sofort wieder aufsprang. Julia lief ihr hinterher und hielt sie am Ärmel fest.

»Nun sei doch nicht schon wieder so gemein bockig! Es ist schließlich kein Verbrechen, sich zu verlieben, und die Menschen, die ich liebe, zusammen um den Geburtstagstisch zu versammeln.«

In ihrer Rage hatte Chili ganz vergessen, mit wem sie es zu tun hatte, und dass dieser Mensch, diese liebe Julia, heute Geburtstag hatte. Nicht nur das: Julia hatte sie gerade erst getröstet, hatte Verständnis für ihre Trauer über die Verluste gezeigt. Und sie? Sie sprach ihr das Recht auf Liebe ab, nur weil sie auf den Liebhaber sauer war. Scham färbte ihr Gesicht rosig ein.

»Liebste Julia, es tut mir leid. Ich bin immer noch furchtbar verletzt durch Stefans Verrat. Aber, okay, ich will dir dein Fest nicht verderben. Ich reiße mich zusammen und feiere heute Abend mit dir und Stefan und Jan …«.

***

Chili war die Kapitänin. Sie regierte über einen schneeweißen Kutter. Julia und Lea hatten bei ihr angeheuert. Sie holten die prall gefüllten Netze hoch und öffneten sie, um den Reichtum darin zu ernten. Zigtausende Krabben. Alle in der richtigen Größe und kein Beifang. Die Möwen drehten enttäuscht ab. Chili und ihre Crew jubelten und tanzten auf dem Deck.

Zuerst leise, dann immer lauter drangen störende Töne

an ihre Ohren. Sie schüttelte unwirsch den Kopf. Aua! Das tat weh. Sie kniff die Augen zu. Kein dummer Ton würde sie in ihrem Jubel über den Kuttererfolg stören. Das würde sie auf gar keinen Fall zulassen. Schließlich war das ihr Kutter, sie war die Kapitänin und konnte jeden blöden Ton über Bord werfen. Sie lächelte und drehte sich um, als eine Hand ihr über den Kopf fuhr. Unwillkürlich öffnete sie die Augen.

Lea stand vor dem Bett. »Mutti, es geht los, komm schnell runter. Wir essen gleich zusammen!«

Chili runzelte die Stirn. »Wir haben die Krabben noch nicht gekocht ...oh, Lea, okay, bin gleich fertig, geh' schon mal vor.«

Aus der schöne Traum. Sie war wach, und zwar jenseits jeglichen Erfolgs und Triumpfes. Im Gegenteil, die miese Wirklichkeit hatte sie eingeholt. Sie zog sich schnell an und schminkte sich oberflächlich. Die Naht über dem Auge ließ sie dabei unbeachtet. Ihr Haar kämmte sie vorsichtig um das Pflaster am Hinterkopf herum. Ihr Veilchen blieb ein Veilchen. Es war dunkelblau-schwarz und ließ sich nicht überdecken. Resigniert lief sie nach unten in die Küche.

Mist! Stefan war schon da. Er saß zwischen Jan und Julia. Genau gegenüber hatte man einen Platz für sie freigelassen. Zwischen den beiden Kindern. So war das also. Nun gut, sie hatte sich die beiden Blödmänner eingebrockt. Es war Zeit, die Suppe auszulöffeln. Lustlos griff sie zum veganen Salat mit Kichererbsen und geröstetem Tofu.

Stefan linste zu ihr rüber und sagte: »Hallo, Chili.«

Sie sah ihn ausdruckslos an und schob sich eine Gabel voll Salat in den Mund. Den gebratenen Tofu hatte sie zuvor aussortiert und an den Tellerrand geschoben.

»Mama, kann ich deinen Tofu haben? Bitte, er ist so lecker gewürzt.«

Das war Lea. Chili nickte und schob ihr den Teller entgegen. Lea beförderte mit ihrer Gabel die Tofuwürfel von Chilis Teller auf ihren eigenen.

Julia räusperte sich. »Wisst ihr schon, was Chili mir zum Geburtstag schenkt?« Sie sah zuerst Jan und dann Stefan an. Beide schüttelten den Kopf.

»Eine neue Taucherausrüstung. Wir werden sie gemeinsam in Bremen aussuchen. Was sagt ihr dazu? Ist das nicht toll?«

Jan guckte verdutzt. »Meine Güte! Was kostet die denn, Julia?«

»Irgendwas um die zweitausend Euro, nehme ich an, hatte ich schon beim Kaffee gesagt.«

»Das habe ich wohl überhört. Woher willst du denn das Geld dafür nehmen, Chili? Hättest du das nicht mit mir abstimmen müssen?« Jan sah Chili mit hochgezogenen Augenbrauen an.

»Nein, hätte ich nicht tun müssen. Ich werde es von meinem Sparkonto nehmen. Sobald mein erstes Gehalt kommt, fülle ich es wieder auf.«

»Wieviel verdienst du denn überhaupt bei der Zeitung?«, fragte Jan perplex.

Chili warf stolz ihren Kopf zurück. »Für zwanzig Wochenstunden 1.650 Euro netto. Alle Steuern und Abgaben sind bereits runter, auch der Anteil zur Krankenkasse. Und ich habe keine Kosten für Räume und Arbeitsmaterial. Ich fühle mich wie in einem Traum. Leichte, spannende Arbeit und ein gutes Gehalt.«

»Das ist nicht schlecht«, musste Jan zugeben. »Warum

tun die das? Bist du denn so gut? Du hast doch gar keine Ausbildung als Journalistin.«

»Sie finden meine Reportagen gut. Deshalb haben sie mir eine weitere Seite übergeben. Sie heißt *Leben,* und die entwickle ich zurzeit. Zuerst nur für die Sonntagsausgabe. Später, wenn ich mehr Stunden möchte, auch für die Mittwochsausgabe. Die Polizeinachrichten und -reportagen geben ja nicht so viel her.« Triumphierend blitzte Chili Jan an.

Die Tischrunde starrte sie perplex an. Julia fing sich als erste.

»Mensch, Chili, das ist ja großartig! Warum, zum Teufel, hast du uns das nicht schon früher erzählt! Egal, ich freue mich riesig für dich!«

Sie hob ihr Weinglas Chili entgegen: »Ich gratuliere dir, Chili, von ganzem Herzen. Ich finde, das hast du richtig gut hingekriegt. Und mein lieber Bruder«, sie schwenkte ihr Glas zu Jan hin, »es ist an der Zeit, dass du dich in aller Form bei Chili entschuldigst. Wir haben heute zwei Ereignisse zu feiern, meinen Geburtstag und Chilis Erfolg. Stoßt darauf bitte mit mir und Chili an.«

Lea sprang auf und rief mit leuchtenden Augen: »Mensch, Mama, ich bin so stolz auf dich!« Enthusiastisch umarmte sie Chili.

Jan rutschte schon eine ganze Weile unruhig auf seinem Stuhl herum. Stefan blickte betreten vor sich hin.

»Na los! Was ist? Nehmt endlich eure Gläser in die Hand!« Julia war auch aufgestanden und hielt den anderen ihr Weinglas zum Anstoßen entgegen.

Mia stellte sich auf ihren Stuhl und nahm ihr Saftglas auf, um mitzumachen. »Mama, stolz!«, rief sie und streckte ihr Ärmchen, soweit es ging, über den Tisch. Es klirrte, als einer nach dem anderen reihum anstieß.

»Herzlichen Glückwunsch, ihr zwei starken Frauen!«, rief Jan, nachdem er die Scham über sein dominantes Verhalten gegenüber Chili abgeschüttelt hatte.

»Liebste Chili, ich bitte dich, mir zu vergeben. Ich hatte mich leider komplett verrannt und fühle mich jetzt wie ein Trottel. Bitte, erlaube mir, dich zu umarmen.«

Er lief um den Tisch zu Chili, die sich bereitwillig umarmen ließ. Als er sie wieder aus seinen Armen entließ, antwortet sie ihm.

»Weißt du, Jan, es fällt mir nicht leicht, aber da ich dich komischerweise immer noch liebe, umarme ich dich nun auch.«

Mia schrie: »liebe, liebe, liebe – ich liebe Mama auch.« Und nach einer kurzen Pause: »Papa auch.« Dann seufzte sie vernehmlich, setzte sich zurück auf ihren Stuhl und aß weiter.

Leas Augen leuchteten, Julia begann zu klatschen, und nach und nach fielen die anderen ein. Die Spannung löste sich in ausgelassenem Gelächter auf.

Nur Stefan lachte nicht. Nachdem alle saßen, sagte er leise: »Liebe Chili, bitte verzeih mir auch. Das war dumm von mir. Ich hoffe, wir bleiben Freunde.«

Chili verzog das Gesicht. »Weil Julia dich liebt, sehe ich dir deinen Versuch, mich zu manipulieren, nach. Freunde? Ich glaube, nicht. Eher bin ich zu einem Waffenstillstand bereit – Julia zuliebe. Und jetzt habe ich Hunger. Julia, gibt es nur Salat oder auch noch was Anständiges?«

***

Jan hatte Mia ins Bett gebracht. Lea wollte noch kurz mit ihrer Freundin telefonieren. Julia hatte sich mit Stefan in ihr Apartment zurückgezogen. Chili hatte die Küche aufgeräumt und lag nun eingekuschelt in ihrem Bett, genauer gesagt: auf ihrer Bettcouch in ihrem Zimmer.

Erste halbwache Traumbilder zogen an ihren inneren Augen vorbei, da klopfte es leise. Benommen rief sie: »Wer ist denn da?«

»Ich bin es, Jan. Darf ich reinkommen?«

»Ich schlafe schon fast.«

»Nur kurz, bitte.«

»Okay.«

Jan schloss die Tür und fragte: »Ist es okay, wenn ich Licht mache?«

»Nein, auf keinen Fall. Was willst du denn?«

»Ich möchte, dass wir wieder zusammen die Nacht verbringen, in einem Bett.«

Chili seufzte. »Die Couch ist doch viel zu schmal dafür. Wer vorne liegt, fällt runter, und wer an der Wand liegt, kommt nicht raus. Nein, das ist Blödsinn, Jan.«

»Ich wollte dich eigentlich überreden, mit mir ins Schlafzimmer zu kommen. Komm doch bitte mit, du kannst da ja gleich weiterschlafen. Ich nehme schon mal die Decke und das Kopfkissen.«

Er zog ihr die Decke weg. »Komm einfach hinterher, ich mach das schon.«

Chili setzte sich auf, und Jan griff schnell nach dem Kopfkissen.

»Sag mal, bist du bescheuert? Du weckst mich auf, nur weil du willst, dass ich woanders schlafe? Was soll das?«

Jan stand mit der Decke und dem Kopfkissen im Raum und macht das Licht an.

»Jetzt bist ja doch wach. Also kannst du auch mitkommen, finde ich. Und zu deiner Frage, was das soll: Ich liebe dich und will dich spüren können. Ich will endlich wieder dein verknautschtes Gesicht am Morgen betrachten, wenn du am Kaffee schnupperst, den ich dir bringe. Und wenn du dann die Augen öffnest und mich hoffentlich anlächelst, bin ich ein glücklicher Mann.«

Jan dreht sich um und verließ das Zimmer mitsamt Chilis Bettzeug. Chili starrte ihm hinterher. Als sie zu frösteln begann, raffte sie sich auf und taperte ihm barfuß nach.

22

Zehn Uhr am Dienstagmorgen. Sie saß allein am Früh-
stückstisch und trank bereits ihre dritte Tasse Kaffee. Richtig wach wurde sie dadurch immer noch nicht. Julias Fest
und der Rest der Nacht im nicht mehr gewohnten Ehebett
hatten Schatten unter ihre Augen gemalt.

Gerade wollte sie sich erheben, um zur Redaktion zu
fahren, da meldete sich ihr Handy.

»Moin, Frau Keller, Lang hier. Wir bräuchten Sie für
eine Gegenüberstellung mit dem mutmaßlichen Täter,
der Sie überfallen hat. Ist es möglich, dass Sie gleich mal
vorbeikommen?«

Chili wurde es mulmig. »Was heißt denn *Gegenüberstellung*? Ich will den Mann nie wiedersehen! Ich will ihm
um nichts in der Welt noch einmal begegnen.«

»Frau Keller, Sie werden ihm nicht begegnen. Wir
schauen mit Ihnen gemeinsam durch eine Einwegscheibe
in den Nebenraum, wo eine Reihe verschiedener Männer
steht. Einer davon ist der Verdächtige. Sie brauchen keine
Angst zu haben. Er ist unter Kontrolle und kann Sie nicht
sehen.«

»Ach so, hm, okay, ich rufe nur schnell in der Redaktion
an, dass ich später komme. In einer halben Stunde bin ich
bei Ihnen.«

»Danke, wir bereiten bis dahin alles vor.«

Schnell räumte Chili ihr Geschirr in die Spülmaschine,

zog Mantel und Schuhe an und lief durch den Garten ins Atelier.

»Moin Jan, ich muss weg, Gegenüberstellung bei der Kripo. Herr Lang hat gerade angerufen. Ich soll den Angreifer identifizieren. Drück mir die Daumen, dass er es ist.«

Jan machte sich sofort wieder Sorgen: »Liebste, das geht doch nicht, dass du ihm noch einmal gegenübertrittst. Nein, ich bin dage…«

»Ich trete ihm nicht gegenüber«, fiel Chili ihm ins Wort. »Die Gegenüberstellung funktioniert mit einer Einwegscheibe, durch die ich mit den Polizisten in aller Ruhe eine Reihe Männer ansehen kann. Drück' mir einfach die Daumen, dass er dabei ist. Dann bleibt er nämlich hinter Schloss und Riegel.«

»Aha«, Jan strich sich übers Kinn, »dann ist es ja gut. Wollen wir hoffen, dass die Sache damit ein Ende findet. Noch etwas anderes, du bist heute dran zu kochen. Soll ich das übernehmen?«

»Danke, du bist ein Schatz!«

Chili machte die Tür auf, rief: »tschüss« und fuhr zum Polizeirevier.

***

Herrn Lang (sie sprach ihn immer noch mit *Herr* an, wie im Coaching) traf sie im Gegenüberstellungsraum an. Den Weg dorthin hatte der nette Pförtner ihr erklärt. Sie trat in das karg möblierte Zimmer. Ein Tisch mit zwei Mikrofonen und einem kleinen Lautsprecher vor einer großen Scheibe, durch die sie in einen leeren Raum sah. Vor dem

Tisch standen zwei Stühle. Auf dem linken saß Frau Schlüter, die Kollegin von Martin Lang. Lang stellte ihr die Frau vor, die neben ihm stand.

»Das ist Frau Helmkes, eine Polizeipsychologin aus Bremen. Sie unterstützt uns hin und wieder. Frau Helmkes, dies ist die Geschädigte Frau Keller.«

Frau Helmkes begrüßte Chili mit dem Ellbogengruß und fragte, ob sie lieber sitzen oder stehen wollte.

»Gerne sitzen.« Sie setzte sich neben Frau Schlüter, die soeben zum Mikrofon griff und sagte: »Kommt jetzt bitte rein.«

Nacheinander betraten neun, mit einem Schild am Pullover oder Sweatshirt nummerierte Männer den Raum hinter der Scheibe und stellten sich in einer Reihe auf. Sie starrten ausdruckslos in Richtung Scheibe.

Chili wurde nervös: »Können die uns wirklich nicht sehen und hören?«

»Nein, definitiv nicht; das Mikrofon stellt nur die Verbindung zum verantwortlichen Kollegen auf der anderen Seite her. Ihn sehen Sie nicht. Schauen Sie sich einfach in aller Ruhe diese Männer an, einen nach dem anderen.«

Stille senkte sich über die kleine Gruppe im Raum. Chili beruhigte sich und sah sich alle neun Männer genau an. Auf Anhieb konnte sie sieben ausschließen.

»Die ersten Drei nicht, der Vierte vielleicht, Nummer Fünf, Sechs und Sieben nicht, der Achte sieht ähnlich aus, Nummer neun ist es definitiv nicht.«

»Sehr gut«, sagte die Psychologin, »sehen Sie sich jetzt den vierten und den achten Mann noch einmal genauer an. Was fehlt Ihnen für eine Identifizierung? Sollen sie sich anders hinstellen? Möchten Sie etwas sehen, was jetzt verdeckt ist? Sagen Sie uns, was Sie brauchen.«

Chili kringelte eine Haarsträhne um den Zeigefinger ihrer rechten Hand und überlegte. Sie versuchte, sich zu erinnern, was sie beim Angriff wirklich gesehen hatte. Beide Männer waren groß und trugen dunkle Bärte. Deshalb hatte sie geglaubt, dass sie es hätten sein können. Doch das war kein überzeugendes Merkmal. Viele Männer trugen einen solchen Bart. Was noch? Der blaue Schlagring!

»Was ist mit dem Schlagring? Haben Sie ihn gefunden?«

Lang antwortete: »Leider nein. Das will aber nichts heißen. Er kann ihn entsorgt haben. Das wäre logisch, denn der hätte ihn verraten, wegen der auffälligen Farbe.«

Okay, was noch? Chili seufzte. Ah, das Tattoo. Wo hatte er das, links oder rechts, am Unterarm oder auf dem Handrücken? Sie dachte nach, holte sich die vagen Bilder ins Gedächtnis zurück. Ja, auf dem Handrücken seiner linken Hand hatte sie ein Bild gesehen, keine Schrift. Aber was für ein Bild? Sie erinnerte nicht mehr, ob des Bild bunt oder einfarbig gewesen war. Und da war noch etwas. Seine Augen. Im rechten Auge hatte sie einen gelben Fleck in der braunen Iris gesehen. Komisch, was einem in solchen Momenten auffällt.

»Ja, da ist noch was, das ich sehen will. Zuerst die linke Hand, den Handrücken.«

Frau Schlüter gab über das Mikrofon durch: »Nummer Vier und Acht sollen bitte ihre linke Hand zeigen.«

Kurz darauf hielten die beiden Männer ihren linken Handrücken gen Einwegscheibe. Beide trugen Tattoos. Nummer vier hatte ein rot-gelbes Herz mit Pfeil darauf. Nummer acht einen schwarzen Baum, um dessen Stamm sich eine neongrüne Schlange mit weit aufgerissenem Maul wand. Die beiden Tattoos sagten Chili nichts. Aus irgendeinem Grund wollten sie nicht passen. Schon komisch, an das wirkliche Tattoo erinnerte sie sich nicht. Doch wusste sie definitiv, dass diese es nicht sein konnten. Sie schüttelte den Kopf.

»Ich weiß nicht warum, aber die passen nicht. Wir können noch eine weitere Sache prüfen. In seinem Auge habe ich einen gelben Punkt wahrgenommen. Könnten die beiden Herren ihre Augen deutlicher zeigen?«

Frau Schlüter sagte ins Mikrofon: »Die beiden Männer Vier und Acht sollen bitte an den Spiegel treten und die Augen ganz öffnen.«

Die zwei traten vor. Nummer vier hatte keine Flecken in der Iris. Nummer Acht hatte den gelben Fleck an der falschen Stelle, im linken Auge zwar, aber oberhalb der Pupille.

Chili zuckte resigniert mit den Schultern. »Tut mir leid, sie sind es nicht gewesen.«

»Machen Sie sich nichts daraus, Frau Keller, das erleben wir dauernd. Die Nummer Vier war ohnehin ein Polizist. Wir werden dranbleiben und den Richtigen finden.«

Martin Lang machte zum Abschied den Ellbogen-Gruß und verschwand. Frau Schlüter verabschiedete sich ebenfalls.

Die Psychologin Frau Helmkes sagte: »Ich begleite Sie noch nach unten. Ich muss auch los und meinen Sohn aus der Kita abholen.«

Chili war froh, jetzt nicht alleingelassen zu werden.

»Was geschieht denn jetzt mit der Nummer Acht. Wird er entlassen? Liegt überhaupt etwas gegen ihn vor?«

Merle Helmkes erwiderte: »Er ist ein alter Kunde, der es durchaus hätte sein können. Ob etwas gegen ihn vorliegt, weiß ich nicht genau, das hätte ich vermutlich gehört. Daher nehme ich an, dass er entlassen wird. Bis zum nächsten Mal. Er klaut Handtaschen, so Kleinzeug und wird schon mal handgreiflich. Eigentlich passt der Angriff auf Sie nicht wirklich zu ihm. Er hat ja nichts gestohlen«

»Dann brauche ich vor ihm ja keine Angst zu haben.« Chili fühlte sich erleichtert.

»Da sind wir schon, das ist mein Auto. Ich muss schnell in die Redaktion. Hat mich gefreut, dass ich Sie kennen lernen konnte. Tschüss denn!«

***

Auf dem Parkplatz der Redaktion stieg sie aus und lief ins Gebäude. Chili sah auf die große Uhr an der Wand gegenüber dem Eingang. Ooops, schon viertel vor Eins. Sie merkte, wie hungrig sie war und beschloss, zuerst in die Kantine hochzufahren. Dort würde sie die Nachrichten auf dem Handy genauso gut wie im Büro checken können. Sie bestellte Pannfisch und setzte sich an den einzigen freien Tisch am Fenster.

Zwei E-Mails der Polizei waren da. Sie teilten mit, dass die Untersuchung des Kutters im Lüttlumer Hafen noch nicht abgeschlossen wäre. Dass man aber aufgrund der Übereinstimmung des Regenbogenwimpels am Mast des Kutters mit dem Wimpel auf dem Foto der Urlauber die beiden Fischerinnen vernehmen würde. Es gelte die Unschuldsvermutung, zumal es bisher keine weiteren Indizien gab.

Na toll, wie konnte man denn sowas veröffentlichen, wenn noch alles unklar ist? Das beschädigte die beiden

248

Frauen doch. Chili wurde sauer. Das war praktisch eine Vorverurteilung. Unversehens in Rage rief sie laut: »Verdammter Mist!«

»Hey, Chili, was ist los?«, fragte jemand hinter ihr.

Sie drehte sich um. Albert grinste wie immer. Sie hatte ihn nicht bemerkt, als sie sich gesetzt hatte. Oder hatte er sich mal wieder lautlos angeschlichen?

»Sie haben die beiden Fischerinnen wegen des Wimpels vorgeladen. Doch nicht nur das, sie haben es auch noch veröffentlicht. Jetzt weiß jeder, dass sie des Mordes verdächtig sind. Praktisch eine Vorverurteilung. Wer kauft denen jetzt noch die Krabben ab? Das ist unglaublich!«

Der Teller mit Pannfisch kam. Albert stand auf und setzte sich an ihren Tisch. Auf seinem Teller lagen auch Bratkartoffeln, gebratenes Fischfilet und die Senfsoße: Pannfisch.

»Naja, nichts wird so heiß gegessen wie gekocht.«

»Hör mit den blöden Sprüchen auf! Das ist eine ernste Sache. Ein Skandal.«

»Dann schreibe doch darüber. Du bist Journalistin, du hast die Macht der Feder – sorry, auch ein Spruch, der stimmt allerdings. Du kannst schreiben, dass die Untersuchung des Mordes unfair, unprofessionell, schädlich oder sonst was ist. Schreib, was du dazu meinst. Falls du Fotos brauchst, wende dich vertrauensvoll an mich.«

Der Mann grinste noch immer. Chili starrte Albert an. Hatte er recht? Konnte sie einfach ihre Meinung schreiben? Musste sie nicht neutral berichten? Sie sprach ihre Fragen aus.

»Mensch, Chili, du musst nur kenntlich machen, dass es sich um einen Meinungsartikel handelt. Schreib

Kommentar drüber, mach einen Kasten oder frag, ob du Kolumnen schreiben darfst. Dann käme es vielleicht sogar auf die erste Seite. Besprich das mit Irene. Ihr könntet das regelmäßig einbauen.«

Chili sah ihn nachdenklich an. »Das ist eine supergute Idee. Warum arbeitest du eigentlich nicht als Journalist, wo du doch immer so erstklassige Ratschläge für mich hast?«

»Tu ich doch. Ich bin Foto-Journalist. Fotografie liegt mir. Schreiben kann ich nicht und mag ich nicht.«

Albert wandte sich seinem Fisch zu und schob sich eine Gabel voll in den Mund.

Sie sagte: »Ich glaube, ich gehe gleich mal zu Irene runter«, und stand auf.

Albert deutete mit der Gabel in den hinteren Teil des Raums: »Sie sitzt da drüben.«

Chili sah, dass Irene allein am Tisch saß, nahm ihren Teller und Besteck und rief im Weggehen: »Danke für deine Unterstützung und Tipps!«

23

Die Besprechung mit Irene war erfolgreich verlaufen. Sie hatten sich darauf geeinigt, dass die Seite Polizeinachrichten in unregelmäßigen Abständen einen Meinungsartikel bringen sollte. Ein Kasten mit dem Wort *Meinung* oben im Rahmen würde dem Leser anzeigen, worum es sich handelte.

Jetzt saß sie an ihrem Schreibtisch im Redaktionsbüro und überlegte, wie sie den ersten Meinungsartikel beginnen sollte. Innerlich kaute sie an einem Konflikt, mal wieder. Gerade hatte sie mit Frau Schmitt, Mordkommission, telefoniert. Man könnte sagen, sie hätten gestritten. Jedenfalls hatte Frau Schmitt nicht einsehen wollen, dass die Veröffentlichung des Geschlechts der Fischerinnen einer Vorverurteilung gleichkam. War sie so borniert? Oder konnte sie keinen Fehler eingestehen? Handelte es sich etwa um eine normale Polizeiroutine? Dann gute Nacht, Marie.

Chili war sauer. Warum eigentlich? Was hatte die Meinung der Ersten KHK mit dem Meinungsartikel von Chili Keller zu tun? Gar nichts! Die Presse war frei. So war das in der Demokratie. Sie musste auf solche Vorgänge sogar aufmerksam machen, von wegen vierte Gewalt und so. Chili seufzte. Ihr Harmoniebedürfnis bildete offenbar eine schlechte Voraussetzung für den Job als Kriminalreporterin. Schlimmer, es führte zu nutzlosem Streit.

Bestimmt hatte sie einen miesen Eindruck hinterlassen. Sie wollte keinen Streit mit der Kripo. Schließlich und endlich brauchte sie Informationen, um überhaupt etwas schreiben zu können.

Sie griff zum Telefon und rief noch einmal Frau Schmitt an. Sie drückte ihr Bedauern über die Missstimmung aus und erklärte, dass sie interessiert wäre, die Beweggründe für die Veröffentlichung des Geschlechts der Fischerinnen zu erfahren.

»Frau Keller, mir gefiel unser Disput auch nicht. Gut, dass Sie sich noch einmal melden. Unser Einvernehmen war bisher doch ganz in Ordnung. Zu Ihrer Frage: Mit unseren Veröffentlichungen erhoffen wir uns grundsätzlich konkrete Hinweise aus der Bevölkerung. In diesem Fall könnte es sein, dass jemand den Übergriff von Dr. Löwe auf dem Krabbenkutter beobachtet hat. Oder dass es noch weitere Kutter mit einem Regenbogenwimpel gibt. Oder jemand hat gesehen, dass am besagten Datum die Frauen statt auf Fangfahrt in der Stadt einkauften. Alles ist möglich. Niemals veröffentlichen wir diffamierende Details. Manchmal wird das so aufgefasst, das lässt sich leider nicht ändern. Da wir in der Pressemitteilung von den Kutterfrauen nicht als *Beschuldigte* geschrieben haben, hoffe ich doch, dass der Text nicht missverstanden wird. Ich würde mich freuen, wenn Sie mir Ihren Meinungsartikel zukommen ließen. Nochmals danke für den Rückruf und tschüss!«

Gut, dass sie mit Frau Schmitt gesprochen hatte. Jetzt fühlte Chili sich besser. Sie brauchte auf den Verdacht, den die Polizisten hegten, nicht einzugehen. Also würde sie über ihre harte Arbeit im traditionellen Männerberuf schreiben.

Sie begann damit, kurz die Arbeit einer Kapitänin und ihrer Mitarbeiterin zu beschreiben, die den Frauen das gleiche abverlangte wie den männlichen Kutterfischern. Dann erzählte sie noch einmal von Käpt'n Hein und seiner Meinung über Frauen. Wie organisiert sie wären und stark genug für jede Arbeit. Er fand, dass Frauen ohne weiteres Krabbenfischer sein konnten und hatte auf Lui, seine Mitarbeiterin hingewiesen.

Löwes Versuch, Frankie zu vergewaltigen hatte sie in der Wiedergabe des Interviews kurz gehalten. Deshalb schrieb sie jetzt ausführlich darüber. Aber wie konnten sie ihn eigentlich abwehren? Das hatten sie ihr nicht erzählt. Kurzerhand setzte sie sich ins Auto und fuhr nach Lüttlum. Ihrer Berechnung der Tide nach dürften sie erst später rausfahren. Richtig, sie traf sie zu Hause an. Und zwar nicht in bester Laune.

Frankie giftete sie an: »Hast du etwa die Kripo auf unsere Spur gesetzt?!«

Chili sagte: »Nein. Sie haben ein Foto von Urlaubern bekommen, auf dem ein roter Kutter mit Regenbogenwimpel zusammen mit dem Forschungsboot zu sehen ist.«

»Oh, Shit! Daher weht der Wind also. Die haben den ganzen Kutter auf den Kopf gestellt. Heute müssen wir erstmal die Netze ordnen und alles wieder an Ort und Stelle räumen. Wo die überall gesucht haben, man glaubt es nicht! Was sie gesucht haben, wussten sie wohl selbst nicht. Jedenfalls hat der eine auch noch im Rettungsboot rumgewühlt.«

Ein Rettungsboot hatte Chili auf dem Kutter von Hein nicht gesehen. Und auch sonst waren ihr Rettungsboote auf Kuttern noch nicht untergekommen.

Frankie erklärte ihr, dass sie als weibliche Krabbenfischerinnen anfangs angefeindet wurden.

»Kutterkapitäne sind nun mal typische Machos. Wir waren unsicher, ob sie soweit gehen würden, dass wir auf See gefährdet wären. Sabotage meine ich. Aus Angst haben wir uns für alle Fälle das kleine Boot angeschafft. Inzwischen haben die Fischer sich beruhigt. Wohl deshalb hatten wir es fast vergessen. Und dann findet der Bulle eine Uhr da drin. Eine Armbanduhr, teuer, superteuer. Keine Ahnung, wie die da rein kam. Jetzt prüfen sie, ob sie die Uhr von diesem Löwe war. Die wollen uns echt an den Kragen, ich glaub's nicht! Sind die bekloppt oder was!?«

Frankie beruhigte sich.

»Willst du einen Kaffee? Ist gerade frisch gemacht.«

Chili nickte und setzte sich.

»Hol dir ›ne Tasse, da rechts aus'm Oberschrank. Warum bist du eigentlich gekommen?«

Nachdem sich Chili Kaffee eingeschenkt hatte, erzählte sie den beiden von der Pressemitteilung und ihrem Vorhaben, einen Meinungsartikel zu schreiben.

»Ich hab' mich richtig aufgeregt, weil der Hinweis auf Kutterfrauen natürlich nur euch meinen kann. Das weiß dann jeder. Deshalb will ich was dagegensetzen. Und zwar will ich ausführlicher schreiben, wie der Löwe dir an die Wäsche wollte. Darüber weiß ich nur dieses Faktum. Was mich interessiert, ist, wie er das angestellt hat. Und vor allem, wie habt ihr ihn abwehren können? Das muss doch ein Mordskampf gewesen sein.«

Frankie und Annemie sahen sich an. Dann nickte Annemie: »Erzähle es ihr, sie ist in Ordnung.«

Sie wandte sich an Chili: »Du musst wissen, Frankie ist Trägerin des fünften Dan.«

»Donnerwetter!«, entfuhr es Chili. »Kung Fu?«

»Ja und nein, eine Erweiterung von Kung Fu: Hung-Gar Kung Fu, ein Kampfsport mit und ohne Waffen. Mit anderen Worten, sie ist kaum zu schlagen. Schon gar nicht von jemand wie Löwe, der nur dilettantisch boxen konnte, pah.«

»Junge, Junge«, sagte Chili, wie ist er dich denn angegangen, Frankie? Und wie hast du ihn abgewehrt?«

»Er versuchte nicht etwa eine amouröse Annäherung, sondern bot sofort den Kampf an, indem er urplötzlich so nah kam, dass er mir an die Möse greifen konnte. Gleichzeitig versuchte er, mich auf den Rücken zu werfen. Ich befreite mich und sprang zwei Schritte zurück. Sofort setzte er nach und grapschte nach meinem Busen. Dabei schrie er, er würde mir schon den gebotenen Respekt reinficken. Und übles Zeug über Frauen in Männerberufen, naja, das kennen wir ja.«

Sie zündete sich eine Zigarette an.

»Ich hatte die Nase voll und nahm die Kampfstellung ein. Du musst wissen, dass diese Art zu kämpfen, ein Wechsel zwischen weichen, tänzerischen Bewegungen und einem unvermittelt knallharten Angriff ist. Von meinem Tanz ließ er sich blenden und lachte höhnisch. Bei meinem ersten Angriff ging er verdutzt zu Boden. Annemie und ich versuchten, ihn zur Reling zu hieven. Er wehrte sich mit einfachen Boxattacken. Ich musste ihn noch einmal niederbringen. Dann erst stand er auf und verließ den Kutter. Dabei stieß er wüste Beschimpfungen aus. Schließlich schrie er außer sich vor Wut, er würde wiederkommen; dann aber bewaffnet.«

Es wurde still im Raum. Das war starker Tobak. Annemie hatte ein verräterisch feuchtes Glitzern in den Augen.

Chili fröstelte und fragte schließlich: »Und ist er zurückgekommen?«

Die beiden Frauen sahen sich kurz an und sagten gleichzeitig: »Nein!«

»Habt ihr denn keine Angst gehabt, dass er wiederkommen könnte. Dass er euch mit einer Waffe drohte. Mir hätte das höllische Angst gemacht.«

Fragend sah Chili Frankie in die Augen.

»Naja«, meinte Annemie, »zumindest durften wir nicht blauäugig hoffen, dass er seine Drohung vergessen würde. Deshalb haben wir den Stock für alle Fälle an Bord genommen.«

»Welchen Stock denn?«

»Mit diesem bestimmten Stock kann ich auch jemand abwehren, der mich mit einem Messer angreift,« erläuterte Frankie.

»So, und jetzt müssen wir zum Kutter und aufräumen. Schick mir bitte den Artikel, bevor du ihn veröffentlichst, sei so gut. Ich vertraue dir zwar. Deinen Artikel über unser Interview fanden wir richtig gut. Aber gerade geht uns die Muffe. Tschüss, Chili, danke, dass du dich für uns einsetzt.«

Chili hatte geglaubt, dass sie die Abgründe menschlicher Taten kennen würde. Jetzt erfuhr sie, dass dies ein Irrglaube gewesen war. In ihrer bisherigen Vorstellung hatten solche Taten, wie sie dieser Wissenschaftler verübt hatte, nur vollkommen ungebildete Menschen begingen. Sie hatte einem Vorurteil aufgesessen. Der neue Job war nicht so einfach, wie sie gedacht hatte.

24

Abendessenszeit. Der Meinungsartikel über die Kutterfrauen war abgeschickt. Chili sehnte sich nach Geborgen-
heit. Es duftete verführerisch im ganzen Haus. Beinahe
eine heile Welt, ihre Familie.

In der Küche angekommen, musste sie feststellen, dass
der wundervolle Geruch einer prall gefüllten Schüssel
entsprang. Wie konnte dieser vegane Mischmasch nur so
gut riechen? Chili kostete eine Gabelspitze voll davon und
verzog das Gesicht.

»Du meine Güte, Julia, das schmeckt ja furchtbar. Muss
das sein?«

Sie stand auf, ging zum Kühlschrank und holte Butter,
Schinken und Oliven heraus. Wieder am Tisch, schnitt
sie sich ein großes Stück vom Vollkornbaguette ab und
belegte es dick mit Butter und Schinken. Sie grunzte vor
Behagen und übersah geflissentlich Leas strafende Blicke.

Julia lächelte sie an und fragte: »Warum beharrst du
eigentlich so entschieden auf mediterraner Küche, mit
all dem Weißmehl, den Fischen und dem Fleisch? Das ist
doch furchtbar ungesund.«

Chili sagte kurzangebunden: »Schmeckt mir besser.«

Julia gab sich nicht zufrieden: »Ja, aber wieso? Du bist
in Leherheide aufgewachsen. Deine Mutter steht auf Fast-
food, wenn ich es richtig sehe. Wo hast du das her? Ich
meine, in dieser Vehemenz, mit der du darauf bestehst.

Die meisten Menschen probieren mal dies und das und kehren dann allenfalls zur Küche der Eltern zurück. Oder sie schließen sich einem Trend an, so wie im Moment dem Veganismus.«

Woher sie ihre Vorliebe für alles, was mediterran oder richtiger: französisch war, hatte, wusste sie nicht. Darüber hatte sie noch nie nachgedacht. Chili runzelte die Stirn. Konnte es sein, dass der Schüleraustausch nach Cherbourg sie so nachhaltig beeinflusste? Tatsache war, dass sie wider Erwarten die drei Wochen bei einer wundervollen Familie verbracht hatte. Eigentlich wollte sie nicht in die Stadt, sondern ans Meer, wie die meisten Klassenkameraden. Aber eine Familie in ähnlicher sozialer Stellung wie Chilis Mutter ließ sich nur in Cherbourg direkt finden.

Chili hatte sich letzten Endes für die Reise entschieden und wurde in eine Kultur katapultiert, die ihr wie das Paradies vorkam. Schon am ersten Tag scheiterten ihre begrenzten Vorstellungen von einer Arbeiterfamilie in Frankreich. Es begann gleich mit dem Essen. Sie saßen rustikal am Resopaltisch in der Küche und aßen sich durch etliche Gänge: Melone mit Schinken, Langusten, Kalbsleber, Käseplatte, Tarte Tatin – und dazu Cidre. Francine, die französische Austauschschülerin hatte einen älteren Bruder. Er war taubstumm und lernte auf einer speziellen Schule sprechen und »mit den Augen hören«. Er sprach ulkig, so wie Deutsche französisch lesen würden, wenn sie die Aussprache noch nicht kannten.

Vor allem aber faszinierte sie der liebevolle Umgang mit ihm und miteinander. Auch zu ihr verhielten sie sich so warmherzig, dass ihr manchmal die Tränen kamen.

Arm war diese Familie gewiss nicht. Sie hatten sogar

eine Haushälterin: Chloé. Sie wohnte in dem geräumigen Haus in einem eigenen Zimmer und putzte, kaufte ein und kochte zweimal am Tag.

Die Mutter von Francine arbeitete in der Mairie, dem Rathaus. Der Vater war Bauarbeiter. Mittags kamen die beiden zum Essen nach Hause. Immer hatte Chloé mehrere leckere Gänge vorbereitet. Am Wochenende fuhr die Familie in ihr Wochenendhaus am Meer. Auf diese Weise war Chilis Wunsch, am Meer zu sein, doch noch erfüllt worden.

»Hej, woran denkst du? Du bist ja ganz weit weg!« Julia legte ihren Arm um Chilis Schultern.

Chili zuckte zusammen. Sie hatte gar nicht gemerkt, wie sehr sie in der Erinnerung versunken war.

»Oh, ich habe mich an etwas erinnert.« Und sie erzählte vom Schüleraustausch in Frankreich.

Lea bekam große Augen: »Warum wollte die Schule denn, dass du in einen Arbeiterhaushalt kommst, Mama?«

»Die hatten damals noch so Vorstellungen. Deine Großmutter war zu der Zeit eine einfache, unverheiratete Friseurin. Ihren Meister machte sie gerade erst; und der eigene Salon kam viel später.«

Lea zeigte sich plötzlich großzügig: »Von mir aus kannst du ab und zu einen Fisch oder sogar Fleisch essen. Aber nur vernünftig gefangenen Fisch, bei Greenpeace kannst du dich informieren. Und Fleisch nur Bio, das geht vielleicht ab und zu.«

Jan fragte: »Trinkst du nach dem Essen noch ein Gläschen Prosecco mit mir? Drüben am Kamin. Ich habe ihn schon angezündet.«

Chili nickte, und Julia brachte knusprige Schoko

macarons mit Erdbeerpüree und veganer Mascarpone-Creme an den Tisch.

***

Nichts war am Mittwoch passiert, außer dem Kleinkram, Interessant erschien Chili nur dies: Einer 83jährigen Frau war in der Mittagszeit die Handtasche entrissen worden. Zwei Passanten hatten noch versucht, den Täter festzuhalten. Aber der hatte sich befreit und war verschwunden.

Die Frau hatte gesagt: »Macht nichts, aber die Laufmasche, die dieser Unhold mir mit seinen ungeputzten Schuhen verpasst hat, die ärgert mich.«

Wieso machte es nichts, wenn die Handtasche weg war? Chili rief die Pressestelle der Polizei an. Leider war ihnen nicht bekannt, warum die Frau das gesagt hatte.

»Vielleicht eine Marotte. Alte Menschen sind ja oft ein bisschen drollig.«

Das wollte Chili genauer wissen. Denn sie glaubte, dass alte Menschen ihr Portemonnaie mit Geld und Kreditkarten ungern hergeben würden. Sie rief Albert, ihren Retter in journalistischer Not, an. Ja, er hatte die Adresse der Dame. Woher? Er war zufällig am Ort des Geschehens gewesen. Sie hatte ihm sogar erlaubt, sie zu fotografieren.

»Du brauchst sie nicht mehr zu interviewen. Ich habe schon alles raus. Sie hat in ihren Mänteln und Jacken lauter Innentaschen. Die hat sie selber hineingenäht. Denn, wie sie sagte, wäre sie nicht naiv. Sie wüsste, dass Diebe es gerade auf alte Frauen abgesehen hätten. Sie meinte, Diebe würden annehmen, dass alte Frauen zu dösig wären, um sich zu wehren. Und auf viele Frauen würde das ja auch zutreffen, nur nicht auf sie. Die Handtasche war eine billige Attrappe. Falls er reingeguckt hätte, wäre ihm ein altes, abgelegtes Portemonnaie in die Hände gefallen. Darin hätte er dann einen Euro und ein paar Cents gefunden. Sie hat gekichert, als sie sich sein Gesicht vorstellte, wenn er die Tasche untersuchen würde.«

Chili lachte. »Darf ich das schreiben? Brauche ich die Erlaubnis?«

»Kannst du alles schreiben. Gerne auch mit Bild. Sie meinte, das könnten andere Frauen doch nachmachen.«

25

Ein Handtaschendiebstahl, das war also alles, worüber Chili für die Donnerstagsausgabe hatte berichten können.

Während sie sich am Donnerstagmorgen langweilte, weil sie nicht wusste, wie sie ihren freien Tag rumbringen sollte, machte die Mordkommission Nägel mit Köpfen.

Zwei handfeste Indizien sowie zwei Motive reichten ihr aus, um Frankie und Annemie festzunehmen. Die Indizien waren der Wimpel am Mast und die Armbanduhr, die dem Opfer gehört hatte.

Die Motive lagen auf der Hand: Zum einen hatte Professor Dr. Löwe die Krabbenfischerei durch seine vorgefasste Meinung über das Ergebnis der Forschung in ihrer Existenz bedroht. Zum anderen hatte er Frankie mit der Absicht, sie zu vergewaltigen, angegriffen.

Am Mittwochabend war aber noch ein entscheidendes Ermittlungsergebnis dazugekommen. Der Laptop, den die Spurensicherung auf dem Forschungsboot gefunden hatte, besaß ein Dokument, das mit einer Sperre versehen war. Holger Dittrichsen hatte die IT-Abteilung gebeten, den Code zu knacken. Das war um zweiundzwanzig Minuten vor zehn Uhr gelungen.

Er fasste den Inhalt zusammen: »In diesem Dokument offenbart Löwe in drastischen Worten seinen ungeheuren Hass auf die beiden Frauen. Er schwört darin, sie niederzuzwingen. Sogar das Datum dafür hat er geplant: den 16. Oktober 2022. Jetzt müssen wir nur noch beweisen, dass er versucht hat, seinen Plan durchzuführen. Die Motive und die Indizien dürften zur Not ausreichen. Oder meint ihr nicht?«

Steffi, die Kriminaloberkommissarin hatte sich im Rotlichtmilieu umgehört, und bei der Gelegenheit war sie auf Black Lilli gestoßen.

»Ein Mann, der sich als Frau ausgibt. Sein Klientel sind Männer, die es hart mögen. Peitsche, Ketten, ihr wisst schon. Er verriet mir, dass Löwe von seiner Kontrollwut, ja, er sagte: Wut, nicht ablassen konnte. Nur wenn Black Lilli ihn fesselte, sodass er sich nicht mehr bewegen konnte, fand er Ruhe. Eigentlich ein armes Schwein.«

»Mach' mal halblang, Steffi, mit dem muss man kein Mitleid haben. Eher mit den Frauen, die jetzt in der Patsche sitzen.«

Sven konnte solche Typen, die Frauen brutal angingen, nicht ab.

Rita Schmitt griff nun ein: »Für die U-Haft sollte das reichen.«

Tanja wollte wissen: »Beide Frauen? Oder nur die Kapitänin?«

»Wir sollten zunächst davon ausgehen, dass beide in die Tat involviert waren. Selbst wenn eine der beiden die andere lediglich uns gegenüber deckt, wäre die Festnahme gerechtfertigt. Tanja und Sascha, ihr bringt die Frauen bitte hierher. Wir werden sie noch einmal vernehmen. Danach entscheiden wir, ob wir sie gleich dem Haftrichter vorführen, oder ob wir weitere Informationen brauchen.«

Rita Schmitt packte ihre Papiere zusammen und meinte: »Wir sehen uns in zwei Stunden wieder, hier bei mir.«

Tanja und Sascha sprangen auf und liefen zum Parkplatz. Sie warfen sich in den Wagen der Kripo, dem man das Polizeiauto nicht ansah. Es handelte sich um ein älteres Modell, das der Mordkommission zur Verfügung stand: ein dunkelgrauer Phaeton. Tanja setzte sich ans Steuer und fuhr los.

»Wie gehen wir vor?«

Sascha war diese Festnahme nicht ganz geheuer.

Tanja antwortete: »Wieso fragst du? Wir machen es wie immer.«

»Ja klar, aber was ist, wenn sie bewaffnet sind und sich wehren? Immerhin haben sie den Löwe geschafft.«

»Du bist doch sonst nicht ängstlich, Sascha. Was ist los?«

»Naja, Mörderinnen habe ich bis jetzt noch nicht festgenommen. Es sind ja immerhin Frauen.«

»Ja und? Jetzt spiel doch nicht Mimose. Wenn die beiden kämpfen wollen, dann machen wir kurzen Prozess. Wie üblich. Ob Mann oder Frau, das ist doch in diesem Fall wurscht.«

»Wie du meinst«, bemerkte Sascha verstimmt.

Bis der Wagen vor dem roten Klinkerhaus hielt, schwiegen sie.

26

Das Handy meldete einen Anruf. Chili lag entspannt auf ihrer Couch und war eingenickt. Gerade träumte sie, wie Dr. Löwe mit dem Schwert eine Horde Krabben abwehrte. Beethovens Neunte, das passte gar nicht. Sie musste unbedingt das Skript ändern. Doch dazu kam sie nicht mehr, denn schlagartig öffneten sich ihre Lider. Sie sah weder Krabben noch Löwe. Sie sah ihr Smarthone auf dem Couchtisch, es vibrierte und hörte nicht auf, Beethovens wunderbare Musik scheußlich zu verzerren. Verdrossen nahm sie den Anruf an.

»Moin, Chili, du musst raus. Großes Kino, ich bin schon bei der Kripo, viele Kollegen hier. Nimm deinen freien Tag morgen und komm her. Sie haben die Kutterfrauen festgenommen und sind gleich da. Ich mach schon mal Fotos, für alle Fälle.«

Es klickte, dann nichts mehr. Das war Albert gewesen. Chili schüttelte den Traum ab. Was war das? Die hatten tatsächlich die Fischerinnen festgenommen? Auf welcher Grundlage denn? Verdammt! Sie sah auf die Uhr an der Wand, elf Uhr gleich, sprang auf, lief ins Bad, bürstete kurz übers Haar, zog die Lippen nach und rannte nach unten. Als sie auf dem Polizeiparkplatz aus dem Auto stieg, kam ihr Albert entgegen.

»Sie sind noch nicht da. Die Polypen wollen nichts erklären, und die Kollegen spekulieren fleißig.«

Chili musste lachen. »Woher weiß man denn, dass die Frauen festgenommen werden?«

»Sowas sickert immer durch.«

»Wie eine undichte Wasserleitung? Undichte Polizisten? Oder wie kommst du immer an die Infos?«

»Diesmal war es ein Redakteur vom Fernsehen, mit dem ich neulich ein Bier getrunken habe.«

»Aha. Und sonst? Wer lässt sonst etwas durchsickern?«

»Och, mal dieser und jener. Komm jetzt, wir sollten uns positionieren. Wenn du Fragen stellen willst, musst du ganz nach vorne, sonst hast du keine Chance.«

»Warum nicht einfach die Kommissionsleiterin Schmitt anrufen?«

»Weil sie dir nichts sagen wird. Die wirklich wichtigen Infos kriegst du frühestens nach der ersten Vernehmung. Das kann dauern. Jetzt hörst du dir am besten erst einmal die offizielle Information der Pressestelle an.«

Chili war unzufrieden: »Die können doch nicht einfach die Fischerinnen festnehmen. Die haben nichts als den albernen Wimpel am Mast. Das ist doch kein Beweis für einen Mord, verdammt!«

»Reg dich ab, sie werden schon mehr haben. Schließlich wissen sie ganz genau, was die rechtlichen Vorgaben für eine Festnahme sind. Außerdem ist die Inhaftierung keine Verurteilung. Nur für achtundvierzig Stunden dürfen sie die beiden festhalten. Danach müssen sie sie dem Haftrichter vorführen. Reichen die Beweise nicht aus, wird er ihre Freilassung anordnen. Reichen sie, hm, dann sitzen sie in der Patsche.«

Albert sah Chili besorgt an: »Du machst doch jetzt keinen Blödsinn, oder? Lass dich nicht in die Geschichte reinziehen. Das ist nicht deine Baustelle.«

Chili schluckte. Sie war bereits hineingeraten. Ihr Herz schlug für die Frauen. Sie war überzeugt, dass sie Löwe nicht auf dem Gewissen hatten. Auf gar keinen Fall! Ihr Verstand hatte sich ihrem Gefühl für die beiden Frauen gefügt. Sie würde nicht zulassen, dass sie im Knast verschwanden.

»Ich werde noch einen Meinungsartikel schreiben, egal, was sie für Indizien oder sonstige Beweise haben.«

Sie blitzte Albert herausfordernd an.

»Wie oft willst du denn Meinungsartikel schreiben? Ich dachte eigentlich, höchstens einen pro Woche. Missbrauche dieses Format lieber nicht, um deine Interessen zu verfolgen. Auch deine Meinung sollte auf Fakten basieren.«

Albert war ernsthaft besorgt. Mit Chili gingen einfach die Pferde durch. Sie reagierte eindeutig zu gefühlsduselig. Wenn sie so weitermachte, wäre ihre Karriere bei der Zeitung schnell zu Ende. Und was für ihn schwerer wog, auch ihre an sich gute Zusammenarbeit. Mist! Er runzelte die Stirn und zog Chili am Arm zu sich herum. Denn sie war im Begriff zu gehen.

»Lauf nicht weg. Ich will nicht, dass du den Job verlierst. Du bist extrem gut gestartet. Wir arbeiten super zusammen. Das sollten wir auch weiterhin tun. Meinst du nicht auch?«

»Ja klar, wovon redest du. Natürlich machen wir gemeinsam weiter!«

»Gut, Chili, dann erzähle ich dir, wo die roten Linien verlaufen, die du auf keinen Fall überschreiten darfst. Die erste und wichtigste rote Linie ist die Vereinbarung. Du hast grünes Licht für einen Meinungsartikel pro Woche. In Ausnahmesituationen auch mehr.«

Chili, immer noch erregt, rief: »Na bitte, dies ist eine Ausnahmesituation!«

»Wahrscheinlich eher nicht. Zumindest betrifft das die zweite rote Linie: Du sollst die Entscheidungen von Behörden und anderen wichtigen Institutionen nicht in Misskredit bringen, es sei denn, sie sind rechtlich fragwürdig. Dass das dies hier der Fall ist, kannst du nicht behaupten. Wenn du also überzeugt bist, dass diese Geschichte trotzdem eine Ausnahmesituation darstellt, dann musst du das zwingend mit Irene besprechen. Gibt sie dir grünes Licht, bin ich mit Fotos dabei. Wenn sie das nicht tut, bin ich nicht mit von der Partie. Jetzt lass uns nach vorne gehen.«

Albert drehte sich um und ging los. Chili starrte ihm irritiert nach. Dann seufzte sie, gab sich einen Ruck und lief ihm hinterher. In seinem Fahrwasser drängte sie durch den Pulk der Journalisten bis ganz nach vorne.

Sie fragte Albert: »Bringen sie die Festgenommenen hierher?«

»Nein, sie werden an uns vorbeifahren. Dann kann ich Fotos machen und mit etwas Glück das Wageninnere aufnehmen. Später wird es hoffentlich ein Presseinfo geben. Vielleicht hier draußen. Oder im üblichen Raum drinnen. Je nachdem, was und wieviel sie veröffentlichen wollen.«

Eigentlich müsste Irene jetzt im Büro sein, da könnte sie doch gleich mal die Sache mit dem Meinungsartikel klären. Chili holte ihr Handy aus der Tasche und rief sie an. Irene hörte ihr zu und antwortete erst, als sie verstummte.

»Grundsätzlich ist diese Festnahme von großem Interesse für die Stadt. Allerdings bin ich gegen Schnellschüsse. Hör dir zuerst an, was die Kripo sagt. Erläutert sie die Gründe für ihr Handeln? Welche Beweise hat sie, die du noch nicht kennst? Frage nach, was du wissen musst, um deine Meinung auf sachliche Füße zu stellen. Und noch eins: Solltest du Details erfahren, die nicht in deine Auffassung passen, musst du – und das meine ich ernst – deine Einstellung zur Festnahme ändern. Du hast also grünes Licht für den Meinungsartikel, zu diesen Bedingungen. Bist du einverstanden, Chili?«

»Ähm, ja, natürlich.«

»Wenn du ihn geschrieben hast, schicke ihn mir bitte rüber. Ich will ihn vor Veröffentlichung lesen.«

»Klar, Irene, das mache ich.«

»Hey, Chili«, Albert winkte sie zu sich. »Sie sind im Anmarsch. Pass jetzt besser auf.«

Chili spähte links die Straße bis zur Kreuzung hinunter und sah, wie ein Wagen einbog und auf sie zukam. Er fuhr schnell und war vorbei, bevor sie irgendetwas im Wageninneren ausmachen konnte.

»Ha! Die hab ich!« Albert strahlte sie an: »Die beiden saßen hinten, und ich hab sie im Kasten.«

Jetzt hieß es wieder warten. Es war Viertel vor eins, und Chili knurrte der Magen.

»Das dauert doch bestimmt eine Weile. Kommst du mit ins Café? Vorne am Platz. Mir hängt der Magen in den Kniekehlen.«

Albert lachte: »Du hast Sprüche drauf. Aber ja, ich habe auch Hunger. Lass uns was holen. Man weiß nie, ob sie nicht schon gleich was mitteilen. Andererseits kann es auch bis heute Abend dauern.«

Sie waren gerade losgegangen, da kam Bewegung in die Wartenden. Albert fasste Chili an der Hand und zog sie zurück in die Richtung, aus der sie gekommen waren.

»Es geht los, wir müssen schnell zurück, los komm schon!«

Die Pressesprecherin Kriminaloberkommissarin Kastener stand neben Kriminaldirektor Kaulsanger, der gerade die Journalisten begrüßte.

»Guten Tag allerseits! Wie ich sehe, hat es sich bereits herumgesprochen: Wir haben eine erste Festnahme vorgenommen. Aufgrund verschiedener Indizien und Augenzeugen verdächtigen wir die Betreffenden der Tötung des Professor Dr. Löwe. Bis der Haftrichter seine Entscheidung trifft, handelt es sich um eine vorläufige Festnahme. Die Kollegin KOK Kastener von der Pressestelle wird Ihnen Ihre Fragen jetzt beantworten. Ich darf mich verabschieden.«

Kaulsanger drehte sich um und verschwand im Polizeigebäude. Ein Journalist vom Bremer Fernsehsender meldete sich. Kastener nickte ihm zu.

Er wollte die Namen festgenommenen Personen wissen.

Kastener antwortete kurz: »Namen können wir in diesem Stadium nicht nennen. Weitere Fragen?«

Ein Kollege aus der letzten Reihe meldete sich: »Welche Beweise haben Sie gegen die Frauen? Es sind doch Frauen? Direktor Kaulsanger erwähnte einen Augenzeugen. Wer ist er? Und wie konnte er den Mord beobachten?«

»Wie schon erwähnt, Namen nennen wir derzeit nicht. Alles, was wir Ihnen heute mitteilen können, ist dies: Wir haben eine Übereinstimmung der Wimpel am Mast eines Kutters, der den festgenommenen Personen gehört, mit dem Wimpel auf dem Ihnen bekannten Foto von Zeugen.«

»Das ist doch bekannt,« rief eine Frau von links vorne.

Ungerührt redete KOK Kastener weiter: »Der Laptop

des Opfers wurde gefunden und ausgewertet. Er enthielt ein aufschlussreiches Dokument mit Sperrvermerk, dessen Inhalt wir noch nicht veröffentlichen. Es gibt weitere Ergebnisse der Ermittlung, die wir derzeit nicht veröffentlichen. Damit beende ich dieses spontane Pressetreffen. Vielen Dank, dass Sie da waren und auf Wiedersehen.«

***

Inzwischen zeigte die Uhr zwanzig Minuten vor drei Uhr. Chili stieg aus dem Wagen und folgte Albert in die Kantine. Erstmal etwas essen. Es gab nur noch Kuchen, und zwar Windbeutel, ziemlich große, mit Sauerkirschkompott und Sahne gefüllt. Dazu bestellten sie Kaffee. Während sie einen freien Tisch suchten, rief Irene sie vom hinteren Fenstertisch zu sich.

»Chili! Albert! Kommt hierher, es gibt noch freie Plätze an meinem Tisch!«

Sie nahmen ihre Tabletts und liefen durch den Mittelgang zu Irene. Im Vorbeigehen grüßten die Kollegen an den Tischen sie und fragten, was es Neues gäbe, sie hätten irgendwo ein Vögelchen singen gehört.

Albert sagte, geheimnisvoll raunend: »Festnahme, aber psst.«

Ein Kollege lacht und meinte: »Weiß inzwischen jeder.«

Sie begrüßten einander und die beiden setzten sich. Irene zeigte sich unruhig wegen des Meinungsartikels.

»Lass uns kurz darüber reden, Chili. Dein Meinungsbeitrag muss so geschrieben sein, dass die Kripo damit leben kann.«

Chili machte den Mund auf und sagte: »Aber das tu ich …«. Weiter kam sie nicht, denn Irene fiel ihr ins Wort.

»Der Grund ist, und ich glaube, dass ich dir das schon einmal erklärt habe, dass wir darauf angewiesen sind, dass die Polizei uns weiterhin bereitwillig Informationen zukommen lässt. Damit sie das tut, braucht sie Vertrauen in uns. Vertrauen, dass wir ihre Maßnahmen nicht verunglimpfen und dass wir uns nicht anmaßen, Dinge zu behaupten, die entweder sachlich falsch sind oder unter Verschluss bleiben sollen. Ich hoffe, du verstehst das und hältst dich daran.«

Albert schob sich ein großes Stück vom Windbeutel in den Mund und grunzte wohlig. Chili sah Irene perplex an.

»Aber Irene, wie kommst du denn darauf, dass ich diesen Grundsatz für die Zusammenarbeit mit der Polizei missachten könnte?«

Irene erwiderte: »Meine liebe Chili, es ist offensichtlich, dass du dich mit den Grenzen, roten Linien und Gepflogenheiten einer Reporterin noch nicht ausreichend auskennst. Vor allem in der sensiblen Beziehung zur Polizei ist das wesentlich für unseren Erfolg. Da du sehr schnell in deine neue Rolle gesprungen bist, was wir im Verlag außerordentlich schätzen, unterstützen wir dich, damit du dich ebenso schnell in gewachsene Kontakte zu Organisationen und Personen einfinden kannst.«

Chili dachte nach. Das stimmte, sie war nicht mehr selbständig, also konnte sie nicht mehr gänzlich eigenständig entscheiden, wie sie ihre Arbeit erledigte.

»Du hast recht, Irene, als Selbständige war ich immer frei, allein meine Entscheidungen zu treffen. Aber glaube bitte nicht, dass ich nicht Rücksicht auf die Beziehungen zu meinen Klienten genommen hätte. Im Gegenteil, das war ein zentraler Punkt im Coaching.«

»Okay, dann weißt du ja im Prinzip, wie das geht. Hier kommt die Öffentlichkeit dazu, was im Coaching nicht der Fall ist. Lass uns jetzt besprechen, was dieser Meinungsartikel beinhalten soll – und was nicht.«

Chili war sich bereits klar darüber, was sie schreiben wollte.

»Was wir vorhin erfahren haben, ist herzlich wenig. Die Sache mit der Übereinstimmung der Regenbogenwimpel wurde wieder aufgewärmt. Das kann ich wiederholen, vielleicht mit einem Bild von den beiden Booten. Und eventuell kannst du, Albert, den Wimpel rot einkreisen. Des Weiteren haben sie den Laptop des Opfers gefunden. Darauf befindet sich eine Datei mit Sperrvermerk, die sie öffnen konnten und die den Verdacht auf die Frauen wohl erhärtet hat. Weiters will ich über mögliche Motive, warum die Frauen Löwe getötet haben könnten, schreiben. Am plausibelsten erscheint mir Notwehr. Immerhin hatte er einen Vergewaltigungsversuch unternommen und Rache angedroht. Allerdings bleibt unklar, wie sie ihn erwürgen konnten. Das machen aus meiner Sicht Frauen eigentlich nicht. Außerdem konnte Frankie Kung Fu und hatte die Möglichkeit, mit dem speziellen Stock sogar einen Messerangriff abzuwehren.«

»Vielleicht hatte er aber einen Revolver dabei«, mutmaßte Albert.

»Ist es in dem Fall nicht noch schwieriger, mit ihm fertigzuwerden?« Irene war skeptisch.

Chili pflichtete ihr bei: »Der Verdacht auf die Kutterfrauen ist irgendwie nicht plausibel.«

»Okay, wenn du schreibst, dass dir der Verdacht nicht plausibel erscheint, weil du dir nicht vorstellen kannst, wie die beiden den Mord oder den Totschlag bewerkstelligen konnten, ist es okay. Vielleicht kommst du zum Schluss noch einmal auf Notwehr zurück und fügst hinzu, dass dies dann auf jeden Fall berücksichtigt werden müsste. Mach deutlich, dass das deine Meinung ist. So, jetzt muss ich los; schick mir den Beitrag nachher zu. Und schreibe auf jeden Fall eine kurze Notiz über die Information der Kriminalpolizei zur Festnahme. Tschüss!«

»Moment noch, Irene. Da ich heute meinen freien Tag nicht einhalten konnte, nehme ich ihn morgen. Geht das in Ordnung?«

»Natürlich.«

»Ist sie nicht große Klasse, unsere Irene?« Albert grinste Chili an, nachdem Irene gegangen war.

»Hm, sehr geschickt, wie sie mich unterstützt. So sollte ich es wohl sehen. Ich fahre jetzt nach Hause und schreibe die beiden Beiträge. Bearbeitest du bitte das Foto? Ach ja, danke noch für den Anruf heute Vormittag. Tschüss, Albert.«

27

Kaffeeduft stieg ihr in die Nase. Klar, sie saß ja im Café und freute sich, dass Frankie und Annemie für unschuldig befunden und freigelassen worden waren. Sie lächelte und rekelte sich.

»Chili! Aufwachen, es gibt Kaffee.«

Schlagartig öffnete sie die Augen – und sah Julia ins Gesicht. Nicht Jan? Eine klitzekleine Enttäuschung.

»Moin! Jan hat mich gebeten, dir Kaffee ans Bett zu bringen. Er hat heute Morgen einen Anruf von einer Bremer Galerie bekommen. Den Namen hab ich vergessen. Jedenfalls wollten sie ihn sofort sehen, weil sie eine große Ausstellung mit seinen Werken planen. Er ist sofort losgefahren. Setzt du dich jetzt bitte auf? Der Kaffee wird kalt.«

»Wie spät ist es denn eigentlich?«

»Gleich zehn Uhr. Hast du heute frei?«

»Ja, ist das nicht prima? Nach dem Kaffee werde ich in aller Ruhe duschen, frühstücken und dann in den Buchladen in der Bürger fahren. Da war ich schon lange nicht mehr. Ich brauche Bücher über die Arbeit von Reportern. Irene unterstützt mich sehr gut. Ich kann mich aber auch selbst weiterbilden. Aus Büchern habe ich schon immer gerne gelernt.«

***

Immer, wenn sie am ehemaligen Karstadt vorbeikam, zog sich ihr Herz zusammen. Dabei hatten sie zuletzt nur noch Ramsch dort. Gekauft hatte Chili schon lange nichts mehr. Aber irgendwie fehlte etwas in der Stadt. 2023 erst sollte das ehemalige Kaufhaus abgerissen werden. Vielleicht würden sie ja doch noch einen Käufer finden, der aus der Immobilie was Nettes machte? Rosa Träume. Sie seufzte und lief zu Fuß weiter, in Richtung Lloydstraße, zum Buchladen. Den Wagen hatte sie auf dem Parkplatz an der Kirche abgestellt.

»Moin! Kann ich Ihnen helfen?«

Die Verkäuferin kam hinter dem Tresen hervor.

Chili fragte: »Haben Sie Sachbücher über Journalismus, Reporter oder Ähnliches?«

»Das müsste da drüben im Regal stehen, kommen Sie mal mit. Ja, da ist es. Hier ist ein Band zum Online-Journalismus, ein Handbuch, das ist praktisch. Ah ja, ganz neu ist dieses Buch übers Podcasting im Journalismus, eine Einführung. Podcasts sind ja der letzte Schrei. Dann haben wir noch etwas zur Resilienz im Journalismus. Ist eigentlich ein alter Hut, früher hieß dasselbe Ellbogenmentalität. Das ist gestern erst angekommen. Wird sich nicht lange halten, weil das ewige Gerede über Resilienz einem inzwischen zum Hals heraushängt. Und noch eins, ein Sachbuch zum kommunalen Journalismus.«

Die Verkäuferin drückte ihr die Bücher in die Hand und lief schnell nach vorne, wo zwei neue Kunden warteten.

Chili setzte sich auf den Hocker vor dem Regal und blätterte in den Büchern. Das war alles interessant, zumal sie später auch einen Podcast starten wollte. Mit Resilienz kannte sie sich als Ex-Coach aus, mit Ellbogenmentalität weniger. Sie ging zur Kasse.

»Ich nehme alle vier Bücher.«

»Das macht dann 83 Euro und 99 Cent. Soll ich es Ihnen einpacken?«

»Danke, das ist nicht nötig. Ich tu sie gleich so in die Tasche.«

»Wo Sie sich für Journalismus interessieren …haben Sie heute schon die Zeitung gelesen?«

Chili schüttelte den Kopf.

»Das ist doch ein Skandal. Die Polente hat tatsächlich zwei Frauen hopsgenommen, die sexuell belästigt und angegriffen wurden. Die Journalistin hat ganz richtig geschrieben, dass sie Hilfe brauchen und nicht in den Knast gehören. Angeblich sollen sie diesen brutalen Wissenschaftler umgebracht haben. Geht es noch? Frauen erwürgen doch niemand. Wenn sie morden, dann mit Gift. Das weiß doch jeder. Jedenfalls haben wir und andere Geschäfte eine Initiative gestartet. Wir sammeln ab sofort Geld für einen anständigen Anwalt und für psychologische Hilfe. Dafür steht die Büchse hier.« Sie deutete auf eine große Dose. Darauf war ein Schild geklebt, auf dem stand: *Wir lassen Frauen nicht im Regen stehen!*

Chili starrte perplex darauf. Einen Aufruhr hatte sie nicht inszenieren wollen, als sie am Schluss ihres Artikels geschrieben hatte, dass die Fischerinnen eher professionelle Hilfe bräuchten als die Inhaftierung. Sie runzelte die Stirn und dachte kurz nach.

»Spenden die Kunden denn dafür?«

»Natürlich! Alle sind empört. Wir wissen doch, dass die Krabbenfischer nichts zu beißen haben, seit es die Quoten gibt. Das bisschen Unterstützung mit EU-Geldern reicht ja nicht mal für den Sprit. Wollen Sie nicht auch ein bisschen was spenden?«

»Na klar«, sagte Chili und stopfte einen Zehn-Euro-Schein in die Sammelbüchse.

»Danke, dann haben wir jetzt hundertzwanzig Euro zusammen, und es ist noch nicht einmal Mittag.«

»Woher weiß man denn, dass es sich um Krabbenfischerinnen handelt?«

»Die Wimpel am Mast, der Hafen in Lüttlum und dass es Frauen sind. Wir kaufen doch alle bei denen unsere Krabben. Aus Sympathie und Solidarität. Seitdem die Männer auf den Kuttern Stunk gemacht haben, damals, vor ein paar Jahren, von wegen Frauen als Kapitän und so weiter.«

»Wie viele Geschäfte machen denn mit?«

»Hier in der unteren und oberen Bürger alle, bis auf die Banken. Auch die Kirche sammelt. Und die Fischgeschäfte im Fischereihafen machen auch mit. Da kommt einiges zusammen. Das wird sich schnell rumsprechen, und dann macht auch die Hafenstraße noch mit. Sie werden sehen.«

Chili nahm ihre Tasche und lief weiter, bis zu ihrem Stammcafé und bestellte bei Margitta einen doppelten Espresso mit viel Sahne.

»Möchtest du auch Pralinen dazu?«

»Nein danke, heute nicht. Aber die *NordNordWest* hätte ich gerne, die aktuelle.«

Margitta brachte das Gewünschte und fragte, ob Chili auch etwas spenden wollte, sie hätte sicher schon von dem Skandal gehört.

Nein, das wollte sie nicht, weil sie gerade schon im

Buchladen einen Schein gegeben hätte. Nachdem Margitta gegangen war, nahm Chili die Maske ab und probierte den Espresso mit der Sahne. Aber sie schmeckte kaum etwas, so sehr war sie in ihre Gedanken vertieft.

Sie hatte heute frei. Und es war etwas passiert, worüber sie trotzdem schreiben musste. Außerdem hatte sie ein schlechtes Gewissen gegenüber Irene. Nach einigem gedanklichen Hin und Her wurde ihr klar, dass sie nicht kneifen durfte. Sie musste so schnell wie möglich in die Redaktion und mit Irene sprechen.

Sie schlug die Zeitung auf. Immerhin hatten sie ihren Beitrag ungekürzt gebracht. Auch das Foto mit dem eingekreisten Wimpel kam gut raus. Irene saß also mit in der Tinte. Sie trank den Espresso aus, zahlte und lief das kurze Stück bis zum Verlag.

28

Fröhlich streckte Irene ihr die Hand entgegen. Chili nahm sie, einigermaßen verunsichert. Was war hier los? Hatten sie noch nichts mitbekommen?

»Stell dir vor, wir mussten nachdrucken. Unsere Auflage ist in die Höhe geschossen. Und jede Menge neue Abonnenten. Wer hätte gedacht, dass dein Meinungsartikel solche Folgen hat!«

»Was? Das soll dieser Artikel bewirkt haben? Das ist ja ein Ding! Ich dachte, ihr seid sauer, weil das Thema so hochgejazzt wird. Durch die Spendensammlung, weißt du davon auch?«

»Ich habe davon gehört. Liebe Chili, das ist ein netter Zug der Geschäftsinhaber, finde ich. Du musst unbedingt darüber schreiben. Mach eine Reportage, befrage verschiedene Geschäfte in der ganzen Stadt. Nimm Albert mit. Er soll jemand fotografieren, bei dem es besonders gut läuft. Versucht, herauszufinden, wieviel bis heute Abend zusammenkommt. Wir kümmern uns derweil um den besten Anwalt, den wir bekommen können. Wir machen was aus der Sache. Allerdings müssen wir die Polizei schonen. Frag am besten nach, wie sie darauf reagieren. Und jetzt gehen wir Mittagessen. Ich fürchte, du musst deinen freien Tag noch einmal verlegen.«

Bei Labskaus, das Chili besser schmeckte als vegetarische

Hungerkost, fand sie sich gedanklich in die neue Strategie ein. Sie durfte das Thema ausschlachten, müsste allerdings Rücksicht auf die Polizei nehmen. Gleich nach dem Essen rief sie in der Pressestelle dort an.

KOK Kastener meldete sich: »Kastener, Pressestelle der Polizei Bremerhaven. Moin. Wie kann ich Ihnen helfen?«

»Wie stehen Sie zu den Sammelaktionen der Geschäfte in der Stadt? Für die beiden Krabbenfischerinnen, ach so, Chili Keller von der *NordNordWest-Post*«, fiel sie mit der Tür ins Haus.

»Wir sind grundsätzlich dankbar für die Anteilnahme und das Mitgefühl der Bürger und Bürgerinnen. Insofern ist die Sammlung für einen Anwalt eine schöne Geste. Andererseits würde eine Eskalation weiterer Ermittlungen schaden. Wir verstehen sehr gut, dass ein Vergewaltigungsversuch, gerade zum Nachteil bewundernswerter Frauen in einem rauen Männerberuf, Emotionen zum Kochen bringen kann. Daher wären wir Ihnen sehr verbunden, wenn Sie mit weiteren Artikeln die Angelegenheit in freundliche Fahrwässer begleiten könnten.«

»Natürlich, die Sammelaktion können wir nur als durch und durch freundliche Geste einstufen. Ich selbst glaube ja nicht, dass die beiden den Mann getötet haben. Falls Löwe wirklich noch einmal den Kutter betreten haben sollte, was ich nicht glaube, dann wäre er mit einer Waffe gekommen. Da hätten die Frauen schlechte Karten gehabt.«

»Sicher, da haben Sie recht. Doch das ist Spekulation, wie Sie in Ihrem Meinungsartikel ja richtig geschrieben haben. Im Moment finden die Vernehmungen statt. Wir warten jetzt erstmal die Ergebnisse ab. Danach sehen wir weiter. Sollte sich etwas Neues ergeben, werden wir die Presse selbstverständlich informieren.«

Mit der Aussage der Pressesprecherin war Chili zufrieden. Sie würde sie in die Reportage einbauen, für die sie sich unmittelbar nach dem Telefonat mit Albert gemeinsam auf den Weg machte. Sie wollten Geschäfte im Fischereihafen, in der unteren und oberen Bürger und in der Hafenstraße aufsuchen.

29

Im Vernehmungsraum 4a wartete Frankie auf ihre Befragung. Wohl war ihr nicht. Dennoch fühlte sie sich ruhig. Sie hatte mit Annemie bereits vor zwei Tagen besprochen, wie sie sich im Fall einer Vernehmung verhalten wollten. Sie hatten nichts Unrechtes getan. Sie hatten sich bloß gewehrt, in einer Notlage.

KOK Steffi Klein und KHK Holger Dittrichsen betraten den Raum und setzten sich ihr gegenüber auf die beiden, für sie vorgesehenen Stühle. Klein begrüßte Frankie freundlich, fast herzlich. Dittrichsen rang sich ein knappes, förmliches »guten Tag« ab. Nachdem alle Formalitäten erledigt und auf Band aufgenommen waren, eröffnete Steffi Klein die Befragung.

»Frau Mechner, Sie wissen, warum Sie heute hier sind. Es besteht der Verdacht, dass Sie und Ihre Ehefrau Annemarie Mechner Professor Dr. Löwe zu Tode gebracht haben. Was können Sie uns dazu sagen?«

Frankie fuhr sich mit der Hand über ihr Gesicht: »Es war ein Unfall. Wir sind keine Mörderinnen.«

Sie schwieg und kaute an ihrer Unterlippe.

Klein hakte freundlich nach: »Danke, dass Sie so offen sind. Bitte erzählen Sie uns doch den Hergang. Wie kam es zu dem Unfall, wie Sie sagen, und wann war das?«

»Der Löwe legte am 16. Oktober gegen dreizehn Uhr

mit seinem Forschungsboot an Backbord an. Wir hatten gerade die letzten Krabben gekocht und in den Kühlraum gebracht. Wir hatten Hunger. Wir waren auf Pause eingestellt und wollten zu Mittag essen, bevor wir zurück nach Lüttlum fahren würden. Wir fühlten uns ziemlich entspannt. Deshalb reagierten wir erschrocken auf Löwe, wie er mit einem ziemlich langen, spitzen Anglermesser in der Hand an Bord stieg. Könnte ich bitte ein Glas Wasser bekommen?«

»Klar, ich hole Ihnen eins.« KHK Dittrichsen verließ das Vernehmungszimmer.

Die Tür zum Kommissionsraum stand offen. Rita Schmitt guckte auf den Flur, als sie die Tür klappen hörte.

»Und? Wie läuft es?«

»Entwarnung, sie gesteht.«

Zurück in der Vernehmung, reichte er Frankie ein Glas Wasser und stellte eine Sprudelflasche dazu auf den Tisch. Sie trank gierig das halbe Glas aus, wischte sich über den Mund und erzählte weiter.

»Er brüllte, er würde uns zuerst gründlich durchficken und anschließend ganz langsam zerschneiden. Ich hatte meinen Kampfstock griffbereit, schnappte ihn mir und ging in Kampfstellung.«

Dittrichsen bat sie, das einmal vorzuführen. Frankie stand auf. Sie stellte sich locker hin und schob den rechten Fuß vor.

»Das sieht nicht sonderliche bedrohlich aus,« meinte Steffi Klein.

Plötzlich wirbelte Frankie ihren Stock um die Hand und sich selbst im kleinen freien Platz im Raum herum. Es wirkte wie ein kraftvoller, zugleich harmonischer Tanz.

»Natürlich hatte ich an Deck unseres Kutters mehr Platz. Trotzdem habe ich einen Fehler gemacht, und Löwe schlug mir den Stock aus der Hand.«

»Was für ein Fehler war das«, fragte Steffi Klein.

»Ich habe seine Wenigkeit unterschätzt. Als er das erste Mal an Bord war, erschien er mir langsam und plump. Offenbar hatte er in der Zwischenzeit trainiert. Jedenfalls musste ich zurückweichen, denn er hieb ständig mit dem Messer nach mir. Ich wich ihm aus. Doch er folgte mir in die Mitte zwischen Baum und Sortiermaschine. Aus dem Augenwinkel sah ich, wie Annemie hinter ihn schlich und ihm blitzschnell mit beiden Händen um den Hals packte. Er versuchte, sich umzudrehen und hieb nun mit dem Messer hinter sich. Er konnte Annemie ein paar tiefere Schnitte beibringen, vor allem am rechten Oberschenkel. Da hat sie wohl unbewusst kräftiger zugepackt. Jedenfalls erschlaffte er plötzlich und fiel auf die Planken. Annemies Arme und Hände sind sehr stark. Immerhin zieht sie die gefüllten Büdel an Bord und schleppt die vollen Krabbenkästen in den Kühlraum. Sie hat seinen Tod nicht gewollt. Mein Gott, sie wollte mich doch nur schützen. Hätte ich bloß besser aufgepasst!«

Frankie wischte sich verlegen über die Augen. Alle drei schwiegen.

Schließlich räusperte Holger Dittrichsen sich und meinte: »Dann fertigen wir jetzt das Protokoll an, das Sie anschließend lesen und unterschreiben.«

»Einen Moment noch, Holger, wir haben noch nicht alles gehört. Frau Mechner, was haben Sie dann gemacht, nachdem Professor Löwe am Boden lag?«

Frankie sah von Klein zu Dittrichsen und wieder zurück zu Klein.

»Was glauben Sie wohl? Wir haben ihn über Bord gehievt. Der war ganz schön schwer. Aber Annemie kann zupacken, zum Glück.«

»Woher wussten Sie, dass er tot war?«

»Wir haben den Puls am Hals und am Arm gefühlt. Außerdem Hat Annemie ihm einen Spiegel vor den Mund und die Nase gehalten. Sie war früher mal Rettungssanitäterin.«

»Und sein Portemonnaie? Sein Smartphone? Wo sind die Sachen hin?«

»Die haben wir ins Meer geworfen.«

»Wissen Sie noch, wo das genau war?«

»Ja, klar wissen wir das. Sowas vergisst man nicht.«

»Okay«, übernahm Dittrichsen, »wir holen jetzt Kollegen von der Wasserschutzpolizei. Denen erklären Sie, wo sie mit den Tauchern hinmüssen.«

»Da finden sie doch nichts mehr«, war Frankie überzeugt.

»Sobald sie die Koordinaten haben, wo genau Sie die Sachen über Bord geworfen haben, können sie den Ort mit Strömung und Tide abgleichen und so das entsprechende Gebiet eingrenzen. Sind Sie bereit, den Kollegen die notwendigen Informationen zu geben?«

Frankie seufzte: »Klar bin ich das.«

Dittrichsen stand auf und verließ den Raum. Steffi Klein erklärte Frankie, wie es weitergehen würde.

»Sie werden also auf Notwehr plädieren können, Frau Mechner. Allerdings ist auch Ihr Versuch, die Tat durch Leugnung zu verschleiern, strafbar. Wenn wir hier fertig sind, werden Sie also eine weitere Nacht bei uns verbringen müssen. Morgen früh führen wir Sie dem Haftrichter vor.

Er wird entscheiden, was weiter geschehen soll. Möchten Sie jetzt einen Kaffee? Ich jedenfalls brauche einen.«

Als Frankie nickte, stand sie auf, öffnete die Tür und rief laut in den Flur hinein: »Wir möchten bitte zwei Tassen Kaffee!«

»Mit Milch, mit Zucker?«

Klein sah Frankie fragend an und rief, nachdem sie »Milch« gehört hatte: »Zweimal Milch, einmal Zucker!«

Eine Minute später öffnete sich die Tür, und ein junger Mann in Jeans und Pullover brachte ein Tablett mit dem Gewünschten.

30

Die Sammelaktion für die Fischerinnen wurde ein voller Erfolg. Chili hatte jede Menge Geschichten über die Motive mitzumachen von den Geschäftsinhabern und Verkäuferinnen gehört. Alle hatten Mitgefühl. Viele Frauen solidarisierten sich mit ihnen sogar, weil sie selbst sexuelle Übergriffe erlebt hatten und wussten, wie das ein Leben verändern konnte. Drei ältere Frauen waren bereit gewesen, ihre Geschichte zu erzählen. Alle, die sie befragte, waren der Meinung, dass man in äußerster Not töten durfte. Manche bewunderten die Frauen dafür, dass sie das getan hatten – falls es stimmte, wie sie bedauernd hinzufügten. Albert hatte zwei Inhaberinnen und einen Inhaber für den Artikel fotografieren dürfen. Sie waren einverstanden, dass ihr Geschäft und ihre Namen genannt würden.

Bevor Chili sich ans Schreiben machte, rief sie bei der Kripo an, um zu erfahren, ob sich Neues ergeben hatte. Am nächsten Tag würde es eine Pressemitteilung geben, erfuhr sie. Also hatten sie etwas Neues, wollten es nur noch nicht veröffentlichen. Nun gut, sie hatte genügend Material für ihre Reportage. Eine ganze Seite stellte der Verlag ihr und Albert zur Verfügung. Es war bereits zehn Minuten vor fünf, als sie ihren Text an Irene endlich abschickte.

Albert fragte, ob sie noch etwas mit ihm trinken gehen

wollte. Doch Chili winkte ab. Sie wollte auf dem schnellsten Weg nach Hause. Jan war heute Morgen genervt gewesen, weil sie schon wieder ihren freien Tag abbrechen musste. Eigentlich hätten sie nach Duhnen fahren wollen, zu einem langen Spaziergang am Wasser. Julia hatte vorlesungsfrei und sich angeboten, Mia zu betreuen. Bestimmt würde Jan noch weniger erbaut sein, wenn sie auch morgen, ausgerechnet am Samstag, wieder würde arbeiten müssen. Chili seufzte, sie bedauerte ja selbst, dass es mit dem freien Tag und ihrer Tour nicht geklappt hatte.

***

Sie erreichte bereits um acht Uhr früh die Redaktion und ging schnurstracks in Irenes Büro. Es war stiller in den Fluren als sonst. Nur Irene telefonierte bereits. Sie bedeutete Chili, sich auf den Besucherstuhl zu setzen. Kurz darauf klickte sie das Gespräch weg und sah Chili an.

»Eure Seite ist erfreulich gut angekommen. Schon wieder buchen jede Menge Bremerhavener, aber auch Leute aus Cuxland ein Abo. Ihr seid wirklich ein verdammt gutes Team. Was ihr aus den Leuten rausholt, ist authentisch. Deine Reportagen lesen sich spannend und wirken nicht die Bohne aufgemotzt. Das ist genau unser Stil.

Jetzt was anderes. Soeben rief die Pressestelle der Polizei an. Die beiden Krabbenfischerinnen werden in diesem Moment dem Haftrichter vorgeführt. Für zehn Uhr ist eine Pressekonferenz angesetzt. Ob es etwas zu fotografieren gibt, weiß ich nicht. Sprich dich mit Albert ab. Es tut mir leid um deinen freien Tag. Wenn dies hier vorbei ist, nimmst alle freien Tage auf einmal. Über die übliche

Kleinkriminalität berichte ich dann solange. Danach gehst du die Seite *Leben* an. Der Titel ist ja genehmigt.«

Sie lief in ihr Büro und rief Albert an. Er wollte mitkommen und meinte, sie könnten nach der Presseinformation noch ein, zwei Geschäfte aufsuchen und fragen, wie es läuft mit der Sammelaktion. Auch könnten sie Leute auf der Straße befragen. An den Sonnabenden wäre immer viel los in der Einkaufsmeile.

31

Tatsächlich, der Richter hatte U-Haft verfügt. Seine Begründung bezog sich auf die bisherigen Indizien und die beiden, übereinstimmenden Geständnisse von Frankie und Annemie. Überrascht wurde Chili von der Nachricht, dass die beiden ein Ehepaar waren.

Am Morgen war ein Boot der Wasserschutzpolizei mit zwei Tauchern ausgelaufen. Sie wollten in dem errechneten Bereich im Meer nach dem Portemonnaie, dem Anglermesser und dem Handy von Professor Dr. Löwe suchen. Allerdings schätzten sie den Erfolg als sehr gering ein. Des Weiteren wurde Annemie zum Gerichtsarzt gebracht, der die Messernarben laut Staatsanwalt untersuchen sollte. Als Pathologe würde er das Alter der Narben einschätzen können.

Chili und Albert wollten gerade den ersten Passanten befragen, da meldete sich Chilis Handy. Irene beorderte sie aufgeregt zurück zur Redaktion. Dort war der Teufel los, als sie ankamen. Die gesamte Chefetage hatte sich im Besprechungsraum versammelt. Auch die Redakteure der Seiten über Bremerhaven waren da. Die Reporter des Landkreises ebenfalls. Es hieß, Oberbürgermeister Sielendahl würde gleich eintreffen. Außerdem wurde Direktor Kaulsanger von der Polizei erwartet. Großer Bahnhof.

Chili und Albert grüßten und setzten sich dazu. Palm

Sönkes, der Chefredakteur, hatte gerade erläutert, dass Oberbürgermeister Sielendahl um das Gespräch gebeten hatte, da öffnete sich die Tür. Herein kamen Sielendahl und Frau Dönecke, Abgeordnete im Kreistag Cuxhaven.

Der Oberbürgermeister rief launig: »Moin allerseits, schön dass Sie meinem Wunsch zu diesem Treffen gefolgt sind.«

Er ging reihum und gab allen Anwesenden zur Begrüßung die Hand. Dann setzte er sich auf einen der beiden freien Stühle am oberen Ende des großen Konferenztisches und winkte Frau Dönecke an seine Seite. Gegenüber saßen der Chefredakteur Palm Sönkes und sein Stellvertreter Urs Bauler. Sielendahl ergriff das Wort.

»Sie ahnen sicher, dass ich das Gespräch mit Ihnen suche, um zu klären, wie wir mit der Mordgeschichte um Professor Dr. Löwe und die beiden Kutterfrauen umgehen. Ihre Zeitung hat ja ausführlich über den Ermittlungsprozess und die Hintergründe berichtet. Und ich muss sagen, mit viel Empathie. Das hat wohl letzten Endes auch die Geschäftsleute und Bürger dieser Stadt dazu gebracht, Herz zu zeigen. Im Großen und Ganzen ein wünschenswerter Zug. Dennoch sollten wir ein Ausufern der schätzenswerten Hilfsbereitschaft vermeiden.

Haben Sie gewusst, dass Punkt elf Uhr dreißig der Chor des Stadttheaters auf dem Theodor-Heuss-Platz einen Flash Mob veranstaltet? Sie werden den Gefangenen-Chor aus Fidelio singen. Sie kennen doch Fidelio? In der Oper geht es um Gerechtigkeit, Freiheit und Brüderlichkeit. Ein deutliches Zeichen gegen die Inhaftierung. Wir dürfen und wollen jedoch der Justiz nicht hineinreden. Sie muss ihre Arbeit für das Recht unbeeinflusst tun können.«

»Albert flüsterte Chili ins Ohr: »Ich fahre dahin, und wenn du erlaubst, befrage ich vorab den Chorleiter und einige Sänger. Ich nehme die Gespräche auf, für dich. Okay?« Chili nickte.

»Andererseits«, führte der Oberbürgermeister weiter aus, »gebührt der Bevölkerung und den Unternehmen sowie dem Chor unseres geliebten Stadttheaters Respekt für den Ausdruck ihrer Empathie. Daher haben wir im Bürgermeisteramt und mit dem Landkreis überlegt, wie wir die Engagements zum Wohle der Stadt begleiten können. Wir wollen mit Ihnen das Ergebnis unserer Überlegungen besprechen und bei Zustimmung gemeinsam umsetzen. Gibt es bis hierher Anmerkungen von Ihrer Seite?«

Sielendahl sah die Chefredakteure an und schaute dann in die Runde.

Sönkes antwortete: »Nur eine Sache. Die Freiheit der Presse bleibt von politischen Interessen unberührt. Das war bisher so und sollte auch in diesem Fall so sein. Ansonsten bin ich gespannt, was Sie ausgeheckt haben.«

»Worüber Frau Dönecke und ich übereingekommen sind, ist ein Vorschlag zur Einrahmung dieser Geschichte. Wir denken an eine demokratisch-öffentliche Veranstaltung. Und zwar unter Einbeziehung der relevanten Gruppen dieser Stadt. Vertreter der an der Sammlung beteiligten Unternehmer; Vertreter der Krabbenfischer; Ihre Kriminalreporterin – wie heißt sie noch? Ah ja, hier habe ich's mir notiert: Frau Keller; Vertreter der Kriminalpolizei; Vertreter des wissenschaftlichen Instituts, bei dem Professor Löwe angestellt war. Und nicht zuletzt Vertreter der Bürger Bremerhavens. Irgendwelche Einwendungen?«

Chili meldete sich zu Wort: »Nur eine Ergänzung. In Anbetracht, dass es sich um Frauen handelt, die sowohl sexuell als auch mit roher Gewalt angegriffen wurden, fände ich es sinnvoll, wenn eine erfahrene Psychologin oder Frauenbeauftragte ebenfalls beteiligt würde. Eine Fachfrau könnte erläutern, welche Folgen sich aus solch traumatischem Erleben ergeben können.«

Die Abgeordnete Frau Dönecke bekräftigte Chilis Vorschlag.

»Sind Sie als unsere wichtigste Zeitung dabei?« Sielendahl richtete seine Frage an Sönkes und Bauler.

Nach einem kurzen Blickwechsel nickten beide.

Sielendahl und Frau Dönecke waren schon aufgestanden, da fiel dem OB noch etwas ein.

»Das hätte ich beinahe vergessen. Der Moderator der Diskussion sollte neutral sein. Ich denke an die Direktorin der Volkshochschule. Sie ist langjährig erfahren im Moderieren und Umgang mit den verschiedensten Bevölkerungsgruppen. Wir kümmern uns darum. Einverstanden?«

Die Anwesenden stimmten zu und waren froh, endlich ins Wochenende aufbrechen zu können.

∗∗∗

Nur Chili würde noch etwas tun müssen. Sie fuhr zum Theodor-Heuss-Platz. Als sie ankam, verstummte gerade der Chor. Hunderte Menschen standen auf und vor dem Platz und klatschten frenetisch. Albert hatte sie entdeckt und marschierte grinsend auf sie zu.

»Großartig, Chili, das hättest du hören und sehen

müssen. Ein toller Chor. Sie proben gerade den Fidelio wieder. Im Januar ist Premiere. Soll ich dir Karten besorgen? Wie viele brauchst du?«

Chili sah ihn verdutzt an.

»Ich wusste gar nicht, dass du ein Opernfan bist. Aber danke, dein Angebot nehme ich gerne an. Vier Karten wären schön. Falls Corona uns keinen Strich durch die Rechnung macht, wird das ein wundervolles Erlebnis.«

»Corona wird sich schon nicht verschlimmern. Ich besorge sie dir. Zum Bericht über den Flash Mob, ich habe viele Fotos und ebenso viele Gespräche auf dem Smartphone. Ich schicke dir alles an deine E-Mail-Adresse. Mach was daraus. Und tschüss«.

Er winkte ihr zu und verschwand. Chili fuhr nach Hause, schrieb den Artikel und suchte drei Fotos aus. Eins, auf dem begeistert klatschende Zuhörer und Zuhörerinnen zu sehen waren. Eins, auf dem die Sänger und Sängerinnen gerade mit weit geöffnetem Mund freudig sangen. Die Kälte hatte den Atem, den sie dabei ausstießen, in transparente Wattefähnchen verzaubert. Ein weiters Bild zeigte einen Ausschnitt versonnen lauschender Frauen, Männer und Kinder. Sie schickte den Text und die drei Fotos an Irene. Danach lief sie die Treppe hinunter, in Vorfreude auf ein Wochenende in der Familie.

32

Aufgeregtes Schwatzen füllte das Foyer der *NordNordWest Post*. Es war Mittwoch, achtzehn Uhr. Chili kam pünktlich zur Tür herein und lief weiter in die Redaktion. Sie war aufgeregt, denn das Bremer Fernsehen würde die Diskussion live senden. Deshalb musste sie bereits gute zwei Stunden vor der Eröffnung kommen. Sie wollten noch checken, ob sie im Fernsehen gut rüberkommen würde, oder ob die Maske noch Hand anlegen musste. Irene und die Chefredakteure waren bereits da. Sie schüttelten ihr herzlich die Hand.

»Wie fühlen Sie sich am großen Tag Ihrer Geschichte? Aufgeregt?«

Palm Sönkes sah ihr forschend ins Gesicht.

»Ein bisschen. Allerdings ist es nicht meine Geschichte, sondern die der Zeitung und vieler anderer Menschen, ohne die ich nicht einen einzigen Satz hätte schreiben können. So werde ich es auch darstellen.«

Sönkes nickte beifällig und wandte sich dem Oberbürgermeister zu, der gerade ankam.

Chili hätte es gern gesehen, dass Jan mitgekommen wäre. Doch weil Julia ebenfalls an der Diskussion teilnehmen sollte, um die unabhängige Meeresbodenforschung zu vertreten – eine Anordnung der Hochschule –, war er zu Hause bei den Kindern geblieben. Er würde erst gegen neun Uhr 30 von der Nachbarstochter abgelöst werden. Dann könnte er wenigsten zum anschließenden Smalltalk mit Häppchen dazukommen.

Ein Techniker versorgte Chili mit einem kleinen Mikrofon am Revers ihres wiesengrünen Blazers. Ihre Hose, mit Bügelfalte, hatte das helle Rostrot ihrer Haare. Die dunkelrostfarbenen Stiefeletten besaßen einen Absatz und Knöpfe an den Außenseiten. Geschminkt hatte sie sich dezent. Der Frau von der Maske war das jedoch zu blass.

»Im Fernsehen kommt das nicht rüber. Ich verstärke alles ein wenig.«

Chili war das zu viel Tamtam. Aber der Bürgermeister wollte es nun mal so. Also fügte sie sich. Bis zum Beginn der Aufzeichnung – alle sprachen nur noch von Aufzeichnung, nicht von einer Diskussion – sprachen etliche Personen sie an. Zuerst der Direktor des privaten wissenschaftlichen Instituts, Professor Dr. Ehlers.

»Das Auswalzen der bedauerlichen Umstände des Todes unseres Mitarbeiters ist unserem Institut nicht gerade zuträglich. Das ist Ihnen doch hoffentlich klar, Frau Keller?«

»Lieber Herr Professor Dr. Ehlers, zum einen habe ich gar nichts ausgewalzt, und zum anderen dürfte klar sein, dass weder Sie noch sonst jemand etwas von dem Umtrieben des Professor Dr. Löwe auch nur ahnte. Er handelte ja nicht in aller Öffentlichkeit. Wie ich in Ihrer Einrichtung erfuhr, redete er nie über sein Privatleben. Seien Sie sicher, dass ich genau das sagen werde, wenn mich jemand fragt. Das können Sie übrigens gerne auch vor der Kamera tun.«

Höflich lächelte Chili ihn an. Ehlers lächelte, überrascht von ihrem Entgegenkommen, zurück.

»Danke, das Angebot nehme ich gerne an, wenn es sich ergibt.«

Er machte Platz für Oberbürgermeister Sielendahl, der auf sie zusteuerte. Mit ihm kam eine große Frau mittleren Alters im dunkelbraunen Hosenanzug mit gelber Bluse. Ihre große dunkelbraun umrandete Brille betonte das eher unscheinbare Gesicht. Die kurzen, dunkelblonden Haare mit grauen Sprenkeln darin, trug sie kurzgeschnitten.

»Darf ich Ihnen die Direktorin der Volkhochschule, Frau Schulze, vorstellen? Sie wird die Veranstaltung moderieren und möchte Ihnen vorab ein paar Fragen stellen. Alles Gute!«

Er war schon unterwegs zum nächsten Gesprächspartner.

»Moin Frau Keller, dann lege ich mal gleich los. Ihren Artikeln habe ich entnommen, dass Sie von der Unschuld der Kutterfrauen überzeugt sind. Stimmt das?«

Chili nickte: »Das sehe ich jedoch etwas differenzierter. Sie haben ja zugegeben, dass sie Löwe getötet haben. Allerdings in Notwehr.«

»Dann darf ich Sie also auf die näheren Umstände ansprechen?«

»Dürfen Sie, sofern nicht die Kriminalbeamtin darüber referiert. Ich habe einen persönlichen Eindruck von den beiden Frauen. Eine Frage dazu wäre vermutlich ergiebiger. Denn über die Tat selbst weiß ich nur das, was die Polizei veröffentlicht hat.«

***

Gläser klirrten aneinander, Kellner und Kellnerinnen reichten Fingerfood herum. Die Teilnehmer lachten und redeten laut miteinander. Chili stand an einem Stehtisch am Rande der Gesellschaft und wartete auf Jan. In Gedanken ging sie noch einmal einzelne Diskussionsbeiträge durch. OB Sielendahl und Polizeidirektor Kaulsanger waren sich in der Beurteilung der Tötung von Löwe in Notwehr einig.

»Dieses scheußliche Verbrechen hat im Grunde das Opfer zu verantworten, meine persönliche, nicht-juristische Meinung, rein moralisch gesehen«, so Kaulsanger.

»Ihn können wir nicht mehr zur Verantwortung ziehen. Im Übrigen hat er seine Strafe bereits verbüßt.«

An dieser Stelle klatschte die Runde verhalten Beifall. Der Intendant des Stadttheaters klatschte am lautesten und stimmte leise, fast flüsternd »Oh, welche Lust …« an, den Chor der Gefangenen in Fidelio, an. Nach einem dezenten Wink der Volkshochschuldirektorin verstummte er abrupt und entschuldigte sich. Er habe nicht andeuten wollen, dass die Tötung eine Bagatelle gewesen wäre.

Besonders spannend fand Chili, was der Vertreter der Erzeugergemeinschaft, Björn Harpers, sagte.

»Am Anfang, als Frankie und Annemie den Kutter gekauft hatten, dachten wir alle, sie wollten damit Touren für Touristen anbieten. Als sie ihn aber für die Fischerei instand setzten, haben viele Fischer gelästert. Skeptisch und ablehnend war ich auch. Und als sie Erfolg hatten, haben wir uns die Augen gerieben. War es möglich, dass Frauen bei Wind und Wetter diesen harten Job stemmen konnten? Dabei hatten die meisten Familie und somit Frauen zu Hause, die kräftig anpackten. Ob die Frauen der anderen Fischer ihren Männern was gehustet haben, als sie über die beiden Frauen herzogen, kann ich nicht sagen. Meine wurde jedenfalls kiebig, wenn ich was gegen die Damen zu äußern wagte. Auf jeden Fall schlug irgendwann die Stimmung um. Und zwar für die Fischerinnen. Heute sind wir Krabbenfischer zwischen Bremerhaven und Cuxhaven stolz auf UNSERE erste Kutterkapitänin. Diese beiden Frauen stehen uns Männern in nichts nach. An ihrer Stelle hätte jeder von uns dasselbe getan. Dass der Löwe durch Selbstverteidigung umgekommen ist, nenne ich einen Unfall. So muss man das werten. Ich will nicht in einem Land leben, in dem man sich nicht wehren darf. Das kann nicht angehen. Ich spreche im Namen aller Krabbenfischer an unserer Küste.«

Mit dem letzten Satz überreichte er dem Staatsanwalt Schulten ein Papier. Der sah es sich an und hielt es dann in die Kamera.

»Danke, Björn, da hast du eine Menge Unterschriften zusammenbekommen. Ich gebe sie dem Gericht als Beweismittel für Entlastung der Beschuldigten. Eigentlich ist das nicht mein Job, eher das Gegenteil. Ich bin der Ankläger in dieser Stadt. Aber menschlich verstehe ich euch vollkommen.«

Auch Julia war zu Wort gekommen. Sie erteilte der Behauptung von Löwe, dass die Schleppnetze der Kutterfischer den Meeresboden zerstören würden, eine Absage, solange dies nicht abschließend untersucht worden wäre. Hinzugefügt hatte sie noch dies:

»Ich schätze das ohnehin anders ein, da die Netze längst entsprechend verändert worden sind und kaum noch Schaden anrichten können.«

Um das Schlusswort hatte die Moderatorin Frau Schulze, Oberbürgermeister Sielendahl gebeten. Er bedankte sich für diese, wie er sagte: »ausgezeichnete Diskussion«, namentlich bei der *NordNordWest Post*. Die Kamera wurde ausgeschaltet. Die Teilnehmenden standen auf, schüttelten einander die Hände und warteten, bis der Umbau fertig war. Das, speziell für die Veranstaltung georderte Personal, stellte schnell die Stühle an die Wand, die Fernsehleute bauten rasch die Technik ab, und das Kantinenpersonal verteilte weiß bezogene Stehtische im Raum.

»Einen Augenblick für mich sein«, dachte Chili und hatte sich einen Tisch an die Wand in der Ecke geschoben. Doch zum Entspannen kam sie nicht. Irene kam zu ihr und stellte sich dicht neben sie.

»Du siehst erschöpft aus; ich lasse dich gleich in Ruhe. Ich will dir nur schnell Folgendes sagen: Wenn du morgen den Artikel über den heutigen Abend abgeschickt hast, machst du eine ganze Woche Urlaub. Nächste Woche Donnerstag kommst du zu mir. Dann entwickeln wir zusammen die Struktur deiner neuen Seite LEBEN. Und noch eins: Die Kutterfrauen werden freigelassen.«

»Woher weißt du das? Ist das gerichtlich entschieden?«

»Eigentlich dürfte ich dir das nicht verraten. Aber der OB geht einmal wöchentlich mit dem Richter und dem stellvertretenden VHS-Leiter schwimmen, morgens um kurz nach sechs Uhr. Die Sache ist in trockenen Tüchern, glaube mir. Und jetzt wünsche ich dir eine schöne freie Woche!«

Während Chili ihr noch verwirrt hinterher sah, erschien Jan in der Tür. Er winkte ihr zu, und sie lief ihm entgegen.

»Gottseidank bist du da. Bitte, lass uns gleich nach Hause gehen.«

Sie hakte sich bei ihm ein und zog ihn die Treppe hinunter und nach draußen auf die Straße.

»Ab morgen hab' ich Urlaub, eine ganze Woche.«

Jan lachte sie fröhlich an: »Und? Verreisen wir?«

»Nein! Ich will nur nach Hause und bei dir sein. Nichts weiter. Höchstens holen wir den Spaziergang in Duhnen nach. Oder in Wremen.«

Jan legte den Arm um Chili und flüsterte ihr ins Ohr: »Genau das will ich auch.«

DANKSAGUNG

Sehr viele Menschen haben mich unterstützt, bevor und während ich diesen Kriminalroman schrieb, Freunde, Fachleute und Verwandte. Insbesondere danke ich meiner Schwester Gudrun Ringstad, Deutschlehrerin i. R., die Korrekturen vornahm und mir wertvolle Hinweise gab. Außerdem danke ich für ihren unerschütterlichen Glauben ans Gelingen meinem Bruder Harm Bernick, meinem Schwager und meinen Schwägerinnen.

Den Hafen Lüttlum gibt es nicht. Michael Kanthak, »Sprachspieler«, hat ihn für mich erfunden. Herzlichen Dank dafür!

Uwe Giese ist ein langjähriger Freund, Grafiker und Buchprofi. Er gestaltet seit vielen Jahren die Bücher für einen Verlag. Er hat die 1. Ausgabe von *Chili sieht rot* für mich endlektoriert sowie das Cover entwickelt, den Buchsatz gestaltet und alles für den Druck vorbereitet. Lieber Uwe, ich danke dir von Herzen!

Für diese 2. Auflage beriet mich Daniela Rode, Herstellung & Autorenservices Team Buchdesign & Lektorat bei Books on Demand. Herzlichen Dank für deine Zugewandtheit und Klarheit!

Nicht zuletzt danke ich ganz besonders meinem Mann Günter Hahn. Er hat mich die ganze Strecke mit Ermutigung und Liebe begleitet. Auch meine Launen, wenn es mal nicht so gut lief, ertrug er. DANKE!

Anmerkung

Auch wenn Sie natürlich wissen, dass dieses Buch ein Roman, also Fiktion ist: Sämtliche Personen (mit ihren Vor- und Zunamen) und alle Situationen, in denen sie handeln, streiten, lieben, singen oder morden, habe ich frei erfunden. Sie entstammen meiner Fantasie. Etwaige Namensgleichheiten sind daher rein zufällig und betreffen keine realen Personen oder Institutionen.